DAS VOLK VON TARKAAN

FSC
Mix
Produktgruppe aus vorbildlich bewirtschafteten Wäldern und Recyclingholz oder -fasern
Zert.-Nr. SGS-COC-003091
www.fsc.org

5 4 3 2 1

ISBN 978-3-8157-5137-4

Die italienische Originalausgabe erschien 2009
unter dem Titel „Il popolo di Tarkaan“ bei Edizioni Piemme.

Coverillustration: Iacopo Bruno
Covergestaltung: hilden_design, München
Lektorat: Steffi Schnürer
Satz: Stefan Haupt
Printed in Germany
www.coppenrath.de

Pierdomenico Baccalario

Das Volk von Tarkaan

Aus dem Italienischen von
Ulrike Schimming

… mein Weg,
Weiche nicht ab; Tausende Berge, alle
Schroff und nackt, entsetzlich und unbewohnt,
Wenn nicht von Geistern,
Und der sterbliche Mensch übersteigt sie nicht.

Alessandro Manzoni, *Adelchis*

Diese Geschichte ist meinen Großeltern gewidmet
und unserem Haus in den Bergen:
Danke, dass ihr mir gestattet habt,
es mit fantastischen Wesen zu bevölkern.

INHALT

Die Personen

Die verschwundenen Schulkinder:

Mariano, genannt Houdini, verkleidet als Harry Potter (Fehler seiner Mutter, eigentlich wollte er als ein ernst zu nehmender Magier gehen)
Paolo, der Junge mit dem Pagenschnitt, verkleidet als Cowboy
C, die Bohnenstange, sein bester Freund, verkleidet als Indianer
Mafalda, verkleidet als Prinzessin
Massimo, der Sitzenbleiber, verkleidet als arabischer Scheich
Raffaella, die Klassenschönheit, verkleidet als Lara Croft
Der fiese Giacomo, verkleidet als Indiana Jones

Und dann sind da noch:

Drei Fußballer in den Trikots der Nationalmannschaft
Die vier Musketiere, verkleidet als die Musketiere des Königs
Der Junge mit dem gelben Helm, verkleidet als Motorradfahrer
Der Junge mit dem roten Helm, verkleidet als Formel-Eins-Pilot
Der Junge, der als Batman verkleidet ist
Das Mädchen, das als Spiderman verkleidet ist
Die zwei Mädchen, die ständig heulen und als Ballerinas verkleidet sind
Der Junge, der als Jack Sparrow verkleidet ist
Das Mädchen, das auch als Jack Sparrow verkleidet ist
Die anderen, die als Jack Sparrows Piratengesindel verkleidet sind

Die Dorfhelden:

Antonello, genannt ›Nello‹, hasst das Lesen
Michele, Spitzname ›Mix‹, sein Bruder, Automechaniker

Rebecca, genannt ›Range‹, Försterin

Marky, auch als der ›Meister‹ bekannt, Klempner, hat mehr als siebentausend Bücher gelesen

Stefano, Besitzer des Lokals *Durchblick*

Cinz, Sohn des Skiliftbesitzers

Don Sergio, der Pfarrer

Leila Lolli und Frau Lolli, zwei begeisterte Fans fantastischer Geschichten

Daniela, die Pfadfinderleiterin

DIE EINDRINGLINGE AUS DEN BERGEN:

Urtgarten und Lut, zwei Kolosse-Krieger, wollten eigentlich Schneekraken jagen

Machan, der Chef des Krieger-Clans

Singendes Herz, der hellseherische Schamane, will die Welt erobern

Ispuspes der Listige, erfolgloser Dieb aus den Bergen

DIE VERANTWORTLICHE:

Apollonia J. Brennan, geboren in Rom, hat irländische Eltern, derzeit die beliebteste Fantasy-Schriftstellerin ihrer Zeit, Autorin von fünf Bestsellern der *Saga vom Fallenden Stern* (1. *Die Flammenkralle*, 2. *Brazinger*, 3. *Die Herrin der Messer*, 4. *Der Dieb des verlorenen Reichs*, 5. *Der Schatten des Vulkans*). Schreibt gerade am sechsten und letzten Band, der von den Lesern schon sehnsüchtig erwartet wird.

Der Turm

Antonello war sich sicher: Nie im Leben würde er zu einer Faschingsfeier der Pfadfinder gehen.

Er hatte eigentlich nichts gegen Karneval (auch wenn er Verkleidungen hasste) oder gegen die Pfadfinder (auch wenn er ihre kurzen Hosen hasste). Das Problem war die Veranstaltung, deretwegen das Faschingsfest stattfand: die Lesung einer berühmten Schriftstellerin.

Er hatte keine Lust darauf. Überhaupt keine. Warum sollte er einen ganzen Nachmittag einer langweiligen Autorin zuhören, die von ihrem Buch redete? Er hatte dieses Buch nicht gelesen. Und er hatte auch nicht vor, es zu tun. Er konnte sich nicht mal an den Namen der Schriftstellerin erinnern.

Unbeweglich stand er vor dem Sarazenen-Turm und beobachtete eine magere Katze, die sich hier genauso wohlfühlte wie er. Von dieser Stelle konnte er das ganze Tal überblicken.

Es war ein eisiger Nachmittag im Februar und es roch nach Schnee. Weit unterhalb des Turmes rasten dicht an dicht Fahrzeuge die Autobahn zur Grenze entlang und erfüllten die Luft mit einem dumpfen Rauschen. Das Gewirr aus Brücken und Asphaltkurven verschwand in einem Tunnel, der unter den Bergen hindurchlief. Autos, Motorräder und gigantische LKWs brausten ohne Unterlass von einem Ende zum anderen.

Antonello beobachtete die Blechlawine aufmerksam, dann ließ er den Blick zur anderen Seite der Autobahn wandern, wo die Straße in eine steinerne Schlucht führte. Tannen ragten auf den Felsen empor und die schneebedeckten Hänge der Berge fielen steil ab.

Er hatte was Besseres vor. Es gab so viel zu tun! Er könnte hier den ganzen Nachmittag in Gesellschaft der Katze verbringen, wo niemand ihn suchen würde. Oder er könnte auf einen Berg steigen. Auf Forschertour gehen!

Das war eigentlich noch viel besser. Beim Turm hätte er sich irgendwann gelangweilt: Diese Katze sah nicht besonders unterhaltsam aus, auch wenn sie schon wesentlich spannender war als die Lesung der Schriftstellerin.

Antonellos Rucksack war vollgestopft mit lauter unnützen Schulbüchern, in denen sein Bruder gnadenlos viele Texte unterstrichen hatte. Und allein bei dem Gedanken, bei der Veranstaltung in dem Plastikzelt im Hof hinter der Schule möglicherweise singen zu müssen, wurde ihm schlecht.

Er hockte sich hin und lehnte sich gegen die Mauer des mittelalterlichen Turms, so als könnten ihm die alten Steine irgendeinen Rat geben. Fieberhaft dachte er über eine geeignete Ausrede nach.

Ein paar Schritte entfernt lag die Katze und schnurrte friedlich.

Er sah auf seine Überlebens-Armbanduhr, die mit Höhenmesser und Barometer ausgestattet war. Außerdem besaß sie einen Wasserfilter, Nadel und Faden, um Wunden zu nähen, einen Angelhaken, eine fünf Meter lange Nylonleine, eine Minitaschenlampe, einen Kompass, einen ewigen Kalender und Zeitanzeigen von New York, Paris und Schanghai.

Fünf vor drei.

Am Fuß des Turmes begann ein steiler Pfad, der zur alten Mühle hinunterführte. Wenn er sofort losginge, würde er rechtzeitig zum Begrüßungsapplaus für die berühmte Schriftstellerin beim Zelt ankommen – wie hieß sie doch gleich? Paola Irgendwas. Paola oder Appuleia Soundso.

»Nein!«, murmelte er und schreckte die Katze auf. »Appuleia ganz bestimmt nicht.«

In der Ferne sah er einen blauen Bus vorbeisausen. Am Vormittag waren drei solcher Busse vom Dorfplatz in Richtung Meer losgefahren. Und alles nur wegen der Hundertjahrfeier: Die Kinder sollten sich an Karneval mit der Lesung amüsieren, während die Erwachsenen einen Ausflug an den Strand machten.

Die Gemeinde hatte das alles organisiert, um den hundertsten Geburtstag eines berühmten Dorfbewohners zu feiern. Oder vielleicht auch seinen hundertsten Todestag. Auf jeden Fall irgendetwas Hundertjähriges. Antonello konnte sich beim besten Willen nicht mehr an den Grund für die Feierlichkeiten erinnern. In der Schule hatten die Lehrer es ihnen noch erklärt – aber er hatte nur darüber nachgedacht, wann es endlich klingeln würde.

Das Schöne war, dass fast alle Erwachsenen bei dem Gemeindeausflug dabei waren und sie die Häuser des Dorfes den Alten, Kindern und Pfadfindern überließen.

Auch seine Eltern waren mitgefahren.

Sie waren um vier Uhr morgens aufgestanden, hatten gepackt und sich die roten Kappen aufgesetzt, die für alle Teilnehmer Pflicht waren. Auf denen stand: *REISEAGENTUR MIRAMONTI – Piazza Aldo Garambois 11 – Oulx (Turin), Italien.* Dann hatten sie ihre Koffer zum Bus geschleppt und waren abgefahren.

An den Turm gelehnt musste Antonello kichern, als er an die Kappen denken musste. »Ich gehe nicht hin«, entschied er dann.

Die Glocke von der Kirche San Rocco schlug dreimal.

Er verabschiedete sich von der Katze und bog in den Pfad ein, der zur alten Mühle führte. Rasch stieg er durch den Wald ins Tal und achtete dabei auf einen festen Tritt, damit er nicht auf dem gefrorenen Boden ausrutschte. Dabei trat er in die gleichen Fußspuren, die er am Tag zuvor hinterlassen hatte. Er hüpfte durch den Schnee, und als er an der Mühle ankam, lief er nicht zum Dorfplatz, sondern nahm einen zweiten Pfad, der sich am zugefrorenen Bach bis zum Friedhof schlängelte.

Noch einmal sah er den Sarazenen-Turm zwischen den Baumwipfeln emporragen und fragte sich, wer diese kriegerischen Sarazenen wohl gewesen waren.

Die Krieger

Der Schnee fiel dicht und schwer auf die Hügel im Norden des Reiches. Die höchsten Gipfel der Berge von Tarkaan verschwanden im Nichts, graue Wolken verschluckten sie. Die Krieger, die seit undenkbaren Zeiten dort wohnten, hatten sie die ›Berge des Feuergottes‹ getauft. Denn bei Sonnenaufgang und Sonnenuntergang erstrahlten sie rot wie glühende Lava. Für manche Reisende jedoch sah das eher aus wie Blut, sodass sie die Berge furchtsam ›Blutige Klingen‹ nannten.

In diesen Monaten waren jeder Fels und jede Zacke mit einer dicken weißen Schicht bedeckt. Nur die Hauptstadt des Reiches der Kolosse nicht, die ›Verborgene Stadt‹. Viele hatten sie gesucht, nur wenige sie je gefunden. Die Verborgene Stadt war eine grau-weiße Burg, mehr einer Felsnadel ähnlich als einer richtigen Stadt. In ihrem Inneren war es warm und gemütlich. Die Häuser waren beheizt und hatten fließend Wasser. Ein uralter Zauber hielt den Schnee fern und verhinderte, dass der Wind durch die Straßen pfiff oder Stürme den schmalen Wassergraben überquerten, der um die Stadt herum gezogen war.

Zu Beginn jeden Winters stellten die Kolosse ihre Kämpfe ein, egal welche mutigen Gegner sie gerade herausforderten. Sie zogen sich in die Verborgene Stadt zu ihren Ehefrauen zurück, genossen die Zeit des Schnees und gaben sich erholsameren Tätigkeiten hin: Sie jagten, sie schliefen, sie tranken ausgiebig, sie polierten ihre Schwerter und Rüstungen, sie verglichen ihre neuesten Narben und erzählten sich, wie sie sich diese geholt hatten. So war es immer gewesen, schon seit Urzeiten.

Doch dann hatte sich etwas verändert: Eine düstere Stille lag über den Straßen der Verborgenen Stadt. Nur noch wenige Krieger wollten noch von ihren Abenteuern berichten. Denn im Laufe der Jahre hatten die unbesiegbaren Bewohner der Berge entdeckt, dass sie dazu verdammt waren, langsam auszusterben. Ihre Frauen waren nicht mehr so fruchtbar und in der Verborgenen Stadt kamen immer weniger Kinder zur Welt. Immer weniger.

Schließlich wurde gar kein Kind mehr geboren.

Als sie begriffen, was das bedeutete, rief Machan, der Anführer des Krieger-Clans, eine außerordentliche Versammlung ein, auf der dieses Problem besprochen werden sollte. Im Kriegshaus fanden sich die zwölf stärksten Kämpfer des Clans ein und nahmen in einem kreisrunden Saal Platz, den sie erst nach einer gründlichen Reinigung in der dampfenden Therme betreten durften. Auf der nackten Haut trugen sie nur die geheiligten Waffen des Vulkan-Ordens.

»Es ist, als wären wir schon tot!«, begann Machan düster, während er sich erhob und mit beiden Fäusten über dem dunklen Holztisch herumfuchtelte. Die Metallplatten seiner Zeremonienrüstung schepperten.

Die anderen zwölf im Saal verstummten.

Sie saßen um einen großen Holztisch herum, der von einem Blitz gespalten worden war. Die massiven Stühle waren mit Büffelleder bezogen, das merkwürdigerweise violett gefärbt war.

Ansonsten war der Saal leer und schmucklos – bis auf einige Trophäen, die an den Wänden hingen: zwölf Köpfe von Putch-Gauklern, deren Vorführungen einem der alten Clan-Chefs offensichtlich nicht gefallen hatte, und eine riesige Yalatu-Pfote mit Krallen so lang wie ein Pflug.

Langes Schweigen folgte Machans Ausruf; schließlich hob einer der zwölf Krieger die Hand und erkundigte sich, warum der Boss so wütend sei.

»Die Jahre vergehen und niemand ersetzt uns!«, knurrte der Chef des Clans.

»Du redest von dir, Machan!«, erwiderte ein jüngerer Krieger. Er war einer von denen, die erst vor Kurzem in die Stadt zurückgekehrt waren. »Ich bin noch jung und stark! Und ich habe unbändige Lust, die Flix in Stücke zu hauen!«

Irgendjemand kicherte, doch der Leiter der Versammlung gab sich damit nicht zufrieden. »Wozu? Ohne Kinder ist unser Ende besiegelt!«

»Das ist der Fluch von Moltrhon!«, brüllte ein großer, fetter Krieger und reckte den Arm in die Luft, als wollte er einen strafenden Blitz heraufbeschwören.

Alle – auch die, die sich im Götterkult nicht so besonders gut auskannten – wussten, dass Moltrhon der unberechenbare Herr des Unglücks war, der sich einen Spaß daraus machte, auf gut Glück Blitze loszuschleudern.

Da der alte Krieger nicht zu Asche zerfiel, blickte Machan ihm fest in die Augen. »Nutze deinen Arm zum Kämpfen, Fraskius! Ziehe nicht noch anderes Leid auf uns. Außerdem ist es egal, wer schuld daran ist! Nur Weiber wollen wissen, woher die Probleme stammen. *Wir* vernichten Probleme.«

Fraskius rührte sich nicht und reckte weiter grimmig den Arm in die Höhe.

»Vernichten wir das Problem!«, schrie einer.

»Ja«, brummte ein anderer. »Das ist recht.«

»Egal, wer schuld daran ist!«

»Weibchen!«, zischte jemand Fraskius zu und löste damit fast eine Schlägerei aus.

»Vernichten wir sie!«

»Zerstören wir die Probleme!«

»Und wie?«

»Stimmt! Wie eigentlich?«

»Hört mir zu!«, donnerte Machan. »Wenn die Bergkolosse von Tarkaan von ihren Frauen keine Jungen mehr bekommen, heißt das, dass sich die Bergkolosse von Tarkaan ihre Jungen aus einer anderen Welt holen. Wir treffen uns morgen zur gleichen Zeit in diesem Saal wieder. Und jeder von euch trägt seine Lösung vor.« Danach legte er seine Rüstung ab und ging.

Verblüfft starrten zwölf Krieger auf den leeren Platz. Dann redeten auf einmal alle durcheinander und jeder überlegte, was zu tun sei. Das schien kein einfaches Unterfangen zu sein, und sie hatten nur einen Tag Zeit. Manche Dinge sollte man eigentlich mit mehr Ruhe angehen, warf einer ein. Es wäre nicht so leicht, mal eben ein paar Kinder zu finden, bei der Kälte, die draußen auf sie wartete. Einige Krieger verkündeten, dass sie eine Lösung wüssten, aber die wollten sie jetzt nicht sagen, weil sie ihnen ja geklaut werden könne. Und die Übrigen beschränkten sich im besten Kolosse-Stil darauf, rechts und links mit eingeschlagenen Schädeln zu drohen.

Plötzlich sagte der kleinste und meist durchtrainierte Krieger, der etwas abseits in einer Ecke saß: »Ich geh jagen. Das hilft mir beim Denken.«

»Gute Idee, Lut!«, stimmte sein Tischnachbar, der wilde Urtgarten, zu, der immer darauf brannte, irgendein Tier aufzuspüren. Er wuchtete seinen kräftigen, breiten Körper von dem violetten Sessel und marschierte mit kindlicher Begeisterung los, um seine Waffen zu holen.

»Man sieht sich, Jungs«, verabschiedete sich Lut und folgte seinem Kameraden aus dem Kriegshaus. »Ich und Urt gehen jetzt Kraken jagen.«

Die übrigen Kolosse am Tisch sahen sich zufrieden an: Auch wenn sie keine passende Lösung für das Problem bis zum nächsten Tag fänden, so gäbe es doch wenigstens eine hervorragende Schneekraken-Suppe.

Die Krake

Der Dorffriedhof erstrahlte im Sonnenlicht, von den Grabsteinen tropften glitzernde Eiszapfen. Antonello verließ den Mühlenpfad und lief mit erhobener Nase immer an der grauen Mauer des Gottesackers entlang. Bevor er die Ecke mit dem Haupteingang erreichte, überprüfte er, ob auch niemand dort war. Zum Glück hielt Don Sergio um diese Uhrzeit noch sein Mittagschläfchen: Das Tor war mit Kette und Vorhängeschloss verriegelt.

Antonello überquerte den engen, kiesbedeckten Platz und bog in einen zweiten Weg ein, der von Pappeln gesäumt war. Diese Bäume boten ihm einen gewissen Schutz, falls ein bekanntes Auto vorbeifahren sollte.

Hatte er etwa ein schlechtes Gewissen, weil er nicht zu der Lesung der berühmten Fantasy-Autorin gegangen war?

Vielleicht schon. Aber das reichte natürlich nicht aus, um seine Meinung zu ändern.

Nach einem kurzen Fußmarsch durch den Schnee erreichte er den Rand der Schnellstraße. Dort blieb er stehen und schaute sich noch einmal um. Autos waren nicht zu sehen, weder aus der einen, noch aus der anderen Richtung.

»Super …«, murmelte er. Er musste nur die Straße überqueren, das war alles. Auf der anderen Seite erkannte er schon einen schmalen Weg zwischen den Bäumen, auf dem er zum Fluss gelangen konnte – dem Ort, der jede Menge Spaß bedeutete: Das Wasser sprudelte dort durch die Felsblöcke und die Steinbrechgewächse, und Antonello könnte einen Damm bauen, mit trockenen Ästen ein Feuer entfachen, über das Eis schliddern, einen gefrorenen Wasserfall hochklettern, Forellen fangen, mit Kieseln Eiszapfen abschießen und noch Tausend andere verbotene Dinge tun.

›Eins nach dem anderen‹, ermahnte er sich selbst; seine Wangen hatten sich durch die aufregende Flucht hochrot gefärbt. ›Jetzt erst mal über die Straße.‹

Rasch sah er noch einmal die Straße hinunter, sprang auf die Fahrbahn, machte zwei schnelle Schritte, überquerte mit dem dritten die weiße Mittellinie, noch zwei Schritte und da … hupte es.

Es hupte?

Antonello blieb wie angewurzelt stehen. Ein Winterstiefel steckte bereits im Schnee, der andere stand noch auf dem Asphalt. Ein viereckiger gedrungener Schatten war, quasi aus dem Nichts, neben ihm aufgetaucht. Es war ein malvenrotes Auto, dessen Innenraum von einer blonden Lockenmasse ausgefüllt wurde.

»Oh nein!«, seufzte der Junge, als er in der blonden Krake ein bekanntes Gesicht entdeckte. »Ich glaub's nicht!«

Die Hupe des Autos quäkte ein zweites Mal und die kleine Karre stoppte mit quietschenden Reifen nicht mal einen Meter von seinen Füßen entfernt. Es roch nach billigem asiatischen Plastik.

»Antonello!«, kreischte eine Stimme hinter der Windschutzscheibe.

Auch wenn er sich nichts sehnlicher wünschte, als zu fliehen, kam er einfach nicht von der Stelle. Der Schock war so groß, dass er wie festgenagelt dastand.

Das Seitenfenster des Autos öffnete sich, und blonde Korkenzieherlocken sprangen wie Federn aus einer Matratze heraus. Gleich darauf kam das völlig ovale Gesicht einer Dame, dann dunkelblaue Augen und ein aufgerissener Mund zum Vorschein.

Frau Lolli.

Leilas Mutter.

›Nein!‹, flehte Antonello innerlich. ›Nicht Leila.‹

Mit einem schnellen, panischen Blick vergewisserte der Junge sich, dass Frau ›Schönhaar‹ das einzige Lebewesen in dem roten Auto war.

»Antonello!«, wiederholte sie lautstark. »Na so was! Was machst du denn hier?«

Seufzend zog der Junge den Winterstiefel aus dem Schnee.

»Hast du dich verlaufen?«, forschte Frau Lolli weiter.

»Äh ... ha ... äähm ... hmmm ...«, war in etwa das, was er erwiderte, bevor er seine Sprache wiederfand: »Nein, ich habe mich nicht verlaufen.«

»Das will ich auch meinen! Heute ist ein großer Tag, nicht?«

»Mhmm ...«

Der Motor des malvenroten Autos tuckerte gleichmäßig vor sich hin.

»Ach, komm, Antonello! Das Fest! Die Lesung! Die Kinderbuchautorin kommt doch! Diese ganz berühmte!«, trällerte Frau Lolli. »Leila hat alle ihre Bücher gelesen. Alle fünf. Vom ersten bis zum letzten. Die Arme! Sie ist so traurig, weil sie mit Fieber im Bett liegt und nicht kommen kann. Aber sie hat es ja so gewollt! Ich hab sie gewarnt, dass sie sich nicht als Fee Tinkerbell verkleiden soll bei der Kälte! Jetzt liegt sie im Bett und muss ständig niesen! Und dafür muss ich nun hin und alle ihre Bücher signieren lassen. Mit Widmung.«

Während sie all das erzählte, hob die Frau mit der freien Hand zwischen den Haaren einen Stapel Bücher hoch, die dick wie Backsteine waren und auf deren Titelbildern Riesen mit nackten Oberkörpern gegen Drachen kämpften.

Antonello schluckte.

»Aber ... du bist ganz schön spät dran!«, fügte Leilas Mutter hinzu. »Es ist schon nach drei. Solltest du nicht längst im Zelt bei den anderen sein?«

»Ah … tja … ich war gerade auf dem Weg dorthin!«

Der koreanische Kleinwagen zuckte zusammen. »Du wolltest durchs Gebüsch dahin? Über den Fluss? Na, dann viel Glück, Junge!«

Falls das ein Scherz gewesen sein sollte, war Antonello jegliche Spur von Ironie in der Stimme der Frau entgangen.

Er versuchte es trotz allem mit einer Antwort: »Ich kenn da … eine … Abkürzung. Genau, die Abkürzung. Dann … bin ich schneller da!«

Frau Lolli lachte aus vollem Halse. Ihr blonder Lockenkopf wogte im Innenraum des Autos hin und her wie in einer Waschmaschine. »Aber durch das Kiesbett kommst du doch nie zum Dorfplatz!« Sie beugte sich auf die andere Wagenseite und öffnete die Beifahrertür. »Steig ein! Wir fahren zusammen hin!«

Antonello wurde blass. Und das nicht nur, weil er somit gezwungen war, an der Lesung teilzunehmen, sondern auch, weil ihn dann irgendeiner seiner Klassenkameraden aus so einer Schrottkarre aussteigen sehen könnte …

»Ist gar nicht nötig, Frau Lolli!«, beeilte er sich zu versichern. »Machen Sie sich keine Umstände.«

»Das sind keine Umstände. Ich muss doch sowieso dorthin. Es ist viertel nach drei. Bei allen Jedi-Rittern, sie wird auf jeden Fall schon da sein! Los jetzt! Komm an Bord meines Überschall-Millenium-Falcon und in einer Minute sind wir da!«

»Aber nein, wirklich ...«

»Keine Ausreden! Steig endlich ein!«

Antonello fühlte das ekelhafte Gefühl in sich aufsteigen, das ihn jedes Mal überkam, wenn sich ein Unglück an ihm festbiss.

Zögernd trat er zum Auto. »Frau Lolli, wirklich ... machen Sie sich keine Sorgen um mich ...«

»Frau Lolli, Frau Lolli! Schluss mit den Schmeicheleien: Rein mit dir! Für was habe ich mir sonst diese Rennmaschine gekauft?«

Antonello betrachtete sorgenvoll den Beifahrersitz, der von den blonden Haaren Leilas Mutter ausgefüllt wurde. Er blickte nach rechts und links, um sich zu vergewissern, dass ihn auch niemand einsteigen sah, dann ergab er sich.

»Tja, danke auch«, murmelte er bedrückt.

»Abkürzung! Dass ich nicht lache!«, kicherte Frau Lolli.

Sie legte den einzigen Gang ein, dann gab sie quälend viel Gas – und legte einen Blitzstart hin.

Es dauert nur eine Sekunde.

Dann knallte es.

PENG!

Frau ›Schönhaar‹ krallte sich an das Lenkrad, als wollte sie ein durchgehendes Pferd zügeln, der Wagen kam ins Schlingern und blieb schließlich am Straßenrand liegen.

»Verflixt! So ein Pech aber auch!«, rief Frau Lolli und holte tief Luft. »Jetzt ist ein Reifen geplatzt!«

Beide stiegen aus dem Wagen.

»Verflixt! Das ist ja doppeltes Pech!«, fügte die Frau hinzu, als sie den bedeckten Himmel betrachtete.

Aus einer sturmgrauen Wolkendecke rieselten die ersten schüchternen Schneeflocken herab.

Der Sturm

In den Bergen von Tarkaan fiel reichlich Schnee.

Bevor sie aus dem magischen Wetterkreis um die Verborgene Stadt herum heraustraten, zogen sich Lut und Urtgarten schwere Mäntel aus Albinobüffelleder über (das die Frauen im Dorf violett gefärbt hatten), steckten die Schwerter an ihre Gürtel, stülpten dicke, gefütterte Handschuhe über, stiegen auf Schneeschuhe und griffen nach zwei Lanzen mit schwarzen, gebogenen Spitzen, die wie Knüppel und Harpunen zum Fang der Kraken benutzt wurden.

»Hast du die Signal-Tröte?«, fragte Lut den Kameraden.

»Die trage ich selbstverständlich unter dem Brotbeutel! Was für eine Frage!«, gab der Freund entrüstet zurück.

Fröhlich pfeifend machten sich die beiden Krieger auf den Weg zum Nordtor der Stadt, das von einem edel gefertigten Schloss verriegelt wurde und auf dem sieben vereinfacht dargestellte Tiere Wache hielten. Dahinter schlängelte sich ein Weg, der wenig später im Weiß verschwand.

Sie öffneten das Tor und verließen den vom Zauber geschützten Bereich: Der Schnee schmolz über der Stadt wie auf einer unsichtbaren Glaskuppel. Nur einen Schritt dahinter wurden die beiden Kolosse sofort von einer heftigen Windböe erfasst.

»Alle Wetter!«, fluchte Urtgarten, dessen Schnauzbart, auf den er so stolz war, im gleichen Moment gefror. »Von drinnen sah es gar nicht so schlimm aus!«

»Auf geht's! Los!«, trieb Lut ihn an und lief geschickter als der Kamerad durch den frischen Schnee.

Die Schneeschuhe an den Füßen markierten ihren Weg, während sich das Tor hinter ihnen langsam schloss.

Mit gesenkten Köpfen stapften die zwei Krieger gegen den Wind an, der zwischen den jahrhundertealten Tannen herumwirbelte. Mühelos überquerten sie eine Brücke, die eine unendlich tiefe Schlucht überspannte, und stiegen auf den gegenüberliegenden Berg. Sie konnten nicht sehr weit sehen, die Kälte biss ihnen in Arme und Beine und kroch durch die Fellschichten. Doch die Kolosse waren diese winterliche Kälte gewohnt und schritten ohne Murren tapfer weiter.

Im Wald trafen sie keine einzige lebende Seele. Ohne ein Wort zu sagen marschierten die beiden Freunde durch die Stille des Gehölzes zu den Fünf Wegen – eine besonders heimtückische Kreuzung. Die Pfade, die sich dort trafen, sahen alle genau gleich aus, und nur das erfahrene Auge eines Jägers konnte den richtigen ausspähen. Noch immer erzählte man sich von Feynurd Zitterauge, der fast verhungert wäre, als er zu seinen Eltern nach Hause zurückwollte: Die Kinder hatten bei den Fünf Wegen ›Verlaufen‹ gespielt.

Ein Kinderspiel. Tja.

Nur spielte das bei den Kolossen seit Jahren niemand mehr.

Als sie die Fünf Wege erreichten, blies der Sturm noch heftiger und die Entschlossenheit der beiden Kolosse schien ins Wanken zu geraten.

Lut heulte: »Vielleicht ist heute doch nicht der richtige Tag!«

»Wer braucht einen Sarg?«, fragte Urtgarten zurück, der durch das Rauschen des Windes kein Wort verstanden hatte.

»Ich hab gesagt, vielleicht ist heute nicht der richtige Tag!«

»Warum hab ich 'nen Schlag?«

Da hob Lut einfach nur einen Arm und gab dem Kameraden ein Zeichen, auf den Pfad zurückzukehren, auf dem sie gekommen waren. Zunächst wollte Urtgarten nichts davon wissen: Er war schließlich einer der besten Schneekraken-Harpunierer in Tarkaans Bergen und liebte die Jagd über alles.

»Das ist heute wirklich nicht der richtige Tag! Ist dir nicht kalt?«, beharrte Lut.

Nach einigen Widerworten ließ Urtgarten sich überzeugen. »Dann drehen wir eben um! Und gehen zu Hause in die Therme!«

Ohne ein weiteres Wort schlugen die Freunde den Rückweg ein – oder jedenfalls den Pfad, den sie für den Rückweg hielten, denn bei diesem Sturm waren die Fünf Wege noch heimtückischer als sonst.

Sie machten nur wenige Schritte, dann brachte ein ganz besonders heftiger Windstoß Lut aus dem Gleichgewicht. Er stolperte über ein verschneites Hindernis und kullerte in den Schnee.

»Pass doch auf!«, schrie ihm Urtgarten von hinten zu.

»Das war keine Absicht!«, entschuldigte Lut sich und wedelte mit den Lanzen.

Irgendwie zog er sich wieder hoch – der Schnee machte seinen Mantel noch schwerer – und entdeckte dabei, dass aus dem Graben, in den er gestolpert war, ein Schuh herausragte.

»Sieh mal, Urtgarten! Da liegt jemand!«, rief er aufgeregt.

Der Freund stellte sich neben ihn. »Ist er tot?«

»Ich glaube schon.«

Schnell und gekonnt schaufelten die zwei Krieger den Schnee weg. Nach wenigen Minuten hatten sie einen Körper freigelegt.

»Das ist eine Frau!«, rief Urtgarten entsetzt.

Es war wirklich eine Frau. Mit bleichem Gesicht und geschlossenen Augen. Sie hatte sehr kurze Haare, die zur

Hälfte die Farbe einer Karotte, zur Hälfte die eines reifen Blumenkohls hatten.

»Die sieht tot aus«, bemerkte Lut.

»Ist sie aber nicht. Sie atmet«, verbesserte Urtgarten.

»Sieh nur, wie klein sie ist ...«, murmelte Lut.

»Sie ist echt winzig. Die reicht nicht mal für zwei.«

»Urtgarten!« Lut war entrüstet. »Kolosse essen keine Menschen.«

»Aber das ist eine Frau«, widersprach er.

»Das ist die gleiche Rasse.«

Urtgarten schmollte und schwieg – die Unterhaltung war ihm auf einmal zu anstrengend geworden. Dann spuckte er in den Schnee. »Menschen und Frauen ... das sind doch alles niedere Wesen.«

»Ja, aber im Vergleich zu uns vermehren sie sich wie die Karnickel.«

»Ich hasse Karnickel. An dem Fleisch hängen immer so viele kleine Knochen ...«

»Was hat das jetzt damit zu tun?«

»Nichts. Aber ich würde mal sagen, der Sturm legt sich.«

Während die beiden Kolosse den Körper im Schnee betrachteten, war der Wind ein wenig abgeflaut.

Lut strich mit dem Handschuh über das Gesicht der Frau. »Wer weiß, wo die wohl herkommt ...«

»Frag sie doch, wenn sie wach ist«, schlug Urtgarten vor, der sich hingesetzt hatte und den Schnee von seinen Stiefeln klopfte. »Aber wir müssen jetzt mal los. Ich habe nicht nur Hunger, sondern mir wird auch langsam kalt.«

Lut hatte derweil neben der Frau eine kleine Tasche mit lauter wundersamen Dingen und Geldstücken gefunden.

»Gromische Münzen, ganz klar«, bestimmte der Krieger, indem er geschickt auf einer herumbiss und sie dann wegwarf. »Nicht eine Unze Gold!«

Zusammen mit den Münzen gab es ein paar Pergamentblätter, auf denen *100 EURO* geschrieben stand und die der Wind wegwehte, und ein paar Kärtchen mit Runen darauf.

Auf der ersten Karte war ein winziges Porträt der Frau zu sehen. Daneben stand:

Vorname: Apollonia
Name: Brennan
Geburtstag: 25. 06. 1964
Geburtsort: Rom
Beruf: Schriftstellerin
Steuernummer: BRNAPL64H65H501P

»Was ist das?«, wollte Urtgarten wissen.

Lut schüttelte den Kopf. »Ich weiß es nicht.«

Er nahm das zweite Kärtchen. Darauf stand *Maestro.*

»Maestro. Diesen Namen habe ich schon mal gehört …«, murmelte Urtgarten versonnen. »Das muss der Zauberer sein, von dem so viel geredet wird.«

»Der düstere Maestro, ja«, bestätigte Lut. »Von dem habe ich auch gehört.«

»Und das heißt nur eins …«

»Gefahr.«

»Genau.«

Auf dem dritten Kärtchen stand: *Ferien auf dem Elfenhof – Ehrenmitglied.*

»Was hab ich dir gesagt?«, ereiferte sich Urtgarten. »Das ist keine einfache Frau. Sie kennt Elfen. Ich sag doch, das ist eine Magierin!«

Auch Lut war erstaunt. »Das macht es nun doch verwickelter. Ob das eine Spionin ist?«, vermutete er.

Als sie ihre Kleidung genauer untersuchten, bemerkte der Koloss, dass die Frau ein sonderbares Objekt fest umklammert hielt.

»Kannst du es losmachen?«, fragte Urtgarten, während er seinen Freund an den Fingern der Frau herumfummeln sah. »Oder soll ich ihr die Hand mit dem Schwert abhacken?«

Das Silberdöschen rollte in den Schnee.

Lut hob es auf. Es war sehr leicht, hatte einen kleinen Spiegel in der Mitte und ein paar bunte Knöpfe an der Seite.

Er putzte den Spiegel, so gut es ging, und drückte auf irgendeinen Knopf. Sofort erstrahlte der Spiegel in einem sonderbaren Licht, als ob in dem Döschen eine Kerze entzündet worden wäre.

»Bei allen Flix!«, rief der Krieger überrascht.

Die beiden Kolosse klammerten sich aneinander und starrten mit einer Mischung aus Vorsicht und Angst auf den leuchtenden Spiegel. Sie wussten nicht, ob ein Zauber sie jetzt sofort pulverisieren würde oder ob sie das Ding vielmehr vor den eiskalten Schneeböen schützen mussten. Während sie es anstarrten, erzitterte der Spiegel und eine Zeichnung mit einer geraden Linie erschien, darüber blinkte ein grüner Pfeil. Um den Pfeil herum tauchten einige schwer zu entziffernde Runen auf.

»Schrift!«, rief Urtgarten entsetzt.

»Ich versuche mal zu lesen«, bot sich Lut an und verhinderte damit gerade noch, dass sein Freund dieses sonderbare Ding in einem Wutanfall zertrümmerte.

»Seit wann kannst du lesen?«

»Ein bisschen hat mir der Barde Ulif beigebracht.«

Urtgarten schnaubte. Statt Ulifs Geschichten zuzuhören, hatte er selbst immer lieber bei den Holzhackwettbewerben mitgemacht.

»Da steht ...«, begann der Koloss Lut zu lesen, »Pfadfinder ... lager ... in den Bergen.«

»Pfadfinderlager in den Bergen?«, wiederholte Urtgarten laut. »Was soll das sein?«

Lut wischte noch einmal über den leuchtenden Spiegel, der schon wieder voller Schnee war. »Piazza ... Aldo Garambois ...«

»Das ist schon verständlicher«, log der andere Jäger. »Und dann? Steht da nicht noch mehr?«, fragte er neugierig, als Lut nicht weitersprach.

»200 Meter«, schloss Lut.

In diesem Moment begann das Döschen zu sprechen. »An der nächsten Kreuzung rechts abbiegen. Dem Straßenverlauf folgen ...«, ordnete eine metallische Stimme an, die keinen Widerspruch zu dulden schien.

Auf der Strasse

An der sonderbar verlassenen Straße holte Frau Lolli den Wagenheber aus dem Kofferraum und schob das Werkzeug unter das Auto – in der Hoffnung, dass sich beide auf magische Weise verbinden würden. Und da Antonello der einzige, wenn auch noch im Wachstum befindliche, Mann im Umkreis war, musste er sich dem Problem stellen.

»Kann ich helfen?«, fragte er mit einer Schneeflocke auf der Nase.

»Ich denke schon«, antwortete Leilas Mutter. »Weißt du, wo man dieses Ding ansetzen muss, damit man das Teil anheben und dann dieses runde Dings …«

»Das Ersatzrad?«

»Genau, das Ersatzrad!«

»Haben Sie ein Ersatzrad oder ein Notrad?«

»Habe ich ein Ersatzrad oder ein Notrad?«, fragte sich Frau Lolli, wobei sie ein zweites Mal den Kofferraum öffnete. »Ist es das? Was ist das?«

Antonello stellte sich neben sie und fand ein Notrad, das er zu dem platten Reifen rollte. Er legte sich mit dem Rücken auf die bereits verschneite Fahrbahn und suchte unter dem Wagen nach dem richtigen Ansatzpunkt für den Wagenheber. Doch er fand keinen. Also setzte er den Heber auf gut Glück an, stand wieder auf und begann zu pumpen.

»Ach, so geht das!«, bemerkte Frau Lolli. »Dann weiß ich es beim nächsten Mal!«

Glücklicherweise war das malvenrote Auto leicht, und Antonello konnte es weit genug anheben, um den durchlöcherten Reifen abzumontieren. Er holte den Inbusschlüssel aus dem Kofferraum, kniete sich vor das Rad und löste die Schrauben.

»Ach, immer wenn man Hilfe braucht, ist nie jemand da«, jammerte Frau Lolli, während sich der Junge mit den Muttern abmühte.

»Eigentlich ... ist nie jemand da ... abgesehen von ...«, schnaufte Antonello. Der platte Reifen krachte zu Boden, und Leilas Mutter seufzte: »Stimmt. Seit sie die Autobahn gebaut haben, ist unser Dorf wie abgeschnitten. Alle fahren daran vorbei und keiner hält mehr an.«

Antonello montierte das Notrad. »Warum sollte hier jemand halten? Im Dorf gibt es ja nichts zu sehen.«

»Stimmt doch gar nicht!«, entrüstete sich Frau Lolli, die Antonellos Bemerkung offenbar sehr persönlich nahm. »Dieses Jahr ist das Hundertjährige! Da ist der Ausflug ans Meer, dann der Bergmarathon, das Fahrradrennen und die Große Pilzjagd. Und dann sind wir nur wenige Hundert Meter entfernt von … Apollonia J. Brennan!«

›So heißt sie also‹, dachte Antonello. Er zog noch einmal die Muttern fest, dann strich er sich den Schnee aus den Haaren. »Das müsste reichen, um ins Dorf zu kommen, Frau Lolli. Aber fahren Sie dann gleich in die Werkstatt von meinem Bruder, sobald er aufmacht.«

Sie legten die Werkzeuge und auch den kaputten Reifen in den Kofferraum.

»Apollonia J. Brennan«, wiederholte Frau ›Schönhaar‹. »Wie aufregend! Dieses Mal hat sich der Bürgermeister wirklich selbst übertroffen.«

Sie schlossen den Kofferraum.

»Wenn diese Apollonia J. Brennan wirklich so wichtig ist«, warf Antonello ein, »hätte der Bürgermeister selbst vielleicht auf den Ausflug ans Meer verzichten sollen, oder?«

»Aber der Beirat ist doch dageblieben. Und die Pfadfinder!«

Antonello stellte sich die pummelige Pfadfinderleiterin in der engen erbsengrünen Uniform vor und unterdrückte ein Grinsen. Wer der Beirat sein sollte, hatte er keine Ahnung.

»Auf geht's, junger Jedi!«, ermunterte ihn Frau Lolli, während sie sich wieder hinter das Lenkrad setzte.

Antonello betrachtete die Berggipfel, die langsam von den schweren Schneewolken verschluckt wurden. Der

Kleinwagen setzte sich in Bewegung und eierte – wegen des Notrads – in Richtung Dorf.

»Vielleicht hat die Schriftstellerin ja die Autobahnausfahrt verpasst«, mutmaßte Antonello. »Mein Vater sagt, dass ist eine ganz fürchterliche Ausfahrt.«

Frau Lolli kicherte. »Das stimmt. Dabei muss man nur die Straße hinunterfahren und kommt gleich auf dem Dorfplatz an. Doch wenn man nach rechts abbiegt …«

»Dann landet man bei den Skiliften«, beendete Antonello den Satz.

»Genau.«

Das Auto bremste so plötzlich ab, dass Antonello fast mit dem Kopf in die Windschutzscheibe geknallt wäre. »Ahh! Was ist?«

Frau Lolli streckte das Kinn über das Lenkrad und starrte auf die nasse Straße vor ihnen.

Sie schaltete den Scheibenwischer ein.

Antonello traute seinen Augen nicht.

Mitten auf der Schnellstraße stand ein großer Hirsch. Er war doppelt so groß wie das Auto und trug ein beeindruckendes Geweih. Sie starrten das Tier an, und es starrte zurück, während es langsam kaute.

Dann sprangen aus dem dichten Gebüsch vier kleine Kitze und danach zwei Rehe, die hinter dem großen Hirsch die Straße überquerten.

»Hast du so etwas schon mal gesehen?«, flüsterte Leilas Mutter zwischen dem Gequietsche des Scheibenwischers mit belegter Stimme.

»Nein«, gab Antonello zu.

Der Hirsch wartete, bis die Kitze und Rehe auf der anderen Seite waren, dann wogte er bedächtig das Geweih, sprang über den Fahrbahnrand, der zum Fluss führte, und verschwand.

Die Stimme

Lut hockte im Schnee und schüttelte das silberne Döschen. »Hast du das gehört?«

»Das war der Wind«, antwortete Urtgarten.

»An der nächsten Kreuzung rechts abbiegen. Dem Straßenverlauf folgen«, wiederholte das Döschen.

Erschrocken sprangen die beiden Kolosse zurück und landeten auf ihren Hosenboden im Schnee.

»Wer spricht da?«

»Ich nicht! Das war das Ding!«

»Fehler«, sagte die Frauenstimme. »Route wird neu berechnet.«

Lut und Urtgarten setzten sich im Schnee auf.

»Bitte wenden, bitte wenden«, fuhr das Döschen fort.

»Warum sollen wir wenden?«

»Keine Ahnung, aber das hört sich sehr überzeugend an.«

»Tja. Die hat recht.«

»Dem Straßenverlauf folgen«, forderte das Döschen.

»Als ob die uns irgendwohin führen will.«

Der Wind pfiff ermutigend durch die Haare der Krieger.

Die Kolosse sahen sowohl die Frau als auch das sprechende Döschen mit wachsender Neugier an.

»Was sollen wir machen, Urtgarten?«

»Vielleicht hast du recht«, grübelte der andere. »Vielleicht ist das ein Zeichen. Ich meine, vielleicht sollten wir diese Frau und ihre magische Dose finden.«

»Und was machen wir jetzt?«

»Ich denke, wir machen das, was die Dose sagt.«

»Und die Frau?«

»Die lassen wir hier.«

»Das können wir nicht!«

»Warum nicht? Sie war doch schon da, bevor wir kamen, also kann sie doch auch hierbleiben.«

»Sie lebt noch!«

»Aber das ist nur eine Frau …«

»Fehler. Bitte wenden, bitte wenden«, befahl das Döschen.

»Hast du das gehört? Wir müssen auch die Frau mitnehmen!«

Urtgarten schnaubte. »Schon gut, schon gut.«

Sie schulterten den Frauenkörper und folgten den Anweisungen des Döschens.

»Dem Straßenverlauf folgen«, sagte die metallische Frauenstimme ab und zu. Oder: »An der nächsten Kreuzung rechts abbiegen.« Oder auch: »Nach zwanzig Metern links abbiegen.«

Der eisige Wind pfiff ununterbrochen weiter, während es nicht mehr ganz so heftig schneite.

»Und wenn das nur ein blöder Scherz ist?«, stellte Urtgarten irgendwann fest. »Vielleicht amüsiert sich hinter uns gerade irgendwo ein Zyklop auf unsere Kosten!«

»Das wissen wir erst, wenn wir am Ziel angekommen sind«, erwiderte Lut.

Nach einigen Stunden Fußmarsch erreichten sie den Eingang einer Schneegrotte am Rand eines Waldes.

»Einhundert Meter dem Straßenverlauf folgen«, befahl die Stimme aus dem Döschen. »Am Kreisverkehr links abbiegen.«

»Was immer ein ›Kreisverkehr‹ ist, das muss da drin sein.«

»Und wenn das eine Falle ist?«

»Sind wir nun die gefürchteten Bergkolosse von Tarkaan oder nicht? Die Geißel des Reiches?!«

»Natürlich sind wir das!«

»Dann dürfen wir uns vor nichts fürchten!«

Offensichtlich versuchten die beiden Kolosse, sich gegenseitig Mut zu machen, denn die Sache mit dem sprechenden Döschen war ihnen nicht ganz geheuer.

Sie umklammerten ihre Lanzen und traten durch den Eingang der Höhle.

Drinnen schimmerte ein zarter Lichtschein, sodass sie voranschreiten konnten, ohne ständig an die Wände zu stoßen. Je weiter die Freunde in die Höhle gelangten, desto wärmer wurde es. Und es duftete nach Tausend verschiedenen Gerüchen.

Nach einem letzten Anstieg erreichten sie so etwas wie einen Ausgang.

»Hoppla!«, rief Urtgarten aus, als er herausblickte.

Ein sonderbares Bild tat sich auf: Vor der Höhle erstreckte sich eine steil abfallende Wiese, an deren Ende ein riesiges weißes Zelt aufgebaut war. Vor dem Zelt tummelten sich viele kleine Menschen, sie schrien und kreischten. Manche liefen herum, anderen kamen aus oder verschwanden in einem großen grauen Haus, das ganz anders aussah als die übliche Behausung der Kolosse.

Aber das Erstaunlichste war, dass es auf dieser Seite der Höhle viel wärmer war.

Die beiden Krieger tauschten einen schnellen Blick aus, dann kehrten sie rasch in die Höhle zurück, wo sie unbemerkt miteinander reden konnten.

»Wo sind wir denn hier?«, fragte Lut.

»Ich hab nicht den blassesten Schimmer. Das ist nur die Schuld von dieser verdammten Dose! Hab ich dir doch gesagt!«

»Das könnten Männer des Reiches sein.«

»Sie tragen keine Abzeichen! Ich denke, dass sind die Zauberer von Kalem.«

»Neeeee, dafür sind sie viel zu klein.«

»Und wer sind sie dann?«

Lut lugte aus der Höhlenöffnung. »Ziehen wir die Mäntel aus und sehen uns das mal aus der Nähe an.«

»Bist du verrückt?! Und wenn sie uns entdecken?«, wandte Urtgarten mit weit aufgerissenen Augen ein.

»Wenn wir die Waffen und die Mäntel hierlassen und nur unsere Brotbeutel mitnehmen, wird uns niemand bemerken.«

»Na klar! Hast du sie gesehen? Wir sind dreimal so groß wie die, wir haben lange weiße Haare, Tätowierungen auf den Armen und tragen Fellstiefel und Ketten mit Tigerzähnen!«

»Ja, und? Auch die kleinen Reichsbewohner sind sonderbar gekleidet«, bemerkte Lut, der ein hervorragender Beobachter war. »Sieh nur! Sie tragen so komisch platte Hüte, bunte Masken – und nicht nur das!«

Urtgarten spähte noch einmal aus der Höhle. Tatsächlich hatten die kleinen Menschen die unterschiedlichsten Gewänder an: lange Kleider, Mäntel, Federhelme auf dem Kopf …

»Du hast recht«, gab sich der Koloss geschlagen. »Abgesehen von der Größe sind wir fast genauso wie die.«

»Gehen wir?«

»Ich bin dabei.«

Rasch legten sie ihre Jagdutensilien ab, fesselten und knebelten noch schnell die Frau und verließen dann vorsichtig die Höhle. In der Zwischenzeit waren die kleinen Menschen beim Glockengeläut in dem großen grauen Gebäude verschwunden.

Lut und Urtgarten sahen sich um: In der Ferne entdeckten sie Straßen, auf denen laute Gefährte entlangbrausten, und im Tal erstreckte sich ein Dorf mit kleinen Häusern. Ohne noch weitere Zeit zu verlieren, stolperten sie die Wiese hinunter, genau auf das graue Haus zu, in dem alle verschwunden waren.

»Was sagt die magische Dose?«

Lut warf rasch einen Blick auf den Spiegel und sagte: »Sie sagt, wir haben das Ziel erreicht.«

»Gut.«

Sie gelangten zum Eingang des Gebäudes, indem sie einen weiten Bogen um das weiße Zelt machten.

»Was steht über dem Eingang?«, fragte Urtgarten.

»Grundschule.«

Drinnen war niemand. Es gab nur zwei lange, trostlose Gänge, die in entgegengesetzte Richtungen verliefen. Lut und Urtgarten entschieden sich für einen. Einige Räume, an denen sie vorbeikamen, waren voller kleiner Tische.

»Entschuldigen Sie!«, sagte auf einmal eine Stimme hinter ihnen.

Die beiden fuhren erschrocken herum. Vor ihnen stand eine Frau mittleren Alters; sie trug eine kurze Hose, Bergschuhe und ein buntes Taschentuch um den Hals.

»Oh, herzlich willkommen!«, lachte sie. »Sie sind bestimmt die beiden Animateure für die Lesung, oder?«

Die Kolosse schwiegen.

»Die Kinder erwarten Sie schon. Wann kommt Frau Brennan denn?«

Brennan ... die Frau in dem Schneehaufen! Lut gelang eine recht geistesgegenwärtige Antwort: »Sie hatte ... ähm ... ein kleines Problem ... Ich fürchte, sie kommt nicht.«

»Oh nein, das tut mir ja so leid! Aber immerhin sind Sie da! Und über diese außergewöhnlichen Kostüme werden sich die Kinder richtig freuen!« Die Frau redete, ohne Luft zu holen, während die beiden Kolosse sie verständnislos anstarrten. »Es war für uns so wichtig, eine Berühmtheit wie Frau Brennan einzuladen. Die Kinder lieben ihre Geschichten und der Lehrkörper ist immer sehr darauf bedacht, sie gut vorzubereiten, damit diese Treffen mit den Autoren auch etwas bringen und die Kinder was lernen ...«

Lut hielt Urtgarten gerade noch rechtzeitig zurück, bevor er die Frau niederschlagen konnte. Schließlich hörte sie von selbst auf zu reden. Ein Männchen war aufgetaucht – ebenfalls in einer kurzen Hose und mit einem Taschentuch um den Hals – und sagte: »Sie sitzen jetzt alle im Zelt, Daniela!«

Aus dem besagten Zelt drang ohrenbetäubender Lärm.

»Wunderbar! Wunderbar! Folgen Sie mir bitte!«, forderte die Frau die beiden Kolosse auf.

Urtgarten und Lut gingen hinter ihr her.

Lut lächelte dem Typen mit dem Taschentuch um den Hals zu, während Urtgarten sie innerlich dafür verfluchte, dass sie nicht einmal eine einzige Waffe dabei hatten.

»Kinder! Kinder!! Ruhe bitte!«, rief die Pfadfinderleiterin Daniela, als sie auf der Schwelle des weißen Zeltes stand. »Seht mal, wer gekommen ist!«

Beim Anblick von Lut und Urtgarten verstummten die Kinder schlagartig. So etwas hatten sie noch nie gesehen! Achtundzwanzig Augenpaare hefteten sich auf die beiden riesigen Männer mit den kantigen und wettergegerbten Gesichtern. Achtundzwanzig Münder standen vor Staunen offen. Das waren die größten Menschen, die sie je getroffen hatten.

Und nicht nur das.

Die langen, weißen Haare reichten ihnen bis zu den Hüften und waren mit einem einfachen Lederband um die Stirn zusammengehalten. Arme und Beine waren vollständig tätowiert und mit breiten Streifen aus schwarzem Leder umwickelt. Und dann die Narben! Die Schnallen und die schweren Goldarmreifen! Die groben Wollgewänder und das violett gefärbte Büffelleder! Die riesigen Fellstiefel!

Und über allem hing der stechende, saure Geruch von zwei echten Bergkolossen von Tarkaan.

All das wurde von den Schülern bemerkt und eingeordnet. Dann, nach einem Augenblick der Verwirrung, erhob sich Giacomo, ein Junge in Jackett und schwarzer Krawatte, und rief: »Aber du bist ja der Lut!«

Lut riss die Augen auf und sah seinen Kameraden an.

»Das stimmt!«, sagte ein zweiter Junge, der so groß und mager war wie eine vertrocknete Tanne und eine Krone in den Haaren trug. »Und du bist der Urtgarten!«

Urtgarten grinste stolz. Auch wenn er noch nicht verstand, wie das sein konnte, gefiel es ihm, ebenfalls erkannt zu werden.

»Aber seid ihr es wirklich?«, fragte ein Mädchen mit Engelsgesicht in der ersten Reihe. »Ihr stinkt nämlich ganz fürchterlich!«

Bevor die beiden Krieger etwas erwidern konnten, ergriff die Pfadfinderleiterin das Wort: »Aber natürlich, Kinder, das sind sie! Das sind die Helden eurer Lieblingsbücher! Sie sind nur für euch hier! Aber habt noch einen Augenblick Geduld, bitte.« Aus einer Ecke des weißen Zeltes tauchte ein kleiner Mann mit einer dichten Haarpracht auf. »Bevor wir anfangen, spricht der Herr Beirat ein paar Worte!«

Der kleine Mann redete leise mit eintöniger Stimme, während die Kinder ihn gar nicht beachteten und untereinander aufgeregt schnatterten. Dabei zeigten sie immer wieder auf den einen oder anderen Krieger und blätterten dazu in einem dicken Buch mit dem Titel *Die Flammenkralle.*

Während der Beirat allen Firmen dankte, die die Lesung ermöglicht hatten, und der Fleischerei, die die

Nachmittagssnacks gespendet hatte, schlüpfte Daniela neben Urtgarten und flüsterte ihm ins Ohr: »Die Kinder sind sehr lebhaft. Aber total lieb …«

»Daran zweifele ich nicht«, zischte der Koloss.

»Was hat sie dir gesagt?«, flüsterte Lut ihm ins andere Ohr.

»Sie hat gesagt, dass sie sehr lebhaft sind.«

Beide Kolosse betrachteten aufmerksam dieses Zelt voller Menschenjungen.

»Denkst du das, was ich denke?«, fragte Lut.

»Ich glaube, ja«, antwortete Urtgarten. »Nur dass wir die Lanzen in der Höhle gelassen haben.«

Im Zelt

Frau Lolli parkte das malvenrote Auto auf dem einzigen richtigen Platz des Dorfes. Die Grundschule nahm die gesamte Länge des Platzes ein. Sie war ein hässliches, graues Gebäude, hinter dem das weiße Zelt aufragte, das extra für die Faschingsfeier errichtet worden war. Dahinter wiederum stiegen Wiesen und Wälder die Berghänge hinauf.

»Zwanzig vor vier!«, jubelte Frau ›Schönhaar‹, während sie mit dem Bücherstapel ihrer Tochter aus dem Auto stieg. »Wir waren richtig schnell!«

›Ach was!‹, dachte Antonello. Zu Fuß wäre er über seine Abkürzung sogar mit einem Abstecher nach Frankreich wesentlich früher da gewesen.

Zu seinem Glück war auf dem Platz keine Menschenseele zu sehen. Die Erwachsenen waren fast alle am Meer, die Kinder steckten in dem Karnevalszelt, die Geschäftsleute standen noch in ihren Läden und die Alten, die hier meistens Boccia spielten, waren bei der Kälte gar nicht erst herausgekommen.

»Wirklich sonderbar, dass die Hirsche bis ins Tal gekommen sind, nicht?«, plapperte Frau Lolli auf dem Weg zur Schule. »Weißt du, dass Tiere ein besonderes Gespür für Gefahr haben? Vielleicht gibt es ein Erdbeben.«

Antonello brummte etwas Unverständliches.

Leilas Mutter betrachtete die Schneeflocken, die immer dichter fielen, und versteckte die Bücher unter ihrer Jacke. »Wenn die nass werden, verzeiht mir meine Tochter das nie im Leben!«

Sie klingelte.

»Wusstest du, dass Hirsche nicht in einer Familie zusammenleben?«, schnatterte sie weiter. »Das Männchen kann alle Weibchen haben, die es will. Und um die Kinder schert es sich gar nicht ... Also, macht hier jetzt mal jemand auf?«

Zwei Personen erschienen. Ein kleiner Mann mit einer komischen Haarpracht und Daniela, die Pfadfinderleiterin in grünen Shorts. Antonello wurde übel.

Aus dem weißen Zelt ertönte ein explosionsartiger Freudenschrei. Dann folgte ein zweiter Schrei.

»Guten Tag, Frau Lolli! Antonello!«

»Entschuldigen Sie die Verspätung, Daniela! Herr Beirat ... aber wir hatten einen Platten und dann ...«

»Wurden wir von einem Hirschrudel auf Wanderschaft aufgehalten«, fügte Antonello seufzend hinzu.

»Immer zu Scherzen aufgelegt, was?«, kicherte die Pfadfinderleiterin und versuchte, ihm eine Kopfnuss zu verpassen.

»Kommen wir noch rechtzeitig zur Lesung mit der Brennan?«, fragte Frau Lolli ängstlich.

»Waaas?«

Ein dritter Schrei zerriss die Stille des verschlafenen Schneenachmittags.

»Hören Sie das nicht? Die amüsieren sich göttlich!«

Der Beirat hob einen von zu vielen Zigaretten gelb gefärbten Finger und fragte: »Genau, Daniela, ich fragte mich schon ... Welcher von den beiden Kerlen ist die Schriftstellerin?«

»Natürlich keiner von beiden, Herr Beirat! Das sind zwei Schauspieler! Haben Sie nicht gehört, was die gesagt haben? Die Brennan konnte nicht kommen ...«

»Oh, wie schade!«, fiel ihr Frau Lolli ins Wort, während Antonello begeistert die Fäuste ballte.

»Also haben sie vom Verlag zwei Darsteller geschickt.«

»Aber das ist doch nicht dasselbe!«, beschwerte sich Frau Lolli.

Die Pfadfinderleiterin blickte sie verschmitzt an. »Mir kommt es so vor, als ob die Kinder sich noch viel mehr darüber freuen. Die jungen Leser lieben die Figuren der Bücher ja viel mehr als den, der sie schreibt!«

Wie zur Bestätigung ihrer Worte klang ein vierter Überraschungsschrei herüber, Applaus ertönte und dann gab es ein Geräusch, als würde im Plastikzelt etwas zerrissen.

»Sind Sie sicher, dass da alles in Ordnung ist?«, mischte sich Antonello besorgt ein.

Der Beirat, der mögliche Schwierigkeiten erahnte, hatte es plötzlich furchtbar eilig, sich zu verabschieden. »Entschuldigen Sie … aber ich muss wirklich los. Wissen Sie, ich habe noch so viel zu tun …« Und schon verschwand er im Schnee.

Antonello, Frau Lolli und die Pfadfinderleiterin durchquerten die Schule in Richtung Zelt. Aus den Korridorfenstern beobachtete Antonello, wie der Beirat auf der anderen Seite des Platzes in eine Bar marschierte, und dachte: ›So, so, viel zu tun also!‹

»Bist du auch ein Fan von der Brennan, Antonello?«, fragte die Pfadfinderin, als sie auf den Hof hinaustraten.

»Überhaupt nicht. Ich lese nicht so viel«, gab der Junge mit einem gewissen Stolz zu. »Eigentlich so gut wie gar nicht.«

»Lesen ist wichtig.«

»Das sagt mein Bruder auch.«

»Dein Bruder liest?«

»Die Zahlen auf den Geldscheinen. Je größer sie sind, desto wichtiger ist es, lesen zu können.«

Sie kamen zu dem weißen Zelt, das aus der Nähe wie eine moderne Plastikpyramide aussah.

»Es ist ja so still«, bemerkte Frau Lolli.

Das stimmte. Nach den Begeisterungsschreien wenige

Momente zuvor war jetzt nicht einmal das Summen einer Fliege zu hören.

»Wer weiß, was die zwei Krieger für Geheimnisse erzählen«, vermutete die Pfadfinderleiterin. »Sie ahnen ja gar nicht, wie echt die beiden aussehen!«, fügte sie am Eingang hinzu.

Dann stieß sie einen entsetzten Schrei aus: »Um Gottes willen!!!«

Das große Plastikzelt war von kräftigen Händen zerrissen worden. Durch die Fetzen, die einst eine Wand gebildet hatten, wehten jetzt die Schneeflocken. Alle Kinder waren verschwunden. Wie nach einer überstürzten Flucht lagen nur ein paar Rucksäcke auf dem Boden. Ein paar Blätter, einige Bücher und ein Haufen Stifte zeugten noch davon, dass die Schüler dort gewesen waren.

Die Flucht

»Ruhe! Und schön weitermarschieren!«, brüllte Urtgarten, wobei er auf die ansteigende Wiese am Berghang zeigte.

Er hatte sich, ebenso wie Lut, unter jeden Arm ein paar Kinder geklemmt. Die übrigen Kinder liefen zu zweit nebeneinander, aneinandergefesselt mit den Riemen ihrer Rucksäcke.

»Lass mich los, Fettsack!«, kreischte das als Prinzessin verkleidete Mädchen unter dem rechten Arm des Kolosses. »Oder ich sag's meiner Mama.«

»Halt's Maul!«, fuhr sie der kleine Samurai neben ihr an. »Hast du nicht kapiert, dass er uns sonst umbringt? Sie werden uns alle töten!«

Mit einem kräftigen Schütteln brachte Urtgarten ihn zum Schweigen und befahl den anderen weiterzugehen.

»Hey! Diese Show ist fantastisch!«, rief ein junger Cowboy, als er an dem Koloss vorbeilief. Er trug einen Pagenschnitt und eine Gummipistole und sah so verträumt aus wie jemand, der noch nie im Leben Probleme gehabt hat. »Ihr seid echt stark! Das ist die beste Lesung, die ich je erlebt habe.«

»Sei still!«, pflaumte Urtgarten ihn an. »Geh!«

»Das ist genau wie in den Büchern ...«, bemerkte der lange, schmale Indianer, der an den Cowboy gefesselt war, begeistert. »Das ist rücksichtslos. Echt rücksichtslos.«

Der Koloss knurrte noch einmal bedrohlich, und die beiden Jungen marschierten freudestrahlend weiter.

Ihnen folgten zwei Mädchen, die als Ballerinas verkleidet waren und die ganze Zeit nur heulten. Urtgarten bedachte sie mit der gleichen Behandlung. »Lauft hinter den anderen her! Was für alberne Schühchen! Dort, zum Eingang der Höhle!«

Dann kamen, ohne großes Gejammer, drei Jungs in Fußballer-Trikots, ein Junge mit gelbem Helm und Motorradmontur, einer mit einem roten Helm als Formel-Eins-Rennfahrer, Batman, Spiderman, ein paar Jack Sparrows, eine Horde unterschiedlichster Piraten, ein arabischer Scheich und die vier Musketiere.

Als die Reihe zu Ende war, sahen sich Urtgarten und Lut kurz, aber vielsagend an.

»Können die nicht mal einen Moment still sein?«, maulte Urtgarten und hielt einen Gefangenen am Gürtel fest, der sich unter seinem Arm wand.

Der Schrecklichste war ein kleiner Magier mit Brille, der ständig versuchte, ihn mit seinem Zauberstab zu pieksen.

»Irgendwann gelingt mir die Flucht!«, erklärte der Junge mit der Brille. »Das wird dann dein Ende sein!«

»Sei bloß still, Houdini! Sonst tötet er uns!«, flehte der verschreckte Samurai ihn unter dem anderen Arm an. »Sie werden uns alle töten!«

»Es hört einfach nicht auf …«, seufzte der Krieger an seinen Kameraden gewandt. »Ich wusste gar nicht mehr, dass Kinder so unerträglich sein können.«

Lut hob einen von seinen Gefangenen hoch. Es war der Junge mit Jackett und schwarzer Krawatte, der ihn erkannt hatte. »Aber schau dir mal den an. Der hält nicht nur still, sondern gibt mir auch noch wertvolle Tipps.«

»Passt auf Massimo auf«, sagte das Kind tatsächlich und zeigte auf den arabischen Scheich mit Bart. »Er ist nicht wie wir. Er ist schon fünfmal sitzen geblieben.«

»Wie, sitzen geblieben?«

»Na, er musste das Jahr wiederholen.«

»Das Jahr wiederholen?«

»Logo, er ist kleben geblieben. Verdammt, wie nennt ihr das denn?«

Lut lachte los und setzte den kleinen Spion ab.

Urtgarten schüttelte den Kopf. »Wir sollten uns besser beeilen.«

»Bring du sie hoch. Ich verwische die Spuren im Schnee.«

Während die Gruppe weiterlief, beseitigte Lut mit einem Tannenzweig und ein paar magischen Worten, die er von seinem Vater gelernt hatte, ihre Fußspuren.

In der Höhle nahm Urtgarten seine Waffen wieder an sich.

»Cool, geiles Schwert!«

»Ist das echt? Schneidet das?«

»Findet man das im Internet?«

Urtgarten warf das Schwert Spiderman zu, der unter dem Gewicht der Waffe zusammenbrach. Alle drei Fußballspieler mussten mit anfassen, um ihn davon zu befreien.

»Noch jemand?«

Die vier Musketiere, die nicht wussten, was sie machen sollten, kreuzten ihre Plastikschwerter und riefen: »Einer für alle, alle für einen!«

Schließlich folgte Lut der Gruppe und versiegelte den Eingang der Höhle, sodass dieser von außen nicht mehr zu sehen war.

»Halt, du!«, brüllte Urtgarten plötzlich und stoppte den kleinen Magier mit der Brille, der zu fliehen versuchte. Mit der spitzen Lanze spießte er ihn am Kragen auf und hob ihn in die Luft, während seine Klassenkameraden in Gelächter ausbrachen. Alle – außer den beiden Ballerinas, die immer noch heulten.

»Versuch das noch einmal, und du bist tot.«

»Das wirst du bereuen!«, knurrte das Menschenjunge und fuchtelte mit den Fäusten in der Luft herum.

»Wer ist bloß dieses kleine Scheusal?«, seufzte Urtgarten und sah Lut an.

»Der heißt Mariano«, krähte das Spion-Kind. »Aber wir nennen ihn Houdini!«

»Sei bloß still, Giacomo, sonst töten sie uns!«, flehte der verschreckte Samurai ein weiteres Mal.

Doch stattdessen machte Giacomo einen Schritt auf die zwei Kolosse zu und zog sein schwarzes Jackett zurecht. Er zeigte auf Houdini und sagte: »Das macht er immer! Die Flucht liegt ihm im Blut.«

»Das ist kein echter Magier«, erklärte das Kind mit dem roten Helm.

»Und du kannst kein Auto fahren!«, plärrte Houdini.

»Auf jeden Fall ...«, fuhr das Spion-Kind fort. »Wenn ihr schon jemanden bestrafen müsst, dann bestraft Houdini und nicht uns. Wir wollen nicht weglaufen.«

Urtgarten hob Houdini noch höher und hielt das Schwert an seinen Bauchnabel. »Hast du gehört, was dein Freund sagt?«

»Wow! Jetzt sticht er zu!«, rief der Cowboy mit dem Pagenschnitt aufgeregt und rammte den Ellenbogen in seinen Indianer-Freund.

»Diese Show ist echt stark!«, stellte der andere zufrieden fest.

Lut warf Urtgarten ein paar Meter Seil zu. »Bind ihn dir an den Gürtel, dann bringen wir ihn zum Rat. Machan wird entscheiden, was mit ihm geschehen soll.«

»Machan?«, platzten fast alle Kinder gleichzeitig heraus. Dann kroch ein ängstliches Zittern durch die Höhle, und mit einem Schlag verstummten alle.

»Wir haben das magische Wort gefunden«, sagte Lut.

Etwas widerwillig fesselte Urtgarten sich Houdini

mit unzähligen unlösbaren Knoten an den Gürtel. »Denk dran: Ein Mucks und du bist tot!«

Und noch bevor der kleine Flüchtling seine nächste Drohung ausspucken konnte, stopfte der Koloss ihm einen Knebel in den Mund.

»Und wer ist die da?«

»Ist die tot?«

»Habt ihr sie umgebracht?«

»Ist das eine Schauspielerin?«

Die vier Musketiere und ein Mädchen mit Lara-Croft-Handschuhen und Lara-Croft-Gürtel bombardierten Lut mit diesen Fragen. Der Koloss hatte sich neben der Frau, die sie im Schnee gefunden hatten, niedergekniet, um zu überprüfen, ob sie noch atmete. So viel er davon verstand, brauchte sie einen Schamanen – und zwar schnell.

Ohne die Fragen der Kinder zu beantworten, lud er sich die Frau auf die Schulter und marschierte in die Höhle hinein.

»Sollen wir da mit?«

»Was ist denn da?«

»Wann gibt es was zu essen?«

»Meine Schuhe sind ganz nass.«

»Das ist wunderschön!«

»Ich will nach Hause!«

»RUHE! SEID RUHIG ODER ICH RUFE SOFORT MACHAN!«, brüllte Urtgarten so laut, dass seine Stimme in der ganzen Höhle widerhallte. Sogar der Boden bebte. Als wieder Ruhe eingekehrt war, machte der Koloss einen gewaltigen Schritt nach vorn und schleifte den kleinen Flüchtling hinter sich her. »Geht, und kein Wort! Verstanden?«

Der Karnevalsumzug setzte sich langsam hinter Lut in Bewegung. Nur der Scheich mit dem Bart, der sich an die Sache mit dem Spion-Kind erinnerte, warf Urtgarten mutig einen finsteren Blick zu und zischte: »Ich hab ein Auge auf dich, Söhnchen!«

Lut marschierte den Weg durch die Höhle voraus und kam bei den bekannten Bergen heraus. Er seufzte erleichtert. Der Sturm, der wenige Stunden zuvor gewütet hatte, hatte sich gelegt und die schneebedeckten Gipfel glitzerten wie Rohdiamanten in der Sonne. Als die Kinder heraustraten, hielten sie sich aneinander fest und betrachteten verwirrt die weite Bergkette, die mit dem schwarzen Kegel eines Vulkans endete.

Plötzlich zeigte Giacomo auf die Rauchsäule und rief: »Aber das … das … ist der Vulkan von Lyr!«

Alle blickten in die Richtung, in die er zeigte.

»Das Drachennest!«

»Aber das geht doch gar nicht …«

»Das ist er aber ganz bestimmt!«

»Aber dann … ist das da … die Vereiste Muschel!«, half der Cowboy weiter. »Richtig, C?«

Der lange, dürre Indianer nickte so bedächtig, dass seine Fasanfedern langsam wippten. »Genau. Wir sind ganz in der Nähe vom Wald der Fünf Wege! Und dort hinten muss die Brücke zur Verborgenen Stadt sein.«

Lut war völlig verblüfft. Er ging zu den Jungen, die gesprochen hatten, und fragte: »Kennt ihr diesen Ort?«

»Natürlich kennen wir ihn.«

»Und woher?«

»Davon haben wir in den Büchern gelesen«, antworte der Lange mit dem Namen ›C‹. »Der Wald der Fünf Wege ist sehr heimtückisch, denn ... denn die Fünf Wege sehen alle gleich aus.«

»Genau«, murmelte Lut überrascht. »Also wisst ihr auch, wohin wir gehen?«

»GEHT WEITER!«, brüllte Urtgarten, der hinten am Ende der Gruppe immer noch in der Höhle steckte. Die Kinder drängten sich um Lut, damit der andere Koloss herauskommen konnte. »Darf man mal erfahren, was hier los ist?«

»Wir überlegen gerade, wo wir langgehen«, erklärte ihm Lut.

»Warum? Haben wir etwa eine Wahl?«

»Ihr bringt uns also ... in die Verborgene Stadt?«, mutmaßte der Cowboy.

Lut nickte. »Ganz genau, Junge. Wir gehen in die Hauptstadt der Kolosse.«

Die Nachricht trat eine Lawine von Bemerkungen los.

»Das ist fantastisch!«

»Das ist nicht möglich!«

»Die gibt es doch gar nicht!«

Die zwei Ballerinas schluchzten herzzerreißend.

»Ich will nach Hause!«

»Sie werden uns alle töten!«

Über allen Stimmen stach die des Scheichs heraus, der auf die Täler vor ihnen zeigte und zum ersten Mal etwas sagte: »Aber wie kann denn da ein Vulkan sein? Es gibt keinen Vulkan in der Nähe von unserem Dorf!«

Ein langes, sehr langes Schweigen folgte, das nur von dem entfernten Krächzen der Krähen durchbrochen wurde.

»Das ist nicht unsere Welt!«, erwiderte Giacomo, als wäre es das Offensichtlichste überhaupt.

Die darauffolgende Stille war noch drückender. Dann stimmten in das Schluchzen der beiden Ballerinas mit einem Mal ein paar andere Kinder ein.

»Ich weiß nicht, ob das eure Welt ist oder nicht …«, ergriff der Koloss mit Namen Lut das Wort. »Und es interessiert mich auch nicht. Ihr müsst jetzt marschieren. Und ich rate euch, nicht zu trödeln, sonst schwör ich euch, dass ihr erfriert.«

Ohne ein weiteres Wort zu verlieren stapfte er durch den Schnee.

Der Schwur

Im Dorf brach ein fürchterliches Durcheinander aus.

Während das Plastikzelt langsam in sich zusammensank, rannten Frau Lolli und die Pfadfinderleiterin kopflos von einer Seite der Schule zur anderen, auf der Suche nach einem Telefon oder zumindest einer Telefonnummer, sie brüllten die Pfadfinder an, die ihnen im Weg standen, und schimpften, dass diese den Ernst der Lage offenbar nicht erkannten, riefen nach anderen Pfadfindern und versuchten herauszubekommen, wo die Kinder abgeblieben waren.

»Wir müssen sie finden! Sofort! Sie waren uns anvertraut! Ruft den Ausbilder!«

»Ich hole Hilfe im Dorf!«, schlug irgendwann Frau Lolli vor, die immer noch die Bücher ihrer Tochter im Arm hatte.

Die Pfadfinderleiterin hielt sie zurück. »Nein, nicht. Zu niemandem ein Wort! Wir kümmern uns selbst darum.«

Es schneite immer heftiger, und das hieß für Antonello nur eins: Bald würden sämtliche Spuren der Flüchtigen verschwunden sein. Unbeachtet von allen trat er zur Seite und beobachtete, wie die Pfadfindertruppe suchend die Wiesen hinaufkletterte.

»Sie können nicht weit gekommen sein!«, schrie die Leiterin den Pfadfindern zu. »Sie müssen hier irgendwo in der Gegend sein!«

Andere Pfadfinder begannen, die Straßen des Dorfes zu durchkämmen. Frau Lolli wurde, nachdem sie Stillschweigen geschworen hatte, nach Hause geschickt, und die Pfadfinderleiterin Daniela rannte kopflos durch die leeren Korridore der riesigen Schule.

Kein Mensch kümmerte sich um Antonello. Er strich um das zusammengefallene Zelt, unter dem noch der Heizstrahler rappelte, und sah sich aufmerksam um. Es war ihm noch nicht ganz klar, was eigentlich passiert war, und im Grunde war es ihm auch völlig egal. Er war einfach nur froh, der Lesung der Autorin zu entgehen.

Trotzdem war er ziemlich neugierig. Die Pfadfinderleiterin hatte etwas von zwei Animateuren gesagt, die als Kolosse verkleidet gewesen waren – was immer das sein mochte. Während er in den zurückgelassenen Büchern der Autorin blätterte, fand er eine erste Antwort: Die Kolosse waren Menschen mit kolossalen Maßen; sie waren über zwei Meter groß, hatten breite Schultern wie Bären, lange, weiße Haare und neigten zu ständiger Kriegsführung. Sie waren nicht besonders lebhaft, aber auf jeden Fall bedrohlich. Wie zum Beispiel dieser Machan, Sohn von Machan, genannt Lava-Blut.

Antonello gähnte. Er klappte das Buch zu und ließ es auf die Erde fallen. Dann betrachtete er den Riss in der Zeltplane: Die Polyesterwand war etwa einen Zentimeter dick, doch völlig zerfetzt. Wer auch immer das getan hatte, hatte sie nicht einfach zerschnitten, sondern regelrecht in Stücke gerissen.

»Verdammt«, murmelte Antonello und ein schrecklicher Verdacht stieg in ihm auf: Kein noch so guter Schauspieler hätte mit bloßen Händen so ein Gewebe zerreißen können. Die Kolosse hingegen …

Ein Glitzern erregte seine Aufmerksamkeit. Neben den Zeltüberresten lag eine vergoldete Schnalle mit wirklich merkwürdiger Form: Auf ihr waren Umrisse eines Vulkans zu sehen, aus dessen Kegel Feuer und Lava einem Fächer gleich herausschossen. Die Schnalle war ziemlich grob gearbeitet und sehr schwer.

Ein Gedanke schoss Antonello durch den Kopf, und er lief in das Zelt zurück. Dort suchte er in dem Buch, das er kurz zuvor durchgeblättert hatte, nach einer Zeichnung und verglich sie mit der Schnalle.

Verdammt! Die Schnalle war eines von Machans Kleidungsstücken.

Lava-Blut.

Antonello war jedoch zu realistisch veranlagt, um sofort eine übereilte Schlussfolgerung zu ziehen. Er drehte die Schnalle in den Fingern und suchte nach dem beruhigenden ›Made in China‹-Aufdruck. Vergeblich.

Plötzlich hörte er Schritte näher kommen. Schnell verbarg er sich in einer dunklen Ecke.

Die Pfadfinderleiterin und ein Mann im grauen Nadelstreifenanzug gingen dicht an seinem Versteck vorbei.

»Wirklich, Herr Ausbilder, ich verstehe nicht, wie das passieren konnte …«

»Haben Sie den Verlag angerufen?«

»Ich habe es versucht, ja. Aber die Verbindung war aufgrund des Wetters ziemlich schlecht. Anscheinend ist die ganze Gegend von einem Schneesturm betroffen!«

»Endlich eine gute Nachricht. Genau das, was wir brauchen. Ein Schneesturm.«

»Was meinen Sie damit?«

»Das Schneechaos verschafft uns Zeit, alles wieder in Ordnung zu bringen und die Kinder wiederzufinden, ohne dass irgendjemand etwas bemerkt.«

»Das habe ich mir auch schon gedacht, Herr Ausbilder.«

»Wir müssen uns nur beeilen, Fräulein Daniela, oder wir machen uns lächerlich. Unsere Trupps sind schon unterwegs, nicht wahr?«

»Alle, Herr Ausbilder! Wir werden sie finden, ganz sicher! Sie können noch nicht weit weg sein.«

»Jawohl. Und der Verlag?«

»Also … eigentlich … ist das ziemlich eigenartig …«, stotterte die Pfadfinderleiterin und senkte die Stimme.

»Der Verlag hat mitgeteilt, dass Brennan, die Schriftstellerin … wirklich zu uns gefahren ist.«

»Aber sie ist nie angekommen!«

»Nicht nur das. Die … die beiden Krieger, die hier aufgetaucht sind … haben mir erzählt, dass die Brennan nicht kommen konnte und dass sie an ihrer Stelle angereist seien.«

»Betrüger! Das waren zwei Betrüger!«

»Ich glaube das auch, Herr Ausbilder«, gab die Leiterin zu. »Denn der Verlag wusste gar nichts von den beiden Schauspielern.«

»Aber wie ist das möglich?«

Daniela begann zu schluchzen. »Ich weiß es nicht, Herr Ausbilder. Ich habe keinen blassen Schimmer!«

»Und was ist mit der Schriftstellerin passiert?«

»Sie ist unauffindbar!«

»Vielleicht hat sie das alles vorbereitet? Ohne den Verlag davon zu unterrichten?«

»Schscht! Was war das? Haben Sie das gehört?«

»Nein! Was denn?«

Es waren Antonellos Schritte gewesen. Nachdem er genug gehört hatte, war er aus seinem Versteck davongeschlichen.

Er lief auf den Dorfplatz und ein sonderbares Gefühl der Freude durchströmte ihn. Das verlassene und verschneite Dorf war einfach traumhaft! Schon lagen ein paar Zentimeter Schnee, der unter den Schuhen knirschte und den Platz in eine blütenweiße Fläche verwandelt hatte. Antonello überquerte ihn und erreichte kurz darauf die Autowerkstatt seines Bruders, die gleich hinter der SB-Tankstelle lag.

Michele stand mit dem Rücken zu ihm und versuchte gerade, einen Radiosender hereinzubekommen.

»Mix!«, rief Antonello, als er durch das Rolltor in die Werkstatt trat und von dem typischen Duftgemisch aus Öl und Benzin umfangen wurde.

»Hallo Nello. Bist du gar nicht in der Schule?«

»Würde mal sagen, nein. Funktioniert es nicht?«

Michele drehte noch ein bisschen an dem Rad, ohne auch nur einen einzigen Sender zu empfangen. Zwischen all dem Gerausche war nur die Stimme eines Nachrichtensprechers zu hören, der über das schlechte Wetter sprach, das den Norden des Landes fest im Griff hätte. Michele drehte rasch weiter. »Rock. Ich will Rockmusik.«

Nach einigen weiteren vergeblichen Versuchen gab er es auf. »Immer das Gleiche, wenn es draußen mal stürmt.«

Er wischte sich die Hände an dem blauen Overall ab und betrachtete mit gelangweiltem Blick den alten Fiat auf der Hebebühne.

»Warum bist du nicht in der Schule?«

»Es ist vier Uhr.«

»Richtig.«

»Und das ist auch nicht das Problem.«

»Was ist denn das Problem?«

»Das Problem ist, dass meine Klasse verschwunden ist.«

»Großartig. Und wie ist sie verschwunden?«

Michele suchte einen passenden Schraubenschlüssel zwischen den Tausenden, die auf der hölzernen Werkbank lagen. Dann sprang er in den Autograben unter der Hebebühne und begann am Fahrgestell des Wagens herumzuhantieren.

Antonello setzte sich auf den Rand des Grabens und zog die Werkzeugkiste zu sich heran. »Das weiß man nicht.«

»Das weiß man nicht. Super. Gib mir einen Zwölfer.«

Antonello öffnete den linken Teil der Kiste, wo Dutzende Schraubendreheraufsätze aufgereiht waren, und holte den Zwölfer-Aufsatz heraus.

»Du glaubst mir nicht, oder?«

»Wieso, Nello? Unsere Eltern sind ans Meer gefahren, da ist es doch völlig normal, dass du nicht in der Schule bist, auch wenn du es sein solltest. Das hätte ich genauso gemacht, wenn ich du wäre. Ach was, ich wäre gar nicht erst aus dem Haus gegangen.«

»Aber es ist wirklich passiert.«

Michele hörte auf an der Schraube zu schrauben, an der er gerade schraubte. »Irre ich mich oder willst du mir was sagen?«

»Ich versuche, dir zu erklären, dass achtundzwanzig Kinder verschwunden sind, darunter meine Klassenkameraden und die aus der Grundschule.«

»Alle?«

»Alle.«

»Inbusschlüssel. Einen Neuner, würd ich sagen.«

Michele warf dem Bruder den Schraubendreher zu, und im Gegenzug kam der Inbusschlüssel Nummer Neun geflogen.

»Also, noch mal ganz langsam – du bist heute Nachmittag zur Schule gegangen …«

»Nicht so richtig. Heute war keine Schule, sondern die Faschingsfeier von den Pfadfindern.«

»Ach ja. Und da ist auch diese Frau gekommen …«

»Apollonia J. Brennan.«

»Die Schriftstellerin.«

»Genau. Sie sollte vor den Schülern lesen. Das war der geplante Höhepunkt des Festes.«

»Über was schreibt sie so?«

»Über Krieger, Kolosse, Drachen, die in einem Vulkan begraben sind und Feuer spucken – so ein Zeug eben.«

»Wenn sie was Richtiges sehen will, das Feuer und Rauch spuckt, dann sollte sie versuchen, diesen Auspufftopf abzuschrauben!«

Antonello sah zu, wie sein Bruder vom Unterboden des Autos ein schlangenartiges Teil abbaute, dann fuhr er fort: »Auf jeden Fall bin ich nicht zu dieser Lesung von den Pfadfindern gegangen.«

Michele legte das Auspuffrohr vorsichtig auf den Boden, betrachtete sorgsam den Unterboden des Autos und fragte: »Und warum bist du da nicht hingegangen?«

»Ich hab keine Lust mich zu verkleiden. Und die Pfadfinder mag ich auch nicht.«

»Hilf mir mal.«

Gemeinsam schleppten die beiden Brüder das Auspuffrohr aus dem Autograben und legten es in eine Wanne mit schwarzem Wasser.

»Mix, es war so: Gerade, als ich zum Fluss wollte, habe ich Frau Lolli getroffen ...«

»Die war vor einer Viertelstunde hier und hat einen Reifen gekauft.«

»Weil der eine geplatzt war. Deshalb sind wir zu spät zur Lesung der Schriftstellerin gekommen.«

»Aber hattest du nicht gesagt, dass du da gar nicht hinwolltest?«

»Genau. Aber Frau Lolli hat mich quasi gezwungen. Und als wir ankamen, waren alle meine Klassenkameraden verschwunden.«

Zum ersten Mal, seit Antonello zu erzählen begonnen hatte, sah Michele seinen Bruder aufmerksam an, als ob er wirklich zuhören würde. »Was heißt das, verschwunden?«

»Na, das versuche ich dir doch schon die ganze Zeit zu erzählen! Ich weiß es nicht. Das weiß kein Mensch. Die Pfadfinder suchen sie gerade. Daniela, die Pfadfinderleiterin, meint, das waren die zwei Schauspieler. Zwei riesige Typen, die ... ich weiß nicht wie, aber sie haben ... sie weggebracht. Entführt. Sie haben achtundzwanzig Kinder entführt.«

»Schwöre es.«

»Ich schwöre es.«

Michele kratzte sich mit dem Schraubenschlüssel am Kopf. »Aber dann … ist die Lage ernst. Und wer sind die beiden Männer, die sie entführt haben? Wann sind die gekommen?«

»Die Leiterin meint, es waren zwei große, dicke Schauspieler, die als Krieger verkleidet waren, aber …«

Antonello vollendete den Satz nicht, sondern sagte stattdessen: »Ich weiß, du denkst, das geht nicht, aber … kennst du das, wenn bestimmte Tiere eher fliehen als andere, weil sie Gefahr wittern? Tja, nachdem wir diesen Platten hatten, haben ich und Frau Lolli einen großen Hirsch gesehen – er stand mitten auf der Schnellstraße und brachte seine ganze Familie in Sicherheit! Und dann das hier …« Antonello reichte seinem Bruder die Goldschnalle. »Die habe ich vor dem Zelt gefunden, in dem die Lesung sein sollte.«

»Was ist das?«

»Ich weiß es nicht. Aber ich glaube, die ist echt. Die kommt bestimmt von ganz weit her. Deshalb denke ich, dass die beiden Typen nicht einfach nur Schauspieler waren. Hör mal, das Zelt ist von innen zerstört worden, von irgendeinem sehr starken Viech, und wenn ich sehr stark sage, dann meine ich sehr stark, denn er hat das Zelt mit bloßen Händen zerfetzt.«

»Unmöglich.«

»Für einen Menschen schon. Aber nicht für zwei Kolosse.«

Michele Rampini drehte die goldene Schnalle nachdenklich zwischen den Fingern. »Zerfetzt, sagst du?«

»Zerfetzt, Mix.«

»Okay, wir gehen zu Stefano.«

Die Saupacker

Gleich außerhalb des magischen Kreises um die Verbotene Stadt lagen die Saupacker von Brina auf der Lauer und schnüffelten mit ihren behaarten Nasenrüsseln im Schnee. Es waren wirklich bemerkenswerte Tiere: Aus der Ferne sahen sie wie riesige Jagdhunde mit wirrem Fell und gelben Augen aus. Sie hatten eine lange Rüsselschnauze, die der eines Ameisenbären ähnelte, und einen dürren, peitschenähnlichen Schwanz. Sie strömten einen durchdringenden Wildgeruch aus. Sobald sie auf der Brücke den Trupp kleiner Menschen in Begleitung von zwei Kolossen näher kommen sahen, begannen sie wie wild zu kläffen.

»Endlich zu Hause!«, rief Urtgarten, als sie die magische Kuppel der Verborgenen Stadt, von der der Schnee herabrutschte, erreichten. Das Gebell der Saupacker war ohrenbetäubend. Und auch die Kinder redeten nun alle wieder aufgeregt durcheinander.

»Seht mal! Die Stadt der Kolosse!«

»Die ist genau wie im Buch!«

»Sie ist riesig!«

»Das ist das Haus von Machan!«

»Sie werden uns alle töten!«, jammerte der verschreckte Samurai.

»Halt's Maul«, blaffte Giacomo und zog sich vor Kälte die Jacke fester zusammen. »Tu, was ich dir sage, dann wird schon alles gut. Wenn sie uns töten wollten, dann hätten sie das schon längst getan.«

Raffaella, das hübscheste Mädchen der Klasse, stimmte ihm zu.

»Wenn sie uns also nicht töten wollen, was wollen sie dann von uns?«, fragte das Prinzessin-Mädchen.

»Was immer das ist, die sollen sich vor mir in Acht nehmen«, antwortete Giacomo und zog ein möglichst finsteres Gesicht, damit Raffaella sich beruhigte.

»Sie zittern schon vor Angst«, zog Massimo, der Scheich, ihn auf.

Raffaella drehte sich lachend zu Massimo um, während Giacomo vor Wut und Neid rot anlief. Er wusste genau, dass Massimo nur so beliebt war, weil er fünf Jahre älter war und schon einen echten Bart hatte. Er wusste außerdem, dass Massimo ein blöder Idiot war. »Und was schlägst du vor?«, forderte er ihn heraus.

»Nichts. Wir machen das, was sie uns sagen, und warten erst mal ab.«

»Richtig«, sagte Raffaella.

Sie marschierten weiter, achteten nicht auf das Geheul der Saupacker und redeten leise miteinander. Massimo zeigte auf die Kuppel, die die Verborgene Stadt schützte. »Ich habe nicht alle Bücher gelesen, aber wenn ich mich nicht irre, schneit es darunter nicht, oder?«

»Die Stadt der Kolosse wird von einem magischen Ring geschützt, der Kälte und Hitze von ihr abhält und sie vor den Augen unerwünschter Eindringlinge versteckt«, erklärte Giacomo, der alle Bücher genau kannte. »Im Sommer ist es kühl, im Winter warm.«

»Also los«, beschloss der Klassenälteste. »Besser im Warmen sein als hier draußen.«

»Hatschiii!«, machte die Prinzessin.

»Und diese Bestien?«, fragte Raffaella.

»Das sind die Saupacker von Brina«, erläuterte Giacomo sofort und schlug damit alle anderen Mitstreiter aus dem Feld. »Das sind die Jagdhunde der Kolosse. Mit denen stöbern sie Schneekraken oder auch andere Wesen, die gesucht werden, auf.«

»Und wen suchen sie jetzt, eurer Meinung nach?«

»Vielleicht uns.«

Als die Truppe das Stadttor erreichte, rissen sich ein paar Brina-Saupacker von den Ketten ihrer Ausbilder los und stürmten mit langen, gleichmäßigen Bewegungen auf Lut und Urtgarten zu. Dank ihrer Schwimmpfoten waren die Tiere besonders flink. Viele der Kinder kreischten vor Angst.

Der erste der beiden Saupacker bremste knurrend ein paar Schritte vor der Gruppe ab, fletschte die Zähne vor Lut, dann warf er sich auf den Boden und streckte die Beine in die Luft – offenbar wollte er am Bauch gekrault werden. Der zweite sprang den Koloss an und leckte ihm mit der langen, sabbernden Zunge das Gesicht ab.

»Brav! Brav! Ja, ihr seid ganz brave Jungs!« Der Koloss streichelte die Tiere. Die beiden Bestien schnappten nach ihm, wedelten mit den Schwänzen und schnupperten an der Last, die er auf der Schulter trug. »Nein! Aus! Lasst die Frau in Ruhe! Das ist kein Spielzeug! Platz!«

Vom Ende der Gruppe eilte Urtgarten mit großen Schritten herbei und schleifte den kleinen Gefangenen an seinem Gürtel hinter sich her. Er kraulte die beiden Saupacker zwischen den Ohren. Dann befahl er ihnen, Sitz zu machen. Sie parierten und hockten nebeneinander wie zwei ägyptische Sphinxen. Urtgarten drehte sich zu den Kindern. »Das sind sehr geräuschempfindliche Tiere. Der Erste von euch, der einen Mucks macht oder etwas tut, was er nicht tun sollte … bekommt ihre Zähne zu spüren. Und ich versichere euch, das ist kein schönes Erlebnis. Habe ich mich klar ausgedrückt?«

Die beiden Ballerinas schluchzten verzweifelt. Die anderen nickten und klammerten sich wie Sardinen in einer Dose fest aneinander.

Von der Stadtgrenze her näherte sich ein weiterer Trupp Kolosse. Auch sie führten Saupacker an Ketten.

»Urtgarten! Lut!«, grüßten die Neuankömmlinge.

»Fraskius! Mazzentyr!«, erwiderte Lut. »Hallo Jungs!«

Sie blieben in einigen Schritten Entfernung stehen, hoben die rechte Hand, führten sie an die Stirn und legten sie schließlich auf das Herz. »Wir wollten gerade nach euch suchen.«

Lut kicherte. »Uns suchen? Warum?«

»Ihr seid zur Jagd gegangen, als der Sturm wütete, und nicht zurückgekehrt. Und als sich der Wind plötzlich legte, haben wir einen Rettungstrupp zusammengestellt. Doch wie es scheint, war das gar nicht mehr nötig. Was schleppt ihr denn da für ein Zeug heran?«

Urtgarten trat an Fraskius heran und griff mit der rechten Hand so fest nach dessen Kinn, als wollte er es zerdrücken. »Alter! Scheinbar stimmt es, dass gewisse Dinge mit den Jahren in Vergessenheit geraten, was? Erkennst du das nicht? Das sind Kinder!«

»Kinder?«

Ein erstauntes Raunen ging durch den Suchtrupp der Verborgenen Stadt, dann folgte nach und nach überzeugtes Brummen.

»Stimmt ja, das sind Kinder …«

»Aber so kleine …«

»Kinder sind klein.«

»Aber nicht so klein …«

»Und was haben die denn an?«

Der Koloss mit Namen Fraskius befreite sich aus Urtgartens Griff und betrachtete aufmerksam die Kinderschar. Über das Gesicht des Riesen zog sich eine lange

Narbe, und er musterte die Kinder so, als würde er darüber nachdenken, wie schnell sie durchgebraten wären. Erst als er mit seiner Überlegung am Ende war, brach er in Gelächter aus. »Aber richtig doch!«, rief er und rammte Urtgarten eine Faust in den Bauch, so als wollte er einen Stier umlegen. »Das sind Kinder!«

Plötzlich waren die Kolosse bester Stimmung. Angeregt diskutierten sie, woher diese Kinder stammten, welcher Rasse sie wohl angehörten, ob sie Gromios, Putch, Flix oder gar Menschenkinder waren. Doch die wichtigste Frage war immer wieder, warum sie bloß so schlecht angezogen waren.

Statt einer Antwort zeigte Lut seinen Kameraden die bewusstlose Frau.

»Und wer ist das? Die Mutter?«, fragte einer der Saupacker-Führer.

»Glaube ich nicht. Aber durch sie haben wir die Kinder gefunden.«

»Lebt sie?«

»Nicht mehr lange, wenn wir hier draußen noch weiter quatschen«, entgegnete Lut besorgt. »Wir müssen sie zum Schamanen bringen.«

»Und was soll mit denen da passieren?«, fragte der Koloss mit der Narbe über dem Auge.

»Wir stecken sie in eine warme Zelle und zeigen sie dann Machan«, antwortete Urtgarten.

Das schien allen eine gute Idee zu sein. Die Kolosse gingen mit schnellen Schritten zum verzierten Stadttor.

»Darf ich dich was fragen, Urtgarten?«, wollte plötzlich der Koloss mit der Narbe wissen.

»Klar doch.«

»Warum ziehst du diesen Strick hinter dir her?«

»Den? Ich musste damit eine freche Rotznase fesseln, die ständig versuchte abzuhau…«

Der Strick baumelte leer in seiner Hand. Houdini, der am anderen Ende festgebunden gewesen war, fehlte.

»Ich würde mal sagen, das ist ihm bravourös gelungen«, kicherte der Koloss.

»Wie hat er das gemacht?«, donnerte Urtgarten und blickte sich wütend um. »Das gibt's doch gar nicht! Ihr! Das ward ihr, nicht wahr?«

Die Kinder wichen erschrocken zurück. Alle – außer Massimo, der zufrieden die Arme verschränkte. Und während der Koloss vor Zorn fast platzte, grinste der Junge schräg unter seinem falschen Scheichsbart hervor.

Die Helden

Stefano war der Besitzer der Bar *Durchblick,* das einzige Lokal, das Michele je betreten hatte. Es war eine kleine Bar, schmal und lang, die in einem ehemaligen Stall untergebracht war. Stefano hatte ihn umgebaut und mit roten Holzpanelen verkleidet. Der Laden lag in der Mitte der alten Gasse, nur wenige Schritte von dem Tor entfernt, das zum Sarazenen-Turm führte. Vor der Tür hing eine napoleonische Laterne, die auf eine zweihundertjährige Geschichte zurückblicken konnte und die Stefano jeden Abend anzündete. Das war Tradition in dem Lokal, obwohl es sehr unwahrscheinlich war, dass die Laterne tatsächlich aus napoleonischer Zeit stammte.

In diese Bar ging Michele jedes Mal, wenn es ein Problem gab. Denn Stefano wusste immer eine Lösung.

An diesem Nachmittag betraten Antonello und Michele genau um halb fünf das Lokal. Stefano hatte die ersten Holzscheite im gusseisernen Ofen entzündet, mit dem er den Raum beheizte und auf dem er kochte.

Ohne Umschweife berichtete Michele von den verschwundenen Kindern, und Stefano war fast beleidigt, dass er noch nichts davon wusste.

»Normalerweise bin ich immer der Erste, dem man solche Sachen erzählt!«, rief er empört. »Aber stimmt ... jetzt, wo ihr das sagt, ich habe ein paar Pfadfinder gesehen, die völlig aufgelöst durch den Schnee hetzten. Aber ich dachte, das wäre wieder eine von ihren komischen Schatzsuchen. Ich hätte nie geglaubt ...«

»Zeig ihm die Schnalle, Nello«, befahl Michele und setzte sich auf einen Hocker.

Die Goldschnalle schepperte auf den Holztresen. Stefanos Augen glänzten neugierig. »Wow! Wo kommt die her?«

»Erzähl es ihm.«

Antonello kletterte auf den Hocker neben seinem Bruder, legte die Ellenbogen auf den Tresen, wie es die Erwachsenen immer machen, und erzählte zum zweiten Mal, was ihm zugestoßen war.

»Was hältst du davon, Stefano?«, fragte Michele zum Schluss.

»Das ist dummes Zeug.«

Eine ewig lange Minute war es still.

»Soll ich den Meister anrufen?«, fragte Stefano nach ein paar weiteren Sekunden.

»Das wollte ich dir vorschlagen. Und Range auch.«

»Oh nein, bitte nicht ... Range regt sich nur wieder auf.«

»Ruf sie an.«

»Wer ist Range?«, mischte sich Antonello ein.

»Rebecca, die Försterin.«

»Die mit den blonden Haaren?«

Neben dem Telefon, das an der Wand hinter dem Tresen hing, lachte Stefano los: »Nicht ›die mit den blonden Haaren‹, sondern *die* Top-Blondine.«

Dann lauschte er ein bisschen in den schwarzen Hörer. »Es rauscht in der Leitung«, brummte er. »Wenn es noch eine halbe Stunde so weiterschneit, dann haben wir mal wieder kein Telefon.«

Michele trommelte auf dem Tresen herum. »Das ist das Schöne in den Bergen. Die Abgeschnittenheit ist echt und nicht konstruiert.«

»Wow«, machte Antonello. »Das klingt gut.«

»Ist nicht von mir, sondern vom Meister.«

»Wer ist das?«

»Marky, der Klempner. Du kennst ihn.«

Antonello nickte. Er kannte ihn tatsächlich und zwar ziemlich gut: Mit seinen fantasievoll gelegten Rohren hatte er die halbe Küche und die der Nachbarwohnung unter Wasser gesetzt.

»Und warum nennt ihr ihn den Meister?«

»Weil er der Einzige aus unserer Gang ist, der ein paar Bücher gelesen hat.«

»Wirklich? Wie viele?«

»Mehr als siebentausend, wenn man ihn so hört.«

Antonello schwieg. Er hätte nie geglaubt, dass es überhaupt siebentausend verschiedene Bücher gab.

Als Erste erschien Range. Quietschend hielt ihr Jeep unter der Bar-Laterne, und gleich darauf stürmte das Mädchen hinein und schüttelte den Schnee aus seinen langen blonden Haaren.

»Was ist los? Ein Notfall?«

»Wir warten noch auf den Meister, dann erklären wir alles.«

Rebecca setzt sich neben den Ofen und rieb sich fröstelnd die Hände. »Das ist ein richtiger Schneesturm da draußen. Im Radio sagen sie, dass die ganzen Westalpen davon betroffen sind. In Frankreich sieht es auch ganz übel aus. Es heißt, das wäre ein plötzliches Unwetter, das keiner von den schlauen Wetterleuten aus dem Fernsehen vorhergesehen hat.«

»Das glaube ich gern«, murmelte Stefano. »Die verbringen die ganze Zeit mit den Wettervorhersagen fürs Meer. Und kümmern sich überhaupt nicht drum, wie viel Schnee hier bei uns runterkommt.«

»Für die anderen bestehen die Berge doch nur aus Schnee, Skiliften und heißem Kakao«, bemerkte Michele.

»Ganz genau. Ansonsten existieren wir für die gar nicht. Wie geht's, Mix?«

»Soweit ganz gut, Range.«

Antonello spürte, dass es selbst bei diesem kurzen Wortwechsel zwischen Rebecca und seinem Bruder heftig funkte.

›Erwischt‹, dachte er. Und von diesem Moment an beobachtete er die beiden mit ganz anderen Augen. Sein Bruder war ein echt gut aussehender Typ: groß, mit wichtiger Nase, hellbraunen Haaren, breiten Sportlerschultern … also ein gut gebauter Mann. Rebecca war so groß wie Michele, hatte ein gleichmäßiges Profil, sehr helle Augen und so blonde Haare, dass sie schon fast weiß aussahen. Ihre Haut war von der Sonne natürlich gebräunt, ihre Beine lang und schlank, ihre Bewegungen geschmeidig, aber bestimmt, ohne aufgesetzt zu wirken.

Als die Försterin seinen aufmerksamen Blick bemerkte, wandte sie sich an den Jungen: »Und was machst du in dieser Spelunke?«

»Wie sprichst du über mein Lokal!?«

»Mein Bruder ist als Einziger nicht verschwunden, Range.«

Das Mädchen hob eine Augenbraue.

»Zum Glück hasse ich Bücher. Und deshalb wollte ich nicht zu der Lesung der Schriftstellerin«, erklärte Antonello.

Stefano spähte aus dem Fenster und warf sich ein Geschirrtuch über die Schulter. »Da sind gerade wieder ein paar Pfadfinder vorbeigelaufen. Vielleicht gibt es was Neues in der Schule.«

»Hättet ihr die Freundlichkeit, mich mal aufzuklären?«, schnaubte Rebecca ungeduldig.

In diesem Moment flog die Tür der Bar mit einem lauten Schlag auf. Auf der Schwelle erschien ein massiger Umriss. Unterhalb des Halses war die Person fett wie ein Käselaib. Trotz der Kälte trug sie nur ein Hemd, und verharrte dort einige Sekunden.

»Also«, donnerte die tiefe Stimme des Meisters. »Was ist das für eine Geschichte?«

Nachdem Antonello alles zum dritten Mal erzählt hatte, hörten sich die Ereignisse bereits wie ein Abenteuerroman an.

Rebecca schüttelte den Kopf, während die anderen finster nickten.

»Wir müssen mit dieser Pfadfinderleiterin sprechen«, sagte das blonde Mädchen.

»Die wollen nicht mit uns reden«, erwiderte Antonello. »Dieser Ausbilder, der Chef der Pfadfinderleiterin, will alles wieder in Ordnung bringen, bevor irgendjemand das Verschwinden der Kinder überhaupt bemerkt.«

»Ja, aber … wie soll das gehen?«, wollte Rebecca wissen. »Ich meine, wie können achtundzwanzig Kinder unbemerkt verschwinden?«

»Mit einem Bus, der extra dafür bereitstand?«, mutmaßte Stefano.

Das Mädchen griff nach seinem Satellitenhandy. »Wenn das so ist, fragen wir doch mal die Polizei.« Sie wählte.

Die anderen am Tresen blickten sie fragend an.

»Also, die zerren die Kinder die Wiese hoch bis zur Kehre vor den Skiliften, verfrachten sie in einen Bus und machen sich dann vom Acker«, stellte Michele sich vor.

»Aber was ist mit der goldenen Schnalle?«, wandte Antonello ein.

»Na, um glaubhafter rüberzukommen, haben sich die Schauspieler als wilde Krieger verkleidet … inklusive Goldschnallen und …«

»Nur dass das hier echtes Gold ist«, murmelte Stefano. »Hast du gemerkt, wie schwer die ist? Warum sollten zwei Schauspieler eine echte Goldschnalle tragen?«

In einer Ecke des Lokals, hinter dem warmen Ofen, sprach Rebecca mit jemandem am Telefon, den sie jedoch offenbar nicht gut verstand.

Antonello sah zu ihr, dann blickte er zum Meister – dem Klempner, der genauso alt war wie sein Bruder, allerdings aus einer anderen Dimension zu stammen schien. Er hatte noch nicht ein Wort gesagt.

Nach einiger Zeit kam Rebecca an den Tresen zurück. »Ich habe die Zentrale angerufen. Es gab keinen Bus. Eine Patrouille war mit ihren Geschwindigkeitsmessern auf der Schnellstraße postiert. Sie haben alle Autos registriert, aber keinen Bus, der ins Dorf gefahren oder von dort gekommen ist. Nicht mal auf den Blitzfotos ist einer drauf.«

»Sie haben also nicht die Autobahn genommen.«

»Genau«, sagte Rebecca. »Dann bleiben nur noch ein paar Bergstraßen übrig. Bei dem Schnee werden sie nicht weiter als ein paar Kilometer gekommen sein. Ich kann die Straßen mit dem Jeep abfahren.«

Sie wollte sich schon die Försterjacke überziehen, als zum ersten Mal der Meister die Stimme erhob. »Warte!« Der Hocker, auf dem er saß, knarzte, dann sah er Antonello fest in die Augen und fügte hinzu: »Das ist nicht das, was der Junge uns erzählt hat.«

Unter dem prüfenden Blick von Markys tiefgründigen Augen fühlte Antonello sich unwohl.

Der Meister fuhr fort: »Die Lösung mit dem Bus ist die einfachste und logischste. Die zweite einfache und logische Lösung ist, dass sich die gesamte Klasse in irgendeinem Haus in der Nähe der Schule versteckt und es ausnutzt, dass wegen des Gemeindeausflugs fast das ganze Dorf verlassen ist. Das könnte auch ein blöder Karnevalsscherz sein. Wenn es ein Spaß ist, dann vergeuden wir hier unsere Zeit. Wenn es kein Spaß ist, heißt das, dass sich irgendjemand achtundzwanzig Kinder aus einem verlassenen Dorf in einem verlassenen Tal geschnappt und sie fortgeschafft hat. Aber warum hätte er das tun sollen? Wer will denn all diese Kinder entführen?«

»Die Zigeuner?«, schlug Stefano vor.

»Dass Zigeuner Kinder entführen, ist eine ganz üble Nachrede und entbehrt jeder Grundlage«, gab der Meister zurück. »Die Antwort auf meine eigene Frage lautet: Ich habe nicht den blassesten Schimmer.« Der Klempner machte eine kurze Pause, dann fuhr er fort: »Antonello hingegen weiß es ganz genau.«

Alle wandten sich dem Jungen zu, der vor Schreck fast vom Hocker fiel. »Wi… wirklich?«, stotterte er.

»Du hast es doch schon gesagt«, urteilte der Meister. Dann breitete er die Arme aus. »Tiere, die aus dem Wald flüchten. Eine unvorhersehbare und heftige Wetterstörung. Zwei Riesen, die in die Schule eindringen und alle Kinder entführen … Seid ihr sicher, dass wir noch nach einer vernünftigen Lösung suchen müssen?«

Stefano kicherte. »He, Meister, wir sind hier aber nicht in einem von deinen Horrorbüchern.«

»Du hast recht.« Der Tonfall des Meisters war ernst. »Aber vielleicht sind wir in einem Fantasy-Roman. Das würde mich nicht wundern. Wisst ihr, was für ein Tag heute ist?«

»Der zweite Februar.«

»Und was für ein Tag ist der zweite Februar?«

»Der Tag vor dem dritten?«

Der Meister lachte, dann lehnte er sich über den Tresen. Alle sahen ihn gespannt an. »Der zweite Februar ist seit Urzeiten ein magischer Tag. Es ist der Tag der Wilden Jagd, an dem sich die Tore zwischen den Welten öffnen, an dem die Horden der unruhigen Geister freigelassen werden, die Hexen, Kobolde, Elfen, Nachtmahre, die durch die Wälder streifen, auf der Suche nach jemandem, den sie mitnehmen können. Es ist der Tag, an dem sich Raum und Zeit aufheben, und die kühnsten Menschen können, nur für ein paar flüchtige Momente, die anderen Welten sehen, die uns umgeben.

Es ist der Tag, an dem die Wirklichkeit Pause macht und abwartet, welche dieser Welten über die anderen triumphieren wird.«

Der Meister schwieg eine Weile. »Aber das sind natürlich nur Legenden!«, schloss er schließlich mit einem Lachen.

Auch die anderen begannen unsicher zu kichern, tauschten ein paar zweifelnde Blicke aus und schlugen sich fast erleichtert auf die Schultern. »Klar! Aber sicher doch! Das sind nur Legenden!«

Plötzlich schlug Marky mit seiner Riesenhand auf den Tresen. Der Schlag hallte wie eine Trommel wider. »Zum Teufel mit den Legenden!«, rief er und alle anderen verstummten wieder. »Genau das ist passiert! Irgendwo hier in der Gegend hat sich ein Dimensionstor geöffnet, durch das die beiden Wesen gekommen sind, die unsere Kinder geraubt haben!«

»Ein Dimensionstor? Was soll das sein?«

»Das kann alles Mögliche sein! Eine Höhle, ein hohler Baum, ein Wasserfall, ein Brunnen ...«

»Und da sind zwei Riesen rausgekommen?«, flüsterte Antonello.

»Genau! Daran hast du doch gedacht, oder, Junge? Von dort kommen zwei Typen, die größer als zwei Meter sind, mit weißen Haaren und echten Goldschnallen, und verschwinden auf dem gleichen Weg wieder!«

»Und was schlägst du jetzt vor?«

Die Frage hing für eine, fünf, zehn Sekunden in der Luft, bis der Meister gleichmütig zugab: »Ich habe keine Ahnung.«

Die Freunde brachen in heftige Dikussionen aus. Er ließ sie zetern, während er ein großes Glas Wasser trank. Schließlich wischte er sich mit dem Handrücken über den Mund und zeigte wieder auf Antonello. »Wenn ich mich nicht irre, hast du gesagt, dass die beiden Riesen wie die Helden aus einem Buch aussahen, stimmt's?«

»Ein Fantasy-Roman, und die Autorin wollte genau heute zu einer Lesung ins Dorf kommen. Sie heißt Apollonia J. Brennan. Angeblich ist sie zu Hause losgefahren, aber ...«

»Aber sie ist nie angekommen.«

»Genau.«

Marky sah Michele an. »Siehst du? Sie fährt los und kommt nicht an. Ein Dimensionstor hat sich geöffnet. Und dann verschwinden die Kinder. Passt alles. Was wissen wir über diesen Fantasy-Roman?«

»Ich habe ihn nicht gelesen«, gab Antonello zu.

»Und du, Meister?«, fragte Rebecca. »Du bist doch ein Fan von diesem Zeug.«

»Achte auf deine Worte: Ich lese nur qualitativ hochwertige Druckerzeugnisse. Und von dieser Apollonia J. Brennan habe ich bis eben noch nie etwas gehört.«

»Das ist eine Kinderbuchautorin«, erklärte Antonello. »Wenn du willst – in der Schule gibt es ihre Bücher.«

»Ja, ich glaube, damit wir das begreifen, müssen wir die Romane holen.« Der Meister trommelte nervös mit den Fingern auf den Tresen. »Aber eigentlich bräuchten wir sofort Hilfe. Gibt es denn niemanden im Dorf, der uns mehr erzählen kann?«

»Nein«, sagte Antonello. »Es gibt keine anderen Kinder mehr, die ...« Plötzlich wurde er blass. »Wartet mal ...«, stammelte er. »Jetzt fällt mir was ein ... vielleicht gibt es doch jemanden.«

»Wen?«

Antonello erstarrte und ihm wurde heiß und kalt. »Oh, bitte nicht! Das könnt ihr nicht von mir verlangen. Ich kann das wirklich nicht.«

»Was denn?«, bohrte sein Bruder nach.

Antonello legte entmutigt den Kopf auf den Tresen und zischte ein paar Worte.

Rebecca, Marky und Stefano hofften darauf, dass Michele etwas verstanden hätte. Und das hatte er. »Leila Lolli«, sagte Michele. »Die Freundin meines Bruders.«

»Sie ist nicht meine Freundin!«, jaulte Antonello, ohne die Stirn vom Tresen zu heben.

»Nein, aber das wäre sie gern.« Michele zwinkerte den anderen zu.

Die Therme

»VERSCHWUNDEN! HAST DU KAPIERT, WAS ER GEMACHT HAT? ER IST ABGEHAUEN!«, brüllte Urtgarten ununterbrochen, als sie durch die Straßen der Verborgenen Stadt liefen.

Neben ihm hielt Lut die bewusstlose Frau und ihre Tasche, die neben ihr im Schnee gelegen hatte, im Arm.

»Mach dir keine Sorgen«, versuchte er, den Freund zu beruhigen.

»Ich mach mir keine Sorgen! Ich bin WÜTEND!«, ereiferte sich Urtgarten und schwenkte das Seilende durch die Luft, das Houdini irgendwie durchtrennt hatte. »Aber ich finde ihn! So wahr mein Name Urtgarten ist, ich finde ihn!«

»Ich glaube, das lohnt nicht, Urt«, seufzte Lut und zeigte auf die magische Grenze der Verborgenen Stadt. »Draußen in der Kälte überlebt er nicht lange.«

»Ich hetze die Saupacker auf ihn … Ich spieße ihn mit den Lanzen auf … Ich kessele ihn mit den anderen Jägern ein …«

»Ich möchte dich daran erinnern, dass du von einem Kind redest, Urtgarten. Ein unwichtiges Menschenkind, so eines wie die, die wir gerade ins Gefängnis gesteckt haben.«

»Ja, aber er …«

»Pssst!«

Mit ein paar entschiedenen Gesten erstickte Lut jegliches weitere Gezeter von Urtgarten. Sie waren vor dem Haus des Schamanen angekommen.

Im Unterschied zu den anderen Wohnhäusern der Stadt sah dieses aus wie ein riesiger, umgedrehter Schildkrötenpanzer, mit einem winzigen Fenster und einem schiefen Schornstein, aus dem eine dünne, beißend stinkende Rauchsäule aufstieg. Der obere Teil des Panzers war mit ockerfarbenen und karminroten Rauten angemalt. Von dem unteren Teil prangten einfache Tierfiguren, die sich auf der schweren Holztür wiederholten. Die beiden Kolosse schoben klimpernd den Türvorhang aus Muschelketten zur Seite und klopften an.

»Dreimal«, erinnerte Urtgarten den Freund, bevor er einen Schritt zurücktrat.

Sie warteten eine Weile, die ihnen unendlich vorkam.

»Meinst du …«

»Pssst!«

Obwohl sie mitten in der Stadt waren, stand das Haus des Schamanen frei und isoliert zwischen den anderen Gebäuden. Aus diesem Grund gingen die abergläubischen Kolosse auch nie auf direktem Weg zur Tür des Hauses, sondern machten weite Umwege.

Die zwei Krieger klopften ein zweites Mal und warteten.

Endlich, als sie gerade aufgeben wollten, öffnete sich die Tür mit einem entsetzlichen Quietschen und aus dem dunklen Spalt, der sich auftat, strömte ein süßlicher Duft von Kräutern und Weihrauch.

Ein gelbes Auge funkelte hinter dem geschnitzten Türrahmen hervor und eine raue Stimme krächzte: »Wer stört mich?«

Die beiden Kolosse reckten sich zum straffen Gruß. Dann streckte Lut den Frauenkörper vor sich aus. »Diese Kreatur haben wir außerhalb des Dorfes gefunden, Singendes Herz, möge die Gesundheit mit dir sein, und …«

Die Tür flog mit einem dumpfen Schlag auf und der Schamane erschien auf der Schwelle: Er hatte die Größe eines etwa zehnjährigen Kindes, sein Gesicht war runzelig und die Haare waren zu zahlreichen Zöpfen geflochten, in denen die unglaublichsten Dinge hingen. Er trug lustige Pantoffeln, deren Spitzen nach oben gebogen waren. Sie klapperten auf dem Steinboden, als wären sie mit Metallabsätzen beschlagen.

Der Schamane streckte eine knochige Hand aus und strich durch die Haare der Frau. Plötzlich zuckte er zurück, als hätte er sich verbrannt. »Tragt sie herein!«, befahl er.

Urtgarten schätzte Größe von Tür und Medizin-Haus ab – dann schlug er seinem Freund vor, die Aufgabe zu übernehmen.

Lut beugte sich hinunter. Mit größter Mühe beförderte er die Frau in das Häuschen.

Ein paar Minuten später quetschte er seinen eigenen Körper wieder heraus. Seine Knochen waren steif und auf seiner Stirn zeichneten sich kleine Schweißperlen ab.

»Wie ist es gelaufen?«, fragte Urtgarten.

»Da drin kann man sich nicht bewegen, so vollgestopft ist es. Und dann immer diese Hitze!«

»Und der Geruch?«

»Unerträglich«, bestätigte der Freund.

»Was hat er gesagt?«

»Er hat mir befohlen, die Frau auf den Tisch zu legen, dann wollte er wissen, ob sie etwas Besonderes dabei gehabt hätte, und ich habe ihm die Tasche gegeben. Die hat er sich geschnappt, auf dem Boden ausgeleert und alle Dinge der Frau untersucht.« Lut suchte nach den richtigen Worten, während sie durch die Straßen der Verborgenen Stadt davongingen. »Er hat sich irgendwie sonderbar verhalten. Als ob er etwas ganz Besonderes gesucht hätte … das aber nicht da war.«

Urtgarten schwieg lange. Nur ihre Schritte und ein

entferntes Knistern von Kaminfeuer waren zu hören. »Gehen wir in die Therme?«

Lut sah seinen Freund schräg an. »Was hat die Therme damit zu tun?«

»Um wieder ordentlich sauber zu werden. Nach allem, was wir heute durchgemacht haben: der Schneesturm, diese fürchterlichen Gören …«

»Ich erzähl dir doch gerade vom Schamanen!«, ereiferte sich Lut. »Hast du mir überhaupt zugehört?«

»Ja, klar habe ich dir zugehört! Er hat etwas gesucht. Ja, und? Es wundert mich gar nicht, dass dieser Winzling von einem Gromio sich wunderlich verhält. Seit er da ist, ist alles ganz sonderbar, sogar das Wasser im Brunnen riecht nach ihm.«

»Er suchte etwas«, beharrte Lut. »Etwas, das er schon kannte …«

»Was willst du damit sagen?«

»Nichts, warum?«

»Dann lass uns hier verweilen, Freund«, schlug Urtgarten vor und zeigte auf ein Gebäude aus schwarzem Stein. Aus zwei gemeißelten Steinmündern quollen warme Dampfwolken. »Gehen wir ein bisschen baden.«

Lut spielte noch ein paar Augenblicke mit etwas, das in seiner Tasche steckte, dann fragte er: »Kannst du ein Geheimnis für dich behalten?«

»Ich schweige wie ein Grab.«

Der Koloss zog das silberne Döschen aus der Tasche, das sie bis zur Höhle geführt hatte.

Urtgarten grinste. »Das hast du als Erinnerung behalten, was?«

»So in der Art. Aber ... wie schon gesagt ... ich hatte den Eindruck, dass Singendes Herz ...«

Urtgarten legte seinen kräftigen Arm um die Schulter seines Freundes und schob ihn in Richtung Therme. »Sicher doch, ich verstehe schon, Lut. Das war ganz richtig, ihm das Döschen nicht zu geben«, beruhigte er ihn. »Es wird schon alles gut, du wirst sehen.«

Lut blickte Urtgarten zweifelnd an. Dann schien er ein wenig überzeugter.

»Komm, glaub dem guten Urtgarten, ja? Entspann dich, bei allen Edelsteinen von Lyr! Er ist nur ein Schamane! Und wir sind Krieger. Wir wissen nichts von den Wegen des Himmels und der Geister ... Hab ich nicht recht, Lut? Hab ich nicht recht?«

Sobald sie in der Therme waren, streiften sie die Kleider ab und ließen sie auf den Boden fallen. »Mist, ich habe eine Schnalle verloren«, jammerte Lut, bevor sie in das warme Wasser eintauchten. »Meine Frau wird sich total aufregen.«

Die regelmäßigen Dampfwolken aus dem Steinbecken ließen schließlich ihre Stimmen verstummen.

Sobald er wieder allein im Medizin-Haus war, sammelte Singendes Herz die Dinge auf, die er auf der Erde verstreut hatte, und legte sie nebeneinander auf den Holztisch.

»Ös isch nii do! Ös isch nii do!«, jammerte er im Gromio-Dialekt, den kein Koloss je würde verstehen können. »Warum isch ös nii do?«

Von der Decke des Hauses baumelte ein kunterbuntes Gewirr aus zerrissenen Netzen. Der Schamane rückte sorgfältig jedes Ding zurecht und versuchte herauszufinden, was ihm helfen könnte. Die kleinen Schlüssel an einem glänzenden Ring? Der orangefarbene Stab mit der Aufschrift *Ultratext – Schreibt auch unter Wasser*? Das kleine silberne Rechteck mit dem gespaltenen weißen Schwanz? Eine durchsichtige Tüte mit Papierblättern, auf denen stand: *Das Beste für Ihre Schnupfennase*? Die schwarzen Säckchen mit einem kleinen Hund darauf und dem geheimnisvollen Schriftzug *Gassibeutel*? Die Schachtel mit dem Amulett *Buchhandlung Jolly, Auszeichnung für den besten Leser*?

Geheimnisvolle Dinge. Mächtige Dinge. Dinge, die aus einer anderen Welt stammten: aus der Welt *Was-Sein-Wird.*

Der Schamane schnupperte sorgsam an jedem Stück, bevor er es auf dem Tisch ablegte. Er bemerkte, dass alles nach verzuckerten Veilchen duftete, einem Geruch, der aus einem kleinen Parfumfläschchen stammte, das er als Letztes auf den Tisch legte – neben etwas, das in seinen Augen wie eine kleine Waffe mit einer runden Spitze aussah und auf dem *Deo-Stick* stand.

Singendes Herz drehte sich um.

Die Frau hatte gehustet.

Der Schamane trat zu ihr. Seine fettigen Zöpfe und das Sammelsurium aus absonderlichen Gegenständen, die darin hingen, schwangen hin und her. Er strich mit den Händen über die Tunika, die irgendwann einmal weiß gewesen war, und untersuchte sorgfältig die Kleidung der Frau. Dann zerschnitt er mit einem kleinen Messer ihre Sachen in winzige Stück und warf einen Teil davon ins Feuer. Er leerte jede Tasche aus und suchte etwas, das offensichtlich nicht da war. Je länger er danach forschte, desto zorniger wurde er. Doch trotz seiner Wut verteilte er ein warmes, dickflüssiges Öl auf dem Frauenkörper und massierte ihn, damit der Blutfluss in Gang kam.

Nach wenigen Augenblicken bekam der Körper wieder Farbe.

Die Frau hustete erneut.

Mit einem fleckigen Laken deckte der Schamane sie zu. Aus dem Kamin nahm er ein rotglühendes Scheit, holte eine Salbe unter dem Tisch hervor und gab ein wenig davon auf die Spitze des Scheits. Eine indigoblaue Dampfwolke stieg auf.

Er wedelte den Dampf unter die Nase der Frau. »Blut der Kohle, Odem des Vulkans«, sang er. »Geist der Tat, bringe mir Rat.«

Der Körper der Frau zuckte, als hätte er einen elektrischen Schlag bekommen.

»Blut der Kohle, Odem des Vulkans«, sang der Gromio weiter.

Apollonia J. Brennan hustete ein drittes Mal heftig und riss schließlich die Augen auf.

Singendes Herz lächelte sie an – wenn man es ein Lächeln nennen konnte: Sein faltiges Gesicht, das wie eine in der Sonne getrocknete Zitrone aussah, schien nicht sehr freundlich.

Die Frau klimperte ein paar Mal ungläubig mit den Wimpern. Langsam stellten sich ihre Pupillen auf den Raum ein, in dem sie lag.

Sie riss den Mund auf, als hätte sie sehr lange die Luft angehalten, und atmete ein. Dann setzte sie sich auf dem Tisch auf, presste das schmutzige Laken an sich und versuchte zu schreien – sie brachte jedoch keinen Ton heraus.

»Nein … nicht … nicht so, Dame aus Was-Sein-Wird …«, flüsterte der Schamane und hob seine knochige Hand. »Willkommen in meinem bescheidenen Heim. Seit langer Zeit warte ich schon auf Sie …« Wieder zogen sich die vertrockneten Lippen zu einem schneidenden Lächeln auseinander. »Viele Jahre schon habe ich nach Ihnen gerufen«, fuhr der faltige Gromio fort. »Es gab viele geeignete Nächte für Ihre Ankunft, doch Sie tauchten nie auf. Ich muss gestehen, meine Dame, dass ich langsam schon verzweifelte …«

Der Gromio strich mit der Hand über den Hals der Frau, die erst in diesem Moment begriff, dass sie offensichtlich nicht träumte. Ihre aufgerissenen Augen schienen fast aus den Höhlen zu springen und erneut versuchte sie zu schreien. Singendes Herz seufzte.

Er ließ einen Tropfen Wasser auf das Holzscheit fallen und drückte diesen geschwind gegen die Stirn der Frau. »Schaum der Wellen, Sumpf des Vergessens«, sang er, »Schlaf dich umhülle, deinen Geist stille.«

Der Zauber wirkte sofort: Apollonia schloss die Augen, fiel auf den Tisch zurück und glitt in eine tiefe Bewusstlosigkeit.

Erst als er sicher sein konnte, dass sie fest schlief, löste Singendes Herz den feuchten Scheit von ihrer Stirn und warf ihn fort.

Lange betrachtete er die Fantasy-Expertin.

»Ehrlich gesagt«, schloss er schließlich, »so habe ich dich mir nicht vorgestellt. Ich dachte, eine Dame aus Was-Sein-Wird wäre viel schöner. Aber nicht immer ist die Zukunft so, wie wir sie uns erhoffen.« Dann flüsterte er ihr ins Ohr: »Ich werde herausfinden, wo du dein Buch versteckt hast. Keine Angst. Du selbst wirst es mir verraten …«

Die Expertin

Das Haus von Familie Lolli stand außerhalb des Dorfes. Es hätte eine schöne Berghütte mit einem Hauch von Einzigartigkeit sein können, denn der Gartenzaun bestand aus lauter nebeneinander in den Boden gerammten Skiern. Doch dann hatte Frau Lolli leider ein Tor im Stile einer Texas-Farm aufgestellt und das Schild *SKYWALKER RANCH* angebracht.

Rebecca parkte den Jeep vor der Haustür, die bereits aufgerissen wurde, als die Försterin einen Fuß in den Schnee setzte. Frau Lolli stand kerzengerade hinter dem Fliegengitter, ihre Haare waren noch wuscheliger als sonst.

Der Meister blieb zusammengekauert auf der Rückbank des Jeeps sitzen. »Geht ihr mal. Für mich wäre das zu viel. Ich bleibe lieber hier und lese weiter«, flüsterte er.

Sie waren vorher bei der Schule vorbeigefahren und hatten fünf Brennan-Bücher geholt, die der Klempner jetzt neben sich aufgestapelt hatte.

Antonello, Michele und Rebecca machten ein paar Schritte durch den Schnee. Endlich erkannte Frau Lolli das Trio: »Ach, ihr seid's, Kinder! Ich hab den Jeep ankommen sehen und mich gefragt: Wer kann das wohl sein? Was kann heute denn noch passieren? Habt ihr das Wetter gesehen? Gibt es was Neues von den Kindern? Wie ist es gelaufen? Das war ein Spaß, oder? Hat man sie gefunden?« Sie winkte die drei ins Haus.

Unter einem kleinen Vordach zogen sie ihre Winterschuhe aus und schlüpften in die Pantoffeln von Joda, Lord Fenner und Obi-Wan Kenobi. Dann betraten sie ein eiskaltes Wohnzimmer mit weiß gefliestem Fußboden. Ein Videospiel war auf dem Fernsehschirm im Pausenmodus eingefroren; offensichtlich wollte ein Feindestrupp gerade die unglückselige Spielerfigur in Stücke hacken.

»Wollt ihr mal spielen?«, fragte Frau Lolli.

»Eigentlich«, begann Michele und versetzte Antonello einen Stoß, »sind wir wegen etwas anderem hier …«

Antonello rieb sich die Nase. »Lebt Leila noch? Äh … ich meine, geht es ihr besser?«

»Wir haben ihr ein bisschen Gebäck zum Tee mitgebracht«, ergänzte Rebecca und hob Antonellos Arm hoch, der ein Päckchen aus der Bar *Durchblick* hielt.

»Oh, das ist aber reizend! Leila wird sich freuen! Ich gehe sie gleich mal fragen, die Arme … Als ich ihr erzählt habe, was mit den anderen Kindern passiert ist, war sie völlig außer sich. Wisst ihr, da passiert endlich mal was

Aufregendes im Dorf …« Frau Lolli schlurfte zur Treppe. »Ich werde sie gleich holen.«

»Frau Lolli, eigentlich«, hielt Rebecca sie zurück, »wäre es doch netter, wenn Antonello zu ihr raufginge, nicht wahr? Sie wissen doch … diese Kinder haben sich immer so viel zu erzählen, dass …«

Frau ›Schönhaar‹ blieb überrascht stehen. Dann sagte sie: »Ach, ja. Das wäre nett.«

»Solange gehen wir in die Küche und setzen das Teewasser auf«, schlug Michele vor.

»Oh ja. Wunderbar.«

»Lauf«, flüsterte Michele seinem Bruder zu, dessen Füße in einem Zementblock zu stecken schienen, und versetzte ihm einen Schubs. Der Automechaniker überwachte genau, dass Antonello die Treppe auch bis zur letzten Stufe emporstieg.

Als er oben war, stöhnte Antonello leise vor sich hin. Hätte er in der Bar den Mund gehalten, würde er jetzt nicht in dieser Klemme stecken!

Der erste Stock im Hause Lolli bestand aus einem langen Korridor, von dem einige halbgeschlossene Türen abgingen, und endete in einem runden Fenster, das von vertrockneten Begonien umrankt war. Antonello spähte in die ersten beiden Zimmer, bevor er Leilas entdeckte – was nicht besonders schwierig war: An der Tür prangte ein rosa Marzipanherz, auf dem stand: *Tritt ein, bring Glück herein!*

Als er die Tür aufstieß, war ihm, als würde er im klebrigsten Honig der Welt versinken.

»Leila?«, flüsterte er. »Ich bin's. Wie geht's?«

Er hörte, wie hastig mit dem Bettzeug geraschelt und die Kissen verschoben wurden, dann antwortete eine melodische Stimme verwundert: »Antonellino?«

›Ich schaffe das nicht‹, dachte Antonello, während er mühsam einen Schritt nach vorn machte.

Leilas Zimmer war in verschiedenen Rosatönen tapeziert, auf dem Boden lag ein flauschiger Teppich in Bonbonfarbe, überall standen Holzmöbel mit Herzchen drauf und die Luft war von dem Vanillearoma eines Raumbedufters erfüllt.

»Antonellino? Bist du es wirklich?«

Leila lag im Bett wie eine Schneekönigin und strahlte unter ihren Decken, die sie bis zum Kinn hochgezogen hatte. Sie war neun Jahre alt, hatte ein ovales Gesicht, trug einen Pagenkopf, und die Grippe hatte dunkle Schatten unter ihre Augen gezeichnet.

»Hallo Leila.«

»Was machst du hier?«

»Mit dir reden, glaube ich.«

Der Vanilleduft, der in kleinen, regelmäßigen Wölkchen aus einem Behältnis an der Wand gesprüht wurde, verklebte ihm die Zunge.

»Ich fühle mich überhaupt nicht gut. Ich weiß gar nicht, ob ich mit dir reden kann ...«

»Deine Mama hat es erlaubt.«

»Dann setz dich doch zu mir.« Leila beugte sich vor und warf einen Haufen Stofftiere in unterschiedlichster Größe aus dem Bett, damit Antonello Platz fand.

Zögernd trat er zu ihr und setzte sich.

»Wenn Mama gesagt hat, dass du mit mir reden darfst, geht es mir also besssseeeeeETSCHI!« Sie nieste Antonello mitten ins Gesicht.

Er wischte sich mit dem Handrücken über Wangen und Nase und musste sich zwingen, nicht schreiend hinauszulaufen.

»Worüber willst du mit mir reden? Bestimmt über die Lesung, oder?«, fragte das Mädchen.

»Genau.«

»Ich find's schade, dass ich nicht mit den anderen entführt wurde. Ich hätte die beiden Kolosse so gern gesehen.«

»Kolosse, sagst du?«

»Oh ja. Das waren bestimmt zwei Kolosse.«

»Und wieso bist du dir da so sicher?«

Sie klimperte mit den Wimpern, dann nieste sie Antonello ohne Vorwarnung ein zweites Mal ins Gesicht. »Entschuldige. Wo waren wir gerade?«

»Bei den … bah … Kolossen.«

»Ach ja. Ich bin ganz sicher, dass zwei von denen unsere Klassenkameraden entführt haben.«

»Und das hältst du für normal?«

»Natürlich. Kolosse machen so was.«

Antonellos Wunsch, das Zimmer auf der Stelle zu verlassen, wurde immer größer.

»Ja, aber … es gibt keine Kolosse.«

»Das stimmt nicht, dass es keine gibt. Die gibt es wirklich, ich habe davon gelesen.«

»Ich habe auch viele Sachen gelesen, aber deshalb glaube ich noch lange nicht, dass es das alles gibt.«

»Zum Beispiel?«

»Zum Beispiel … was weiß ich … also … lass mich mal nachdenken.« Doch so sehr Antonello auch grübelte – ihm fiel einfach nichts ein, worüber er gelesen hatte. »Das Buch von … aber nein … vielleicht … dieser kleine Fisch, der durch das Meer schwimmt …«

»Das ist kein Buch. Das ist ein Film. Und der heißt *Findet Nemo.*«

»Ja, und? Das ist doch das Gleiche. Bücher, Filme, lauter Geschichten, die gar nicht stimmen. Und alle, die lesen und lesen, haben nur Dummheiten im Kopf, eine schlimmer als die andere!« Antonello schwieg, als er merkte, dass er immer lauter geworden war.

Unter ihrer rosa-violetten Bettdecke sah Leila ihn mit großen, feuchten Augen an.

Jetzt fehlte nur noch, dass sie zu flennen anfing!

»Okay, Leila, schon gut«, lenkte Antonello ein. »Das war ein Scherz. Natürlich wissen wir alle, dass die Kolosse … irgendwo … da draußen … leben.«

Leila atmete tief durch, und Antonello zählte im Stillen bis zehn und ballte die Fäuste.

»Und da es sie also gibt …«, sagte er, als er bei zehn angekommen war, »kann ich dir das hier zeigen?« Er hielt der Mitschülerin die Goldschnalle mit dem eingeprägten Vulkan hin. »Sagt dir das was?«

Leila nickte, nieste und antwortete dann: »Selbstverständlich sagt mir das was. Das ist eine wunderschöne Schnalle von Lyr. Wo hast du sie gefunden?«

»Schnalle von Lyr? Was zum Teufel ist Lyr?«

»Der Feuergott der Kolosse.«

»Na klar! Da sind sie wieder, die Kolosse … oder …«

Während Leila sich die Bettdecke bis zur Nase hochzog, ratterte sie los: »Das gefährlichste Volk von allen, die Zerstörer der Reiche, die Mahlsteine des Krieges, die Boten der Vernichtung!«

»Wow!«, sagte Antonello, der nicht viel verstanden hatte. »Harte Kerle also?«

»Das kannst du laut sagen!«, stimmte Leila zu. »Die Kolosse sind die großartigsten Krieger vom Fallenden Stern!«

»Ja!«, tat Antonello begeistert. »Und deshalb erobern sie alles mit ihren Schiffen …«

Das Mädchen lachte los. »Was redest du da bloß? Die Kolosse leben doch in den Bergen! Wie wir!«

»Stimmt, genau wie wir.«

»Nur dass ihre Berge viel wilder und rauer sind. Sie enden an den Basaltfelsen, neben dem Vulkan von Lyr …«

Antonello zog einen Notizblock aus der Tasche und kritzelte etwas hinein. »Stark, diese Kolosse! Hm … warte mal … wie heißt der Vulkan noch mal?«

»Lyr. Und im Innern des Vulkans wohnt der Aschedrache. Brazinger.«

»Brazinger«, wiederholte Antonello und schrieb, so schnell er konnte. »Und diese Kolosse wohnen da gleich in der Nähe.«

»Genau. In ihrer geheimen und unerreichbaren Hauptstadt …«

»Stimmt ja! Und die heißt …«

»Die Verborgene Stadt, weil man sie kaum finden kann. Das ist eine magische Stadt, in der es nie schneit.«

»Magische Stadt, kein Schnee. Und dann ist da …«

»Machan?«

»Machan … was?«

»Ihr Anführer. Er entscheidet über Leben und Tod von allen anderen Kolossen. Er ist gefährlich und unberechenbar. Seine Narben sprechen für ihn, wenn er nicht reden will. Und weil er der Anführer ist, zieht er sich immer rot und gelb an.«

»Natürlich … rot und gelb.«

Leila nieste ein weiteres Mal, dann hob sie die Schnalle hoch. »Nicht alle haben so eine schöne und schwere Schnalle. Diese gehört, glaube ich, einem erfahrenen Jäger oder einem großen Krieger.«

»Zum Beispiel?«

»Einem aus dem Rat der Zwölf. Mazzentyr oder Urtgarten. Oder vielleicht sogar Machan selbst. Ich weiß nicht. Du hast mir noch nicht erzählt, wo du sie gefunden hast.«

»Sagen wir mal …« Antonello schluckte. »In der Schule.«

Leila nickte, dann lächelte sie. »Klar. Ich war sicher, dass sie es machen würden: Sie sind gekommen, um uns zu holen.«

»Uns zu holen?!«

»Aber ja! Natürlich! Die Kolosse können keine Kinder mehr bekommen. Und daher verschwinden sie.«

»Sie können keine Kinder kriegen?«

»Genau. Die wissen das nicht, aber ich glaube, das ist die Schuld von einem Gromio.«

»Schuld von einem Gromio.«

»Ein Gromio, natürlich: der Schamane.«

Sie schwiegen eine Weile, dann platzte Antonello heraus: »Und was zum Teufel ist ein Gromio-Schamane?«

»Oh, du weißt aber auch gar nichts über die *Saga vom Fallenden Stern*!«

Antonello biss sich auf die Zunge. Bevor er etwas entgegnen konnte, rief Frau Lolli sie von unten.

»Vielleicht sollten wir runtergehen.«

»Könntest du bitte aus dem Zimmer gehen, während ich mich umziehe?«, bat Leila ihn.

Blitzschnell sprang Antonello auf. »Natürlich. Aber denk dran, dass du mir noch erklären musst, was dieser Gromio-Schamane ist.«

»Und was ein Flix ist – wenn schon, denn schon. Und ein Putch-Gaukler. Und dann musst du auch noch wissen, wer Grimold und die Zyklopen der Tanag-Universität sind.«

Antonello zwang ein Lächeln auf seine Lippen. »Jetzt würde mir erst mal der Gromio reichen.«

Nachdem Leila sich angezogen hatte, gingen sie nebeneinander die Treppe hinunter. Antonello war starr wie ein Brett, während Leila sich bei ihm untergehakt hatte.

»Wie geht's, Kinder?«, empfing sie Frau Lolli, die von dampfenden Tassen umgeben war. »Fühlst du dich besser, Liebling?«

Statt einer Antwort nieste Leila.

»Und dabei hat sie schon so viele Medikamente genommen«, seufzte Frau Lolli. »Aber da ist nichts zu machen. Die Arzneien wirken auch nicht mehr so wie früher. Deshalb verkaufen die Pharmafirmen auch das Doppelte. Ich habe gelesen, dass …«

Während die Mutter ihre abenteuerliche und absonderliche Theorie erläuterte, flüsterte Leila Antonello ins Ohr: »Mir hätte ein Tropfen gromisches Rosenöl auf einem glühenden Holzscheit genügt …«

»Wie bitte?«

»Das ist ein magisches Heilmittel. Das bereiten die Gromios aus den Rosen der Hochebene zu. Es heilt jede Krankheit!«

Während Rebecca Frau Lolli aufmerksam zuhörte, fragte Michele seinen Bruder leise, ob er etwas herausgefunden hatte.

»Aber sicher. Wir sprachen gerade über die Kolosse, glühende Holzscheite und die Gromios.«

»Was sind die Gromios, Schatz?«, mischte sich Frau Lolli ein und reichte dabei das Gebäck herum.

»Oh, die habe ich nie gemocht. Die heißen auch die ›Alten Kinder‹«, erklärte das Mädchen. »Das sind so kleine Männchen mit faltigen Gesichtern. Sie sind sehr gewitzt, intelligent, hellseherisch und haben ganz viel Humor. Deshalb hassen sie die Kolosse. Und die Kolosse hassen sie: Deshalb hat Machan auch die letzte gromische Stadt, die Stadt des Karmesin-Königs, zerstört.«

»Ach, meine Tochter erzählt so gern von diesen fantastischen Geschichten!«, erklärte Frau Lolli den anderen Gästen und nippte an ihrer Tasse in Ewok-Form. »Ich frage mich wirklich, von wem sie das hat!«

»Also?«, murmelte Michele leise Antonello zu.

»Das waren die«, antwortete sein Bruder. »Die Kolosse. Sie können keine Kinder mehr bekommen und sind deshalb in unser Tal gekommen, um uns zu holen.«

»Siehst du!«, bemerkte Michele. »Der Meister hat also recht.«

»Scheint wirklich so.«

»Was machen wir denn jetzt?«, fragte er weiter. »Vielleicht sollten wir irgendwem Bescheid sagen?«

»Meinst du, uns würde jemand glauben?«

Michele schüttelte den Kopf. »*Ich* würde mir nicht glauben.«

»Dann sollten wir sie vielleicht verfolgen?«

»Und wie, wenn sie doch gar keine Spuren hinterlassen haben?!«

In diesem Moment unterbrach Rebecca ihr Gespräch mit Frau Lolli und stellte der Tochter eine Frage: »Leila, ich würde gern wissen – ist es möglich, dass die Kolosse einfach so … ähm … verschwinden können, als sei nichts passiert?«

Leila lachte. »Oh, das würden sie gern, vielleicht mit der Augenblicksbewegung der Herumtreiber. Aber das können sie nicht: Niemand von ihnen besitzt die notwendige Stimme, um so mächtige Zauber auszusprechen.«

»Aber vielleicht … können die Kolosse zusammen mit … na, sagen wir mal, fast dreißig Kindern durch den Schnee stapfen … ohne Spuren zu hinterlassen?«

»Das ist ganz einfach!«, antwortete die kleine Kranke. »Dafür müssen sie nur die Technik der Kristallschritte anwenden.«

»Du lieber Himmel, was diese Autoren sich aber auch immer alles ausdenken!«, seufzte ihre Mutter.

»Es ist so«, erklärte Leila eifrig, »dass die Jäger ständig einen Zauberspruch vor sich hersagen und in der Zwischenzeit ihre Spuren mit einem Tannenzweig verwischen.«

»Das würde so einiges erklären«, platzte Michele heraus. »Und wüsstest du … eine Art, wie man die Spuren, die mit einem Kristallschritt verwischt worden sind, wiederfinden könnte?«, bohrte die Försterin weiter.

»Aber sicher!«, bestätigte das Mädchen. »Dafür braucht man nur das Aschenpulver von Ispuspes dem Listigen, der steckt aber im Gefängnis!«

Michele und Antonello klatschen über ihren Teetassen ab. »Logo! Das Aschenpulver von Ispuspes dem Listigen! Wie konnten wir das nur vergessen?!«, flachsten sie. Dann fragten alle drei wie aus einem Munde: »Was ist das?«

Der Gefangene

Alles, was Giacomo in seiner Zelle erkennen konnte, waren ein Strohlager voller Schaben und ein dreckiges Loch im Fußboden, aus dem ein ekelerregender Gestank aufstieg. Er lehnte an den fingerdicken Eisenstäben und versuchte, die übrigen Zellen zu erspähen, die auf der anderen Seite des Korridors lagen. Dann lauschte er. Irgendwo weinte jemand. Es quietschte. Ein Löffel klapperte in einem Blechnapf.

»Was meinst du, was die mit uns machen?«, fragte plötzlich eine Stimme aus dem Dunkeln.

Massimo, der Sitzenbleiber.

»Redest du mit mir?«, fragte Giacomo.

»Ich rede nicht mit dir«, erwiderte Massimo ironisch, »sondern mit dem zuversichtlichen Samurai, mit dem ich die Zelle teile.«

»Sie werden uns töten!«, wimmerte da eine andere Stimme los.

Danach breitete sich Stille aus. Nur das entfernte Weinen und Löffelklappern war zu hören.

»Ich weiß nicht, was sie vorhaben«, antwortete Giacomo nach einer Weile.

»Das dachte ich mir.«

»Giacomo? Massimo? Seid ihr das?«, fragte eine weibliche Stimme von links – Raffaella, die Klassenschönheit.

Giacomo beeilte sich zu antworten: »Ich bin hier.«

»Wie geht's dir?«, fragte Massimo zurück.

»Gut.«

»Bist du allein?«

»Leute!«, sagte eine vierte Stimme.

Kurz darauf redeten alle durcheinander. Sie zählten durch und fanden heraus, dass sie auf fünf Zellen aufgeteilt worden waren. Fein säuberlich nach Jungen und Mädchen getrennt. Nur ein Mädchen, das als Jack Sparrow verkleidet war, steckte mit einem anderen Jack Sparrow und dem Rest des Piratengesindels in einer Zelle. Es war stockdunkel. Die Stimmen der Kinder klangen verschreckt; die Frechheit des Nachmittages war wie weggeblasen.

Niemandem war etwas angetan worden, doch alle hatten Hunger. Und Durst. Und sie waren so erschöpft, dass einem Teil von ihnen schon fast die Augen zufielen. In den Zellen stank es fürchterlich, aber zum Glück war es warm.

»Wir sind ganz in der Nähe von Machans Haus«, sagte Giacomo plötzlich.

»Woher weißt du das?«, wollte Massimo wissen.

»Ich erkenne das hier wieder. Das ist das Erdpech-Verlies. Das stand in den Büchern.«

»Und was hast du da noch gelesen? Gibt es hier irgendeinen Weg raus?«

Giacomo schüttelte den Kopf. »Nicht, wenn das wirklich das Erdpech-Verlies ist. Da ist noch nie jemand ausgebrochen.«

»Dann können wir nur abwarten, bis sie uns holen kommen.«

Widerstrebend nickte Giacomo. »Es scheint so.«

»Wer war wohl die Frau, die der eine auf der Schulter trug?«, fragte Massimo nach einer Weile. »Die war nicht aus dem Dorf …«

»Stimmt. Sie war schon in der Höhle, als sie uns dahin gebracht haben.«

»Und das heißt, Ratte?«

Giacomo kaute auf den Fingernägeln herum, ohne zu antworten. Er konnte es nicht ausstehen, mit Massimo zu reden. Er hasste Massimo mehr als jeden anderen, aus unendlich vielen Gründen. Vor allem aber, weil Massimo älter und stärker war als er, und weil er deshalb Raffaella gefiel. Außerdem gab er Giacomo ständig unerträgliche Spitznamen.

»Lebst du noch?«, hakte Massimo nach.

»Ich denke nach.«

»Pass auf, dass dein Hirn dabei nicht platzt.«

»Das nennt man ›benutzen‹. Wenn du mal Zeit hast, zeige ich dir, wie's geht.«

»Danke vielmals, ich hab da noch Garantie drauf.«

»Das war die Schriftstellerin«, seufzte Giacomo schließlich.

»Die Frau?«

»Genau. Ich glaube, das war Apollonia J. Brennan«, verkündete Giacomo in der Dunkelheit.

»Hast du sie kennengelernt?«

»Nein.«

»Also woher weißt du das dann?«

»Das ist sie, ich sag's dir.« Die Eingebung war ihm mit einer Klarheit durchs Hirn geschossen, wie es für richtige Ideen ganz typisch ist.

»Und warum lag sie in der Höhle?«

»Wahrscheinlich aus dem gleichen Grund, warum wir da rein sind! Oder ...« Giacomo machte eine kurze Pause, dann fuhr er fort: »Vielleicht ist *sie* ja irgendwie daran schuld, dass wir jetzt hier sind.«

»Wo hier, Nuss?«

»In ihrer Welt, Pfeife.«

Giacomos Gehirn arbeitete auf Hochtouren, während er sich an alle Einzelheiten über Apollonia J. Brennan zu erinnern versuchte. Wenn sie wirklich mit ihnen hier wäre, würde das heißen, dass ... sie notwendigerweise der Schlüssel dazu wäre, die Freiheit wiederzuerlangen.

Doch wie? Was würde dieser Schlüssel aufschließen?

Giacomo überlegte, was er alles über das Gefängnis wusste. Im vierten Buch der Serie hieß es, dass es vor Urzeiten von Cletus Maulwurfsauge angelegt worden war. Cletus wollte unter den Bergen nach einem Zeichen von Lyr suchen und hatte ein paar Tunnel zur Mitte der Erde, zu ihrem Herz aus Lava, graben lassen. Ein großer Teil dieser Tunnel war eingestürzt. Andere wiederum brachten die Städte der Kolosse, die über ihnen errichtet worden waren, zum Einsturz. Doch die tiefsten Tunnel hatten gehalten und das Gefängnis der Kolosse war genau in einem von ihnen untergebracht.

Nie im Leben hätte Giacomo gedacht, dass er eines Tages dort drin stecken würde, gefangen hinter denselben Gittern, hinter denen Tausende andere Berghelden ihr Leben gelassen hatten.

Dort, wo am Ende des fünften Buches ausgerechnet …

Als er zum unzähligsten Male den Löffel in der Blechschüssel klappern hörte, kam ihm plötzlich eine weitere Idee. »He!«, brüllte er. »Du da mit dem Löffel. Hörst du mich?«

Das Geklappere hörte auf. Dann setzte es wieder ein.

»Du bist keiner von uns, oder?«

»Mit wem redest du, Zwerg?«

Giacomo ignorierte Massimo und wiederholte die Frage: »Du mit dem Löffel. Ich weiß, wer du bist. Du bist Ispuspes der Listige, stimmt's?«

Das Geklappere hörte wieder auf, diesmal für länger. Dann waren schlurfende Schritte zu hören und eine krächzende Stimme fragte: »Und wer bist du, dass du meinen Namen kennst?«

In den Zellen wurde es totenstill. Giacomo spürte, wie ihm ein Schauer über den Rücken lief. Es war wirklich wie in den Büchern! Sofort fiel ihm die Stelle ein, an der Ispuspes gefangen wurde, kurz bevor er in das Haus des Schamanen einbrechen konnte. Daraufhin warf man ihn ins Gefängnis.

»Ispuspes, der Langfinger!«, kicherte Giacomo. »Der listige und unfassbare Dieb aus der Lachenden Stadt!«

»Antworte mir, Fremder!«, rief der andere Gefangene wütend. »Wer bist du, dass du all meine Namen kennst? Bist du vielleicht mein Schatten, den sie mir fortgerissen haben, als ich die Wisper-Schlösser durchquerte?«

Giacomo erinnerte sich ganz genau an das Kapitel. Zweites Buch, gegen Ende: Um seine Haut zu retten, hatte Ispuspes sein Leben beim Würfeln aufs Spiel gesetzt – gegen seinen Schatten. Und gewonnen!

»Ich bin nicht dein Schatten, Dieb!«, erwiderte Giacomo, während die anderen Kinder gespannt zuhörten. »Und ich bin auch nicht der Schatten von Prinzessin Japhila!«

»Japhila? Woher weißt du, wer sie ist?«

»Ich weiß es eben.«

»Dein Name, Fremder! Und die Stadt, die dein Geschlecht hervorbrachte!«

»Ich bin Giacomo aus Susa«, rief der Junge hinter den Gittern. »Aber du kannst mich einfach …« Hier zögerte er einen Moment zu lang, um sich einen heldenhaften Namen auszudenken.

»Käsekopf nennen«, erfand Massimo daher. »Oder auch Streberlein, oder Petze. Such dir den schönsten aus, Dieb ohne Schatten!«

Die anderen kicherten.

»Wie es scheint, eilt dein Ruf dir voraus, Giacomo Käsekopf«, schloss der Dieb.

Giacomo krallte sich so stark an den Gitterstreben fest, dass seine Fingerknöchel weiß wurden, und der Wunsch nach Rache kochte in seinem Herzen hoch. ›Oh ja‹, dachte er, ›ich bin der kleine, unbedeutende Käsekopf, Giacomino, die kleine Petze, der Liebling der Lehrer, oh ja ... sicher doch. Aber das stimmt nur in der anderen Welt, in der, die wir verlassen haben, wo das Bücherlesen zu nichts nütze ist. Und wo nur Großmäuler wie Massimo aufschneiden dürfen. Doch hier, im Erdpech-Verlies, als Gefangener der Kolosse, kann Wissen, Kennen, Gelesenhaben die Rettung sein. Das ist der Unterschied zwischen auf immer in der stinkenden Dunkelheit dieses Gewölbes begraben zu bleiben oder ehrenhaft hier herauszukommen.‹

»Bist du noch da, Käsekopf?«, spottete der Dieb irgendwo in der Dunkelheit.

»Ich rate dir, mich nicht so zu nennen«, antwortete Giacomo. »Außer du willst, dass ich allen hier erzähle, wo du den Schatz von Parnass versteckt hast, als du am Tag der Einweihung der Goldenen Wanne aus der Universität von Tanag verschwunden bist.«

»Hört mit diesem Schwachsinn auf!«, mischte sich Massimo wieder in das Gespräch ein. Doch Giacomo beachtete ihn nicht. Er lauschte in die fast greifbare Stille, die aus Ispuspes Zelle herüberdrang. Nach ein paar Sekunden fragte er: »Bist du noch da, Dieb?«

»He, Petze, versuch doch mal ...«

»SCHWEIG STILLE!«, befahl Ispuspes Massimo mit einer so donnernden Stimme, dass alle Kinder, die eingeschlafen waren, hochschreckten, und in der Zelle mit den beiden Ballerinas panisches Geheul einsetzte. »Hörst du nicht, dass ich und Giacomo Kä...«

»Giacomo Drachenkopf«, verbesserte Giacomo da.

»Giacomo Drachenkopf«, wiederholte Ispuspes der Listige ohne Zögern. »Also, sprichst du die Wahrheit über Parnass? Denn niemand hat je vermutet, dass ich das gewesen bin.«

»Frag mich, dann findest du es heraus. Aber dann werden es auch alle anderen erfahren, die uns zuhören.«

»Ich dachte nicht, dass jemand ... ich will sagen ... sich vorstellen könnte, dass ich es war.«

»Oh, du warst sehr listig, so wie immer ... und es war wirklich eine Überraschung, dass sie dich genau hier geschnappt haben!«

»Red mir nicht davon! Das sollte mein letzter Bruch werden!«

»Aber mir scheint ... derjenige, der dich überredet hat hier runterzukommen, hat ein böses Spiel mit dir getrieben.«

»Weißt du, wer es war?«

»Oh, ich weiß natürlich nicht alles ... Zum Beispiel weiß ich nicht, was du bei Machan oder im Medizinhaus für einen Schatz finden wolltest, aber ...«

»Wer weiß das schon! Ich hab's ja nicht geschafft!«, lachte Ispuspes bitter. »Aber eins weiß ich sicher: Man hat mich erwartet. Irgendjemand hat mich verpfiffen!«

»Aber eine gewisse Ahnung hattest du schon. Warum hättest du sonst den goldenen Quersack und deine besten Werkzeuge draußen gelassen?«

Der Dieb schreckte hörbar zusammen. Dann fragte er: »Bist du ein Seher, Giacomo Drachenkopf? Ein Schamane? Noch nie im Leben sprach ich mit jemandem, der so viele Dinge über mich wusste.«

Plötzlich sprang am anderen Ende des Korridors mit einem lauten Knall eine Tür auf. Das Gespräch brach schlagartig ab.

Alle Kinder klammerten sich an die Gitterstäbe und verfolgten mit verquollenen Augen ein Fackelpaar, das sich ihnen näherte. Zwei Verpflegungskolosse trugen Tabletts mit geschmortem Fleisch, Reis und Blaubeeren herbei.

»Da kommt unser Abendessen, Drachenkopf«, sagte Ispuspes aus seiner Zelle. Im Schein der Fackeln versuchte Giacomo dessen Gesicht zu erkennen: Schemenhaft konnte er die bleiche Maske eines Gespenstes mit langen Haaren, tief liegenden Augen und knöchernen Händen ausmachen. Aus den Büchern kannte er sein spitzes Grinsen mit den Goldzähnen, doch er hätte nie einen derart verwahrlosten Mann erwartet.

»Du bist ja ein Kind!«, rief Ispuspes erstaunt. »Was macht denn ein Kind im Gefängnis?«

Mittlerweile hatten Giacomos Kameraden die Näpfe gegriffen und begannen gierig mit den Händen zu essen. Zwischendurch leckten sie sich die Finger, als wäre das Schmorfleisch eine absolute Köstlichkeit.

»Der Schmorbraten ist großartig!«, meinte der Cowboy mit dem Pagenkopf.

»Das ist das Fleisch eines Schneekraken«, erklärte Ispuspes.

»Was? Schneekrake? Igitt!«

»Das esse ich nicht.«

»Esst oder ihr verhungert«, empfahl der Dieb. »Das ist die einzige Mahlzeit bis morgen Abend.«

Die Klagen verstummten und für etwa zehn Minuten erklang aus achtundzwanzig hungrigen Mäulern nur zufriedenes Geschmatze.

Die Kolosse, die gewartet hatten, bis die Kinder gegessen hatten, bauten sich vor der Zelle von Giacomo und Massimo auf und befahlen: »Unser Chef Machan will euch sprechen.«

DER CHEF

»Dieser Machan … von dem habe ich schon mal gehört«, grunzte der Meister von der Rückbank des Jeeps. »Entweder hat die Autorin den Namen aus irgendeinem anderen Buch kopiert, was nicht so unwahrscheinlich ist, da ich nicht eine neue Idee gefunden habeeeee …«

Der Jeep schleuderte und rutschte durch den frischen Schnee. Das Tageslicht schien vom Grau der Wolken verschluckt zu werden, und obwohl die Scheibenwischer in Höchstgeschwindigkeit über die Windschutzscheibe fegten, konnten die Passagiere im Auto kaum mehr als ein paar Meter weit sehen.

»Alles klar, Meister?«, entschuldigte sich Range am Lenkrad.

Der junge Mann krallte sich an dem Griff über der Tür fest und sprach weiter, als wäre nichts geschehen: »Oder ich habe von dem Namen gehört, weil diese Bücher millionenfach verkauft wurden, und diese zweite Welt, die

die Autorin geschaffen hat, schon Teil von unserer geworden ist.«

»Ich versteh gar nichts mehr«, murmelte Antonello, der neben ihm saß. »Vielleicht auch besser so. Oder wohl doch nicht!«

»Wovon redest du?«

»Es fällt mir zwar schwer, aber ich muss zugeben, dass Leila uns wirklich nützlich gewesen wäre, wenn sie jetzt mitgekommen wäre. Die hättet ihr hören müssen: Sie erzählte von Kolossen und magischen Städten mit so einer Selbstverständlichkeit, als ob sie über das Wetter redet!«

»Stimmt!«, sagte Rebecca, während sie krampfhaft versuchte, die von den Schneewolken verschluckte Straße zu erkennen. »Schade, dass die einzige Apollonia Brennan-Expertin im Dorf mit Fieber im Bett liegt und dass Frau ›Schönhaar‹ sie nicht mal im Tausch gegen das Laser-Schwert von Luke Skywalker gehen lassen würde.«

»Auf jeden Fall, was Marky uns sagen will«, fasste Michele zusammen, der vorn neben Rebecca saß, »ist, dass die Welt, die Brennan erfunden hat, nun Teil des Multiversums geworden ist.«

»Ganz genau«, stimmte der Klempner zu.

»Ah, tja … danke für die Erklärung«, brummte Antonello ironisch. »Jetzt ist mir alles schon viel klarer.«

»Da gibt es nicht viel zu verstehen«, sagte Marky. »Unser Universum ist nicht das einzig Mögliche, und die Welt, in der wir leben, nicht die einzig existierende. Es gibt also ein Multiversum – oder nenn es eine Vielzahl möglicher Welten, die alle nebeneinander bestehen. Wie dicht das eine am anderen ist, hängt davon ab, wie sehr ein Universum dem anderen ähnelt oder bekannt ist.«

»Und du meinst, dass es unter all diesen Parallelwelten auch die vom Fallenden Stern der Brennan gibt?«, mutmaßte Antonello.

»Genau.«

»Und die liegt dicht neben unserer?«

»Noch mal genau.«

»Aber wie geht das?«

»Wenn viele, wirklich sehr viele Menschen eine Welt kennenlernen, ist es so, als würde sie zum Leben erweckt werden, verstehst du? Sie nimmt ihren Raum zwischen den verschiedenen Welten ein und bleibt dort. Sobald sie entstanden ist, ist das Kind in den Brunnen gefallen, und es gibt kein Zurück mehr. Sobald du dir die Hölle ausgedacht hast, mein Junge, gibt es sie, und dann musst du damit den Rest deines Lebens zubringen.«

»Wir haben jetzt keine Zeit für Tiefsinnigkeiten!«, maulte Rebecca. »Unsere Kinder sind verschwunden.«

Marky krallte sich an der Kopfstütze des Vordersitzes fest, damit er besser mit seinen Mitfahrern sprechen konnte. »Ja, und wir suchen gerade einen Weg, um sie zurückzuholen. Dafür müssen wir verstehen, was passiert ist.«

»Ganz einfach: Zwei Riesen aus einer Fantasy-Welt, die durch ihre Leser Wirklichkeit geworden ist, sind aus den Bergen herabgestiegen und haben unsere Kinder entführt!«

»Das stimmt nicht ganz«, fuhr der Meister fort. »An einem besonderen Tag des Jahres hat sich ein Tor zwischen unserer und ihrer Welt geöffnet. Und dieses Tor ist hier irgendwo in der Gegend noch offen. Und die haben es vor uns entdeckt und das ausgenutzt.«

»FESTHALTEN!«, brüllte Rebecca und bremste scharf.

Die Bücher von Brennan flogen durch den Innenraum, dann hob auch Antonello ab. Der Wagen schleuderte und prallte gegen eine Schneewand am Straßenrand.

Der Scheibenwischer wedelte vor sich hin. Das Handschuhfach war aufgesprungen und der Inhalt hatte sich im gesamten Wagen verteilt.

»Alles klar bei euch, Leute?«, fragte Rebecca, während sie sich den Kopf rieb.

Michele grunzte und betastete seinen Hals, der vom Sicherheitsgurt gewürgt worden war.

Antonello hing zwischen den Armen des Meisters; seine Beine stießen an den Wagenhimmel. Mit ein paar Bewegungen befreite er sich und rutschte wieder auf seinen Platz. »Ja, alles in Ordnung hier hinten.«

»Da lag was auf der Straße«, entschuldigte sich Rebecca. Sie öffnete die Tür und stieg aus dem Wagen. »Gute Güte, tatsächlich!«

Marky wischte mit der Hand die Scheibe von innen frei und rief: »Bei allen Nazgul! So was habe ich noch nicht gesehen.«

Auch Michele stieg nun aus. »Du bleibst hier! Rühr dich nicht von der Stelle!«, befahl er Antonello.

Doch der Junge gehorchte nicht. Er öffnete die Tür auf seiner Seite, balancierte auf dem Trittbrett und lehnte sich vor, um zu sehen, was passiert war.

Auf der weiß verschneiten Schnellstraße zog eine eilige Tierprozession vorbei: Wildschweine, Hirsche, Damhirsche, Hasen im weißen Winterfell, Eichhörnchen, Füchse und Steinmarder flüchteten aufgeregt von den Berghängen zum Fluss hinunter.

Die Tiere schienen völlig verschreckt zu sein.

»Sie laufen weg …«, murmelte Antonello. Dann rief er den anderen zu: »Wie der Hirsch, den ich mit Frau Lolli gesehen habe!«

Nur war das hier eine richtige Massenflucht.

»Daran ist nur das Tor schuld!«, rief der Meister aus dem Jeep heraus. »Die Tiere spüren das Ungleichgewicht. Sie merken, dass das nicht normal ist.«

»Und was schlägst du vor?«, fragte Antonello, als er wieder ins Auto kletterte.

»Keine Ahnung. Aber wir sollten uns auf alles vorbereiten.«

Michele untersuchte den Jeep, der im Schnee stecken geblieben war. »Alles in Ordnung?« Er sah Rebecca fragend an.

»Nichts kaputt außer einem Scheinwerfer, denke ich.«

»Bekommst du das Auto aus dem Schnee raus?«

Rebecca sah ihn entschlossen an. »Natürlich.«

Sie stiegen ein und zogen die Türen zu.

»Also, das Gleichgewicht des Multivers…«, setzte der Klempner wieder an, doch Michele fiel ihm ins Wort: »Ein anderes Mal, Meister. Jetzt müssen wir hier erst mal raus, okay?«

Rebecca legte den Rückwärtsgang ein, gab Gas und die Vorderräder des Jeeps drehten durch. Sie legte den ersten Gang ein, fuhr ein Stück vor und setzte sofort wieder schlingernd zurück. Sie wiederholte dieses Manöver ein paar Mal, bevor sie das Auto vollständig befreit hatte. Der linke Scheinwerfer leuchtete.

»Und jetzt zu euch, verschwindet …«, murmelte sie und näherte sich langsam dem Wildwechsel.

»Als ob sie uns gar nicht sehen würden.«

»Sie stehen unter Schock.«

Rebecca begann zu hupen. Ganz langsam rollte sie an die Tiere heran. Michele kurbelte die Scheibe hinunter, lehnte sich aus dem Fenster und schrie: »Weg da! Haut endlich ab! Husch!«

Nichts zu machen. Die ersten Tiere stießen gegen den Jeep.

»Komm wieder rein!«

Michele zog gerade noch rechtzeitig den Kopf wieder hinein, bevor ein Hirsch den vorderen Teil des Jeeps rammte und dann darüberstieg, indem er auf die Motorhaube sprang.

Die Tiere waren außer sich vor Angst.

»Sie schieben uns weg!«, kreischte Antonello, als er

merkte, dass die Schnauze des Jeeps von den Tieren Richtung Fluss geschoben wurde.

»Bremsen! Bremsen!«

»Gib Gas!«

Rebecca wollte aber nicht schneller fahren, da sie fürchtete, die kleineren Tiere zu überfahren. So kamen sie nur sehr langsam voran, während der Jeep immer wieder Ziel von Tritten und Stößen war.

Antonello schloss die Augen und kauerte sich zusammen.

»Jetzt ist es soweit!«, sagte plötzlich sein Bruder. »Jetzt kommt's! Nur noch einen Augenblick ...«

Ein heftiger Schlag auf den hinteren Kotflügel ließ Antonello aufschreien und den Wagen schleudern, dann bremste Rebecca wieder, gab Gas ... und ließ die Prozession der Waldtiere hinter sich.

Die Straße vor ihnen war nun völlig leer: Eine verlassene Schneefläche lag vor ihnen, nur von schwarzen Bäumen unterbrochen. Die Lichter aus dem Dorf boten ihnen einen ungefähren Anhaltspunkt, wie weit sie vom Dorfplatz entfernt waren.

»Das war fantastisch«, gratulierten die Jungs Rebecca.

»Michele, ich glaube, ich muss zu dir in die Werkstatt. Du musst das Blech ausbeulen ...«, lachte das Mädchen nervös.

»Aber erst, wenn du die Versicherung davon überzeugt hast, dass du von etwa dreißig wilden Tieren überfallen wurdest.«

Antonello stellte sich den malvenroten Kleinwagen von Frau Lolli vor, wie er von Hundert verschiedenen Hufen bearbeitet würde, und rief sich noch einmal in Erinnerung, was er sich bei Leila aufgeschrieben hatte.

»Jetzt kommt das Beste, Leute«, sagte er, als er in seinen Notizblock sah und mit lauter Stimme seine Aufzeichnungen zusammenfasste. »Leila meint, dass die verwischten Spuren wieder sichtbar gemacht werden können, indem man die noch heiße Asche von verbranntem Roten Ahorn, Beifuß, Heidekraut, Wacholderbeeren, Myrte, Petersilie und ein paar Kürbiskernen vor sich verstreut … eine wilde Katze über dem Kopf kreisen lässt … und bei alldem soll man folgenden Zauberspruch aufsagen: ›*Alikizam! Alekezem! Alakazum!*‹«

Schweigen.

Dann brachen die vier in schallendes Gelächter aus.

Marky erholte sich als Erster. »Und wisst ihr, was das Unglaublichste an der ganzen Sache ist?«

»Lass mich raten«, sagte Rebecca. »Dass ich all diese Pflanzen dafür zu Hause habe?«

»Nein«, erwiderte der Meister. »Dass das Mädchen diesen Zauber auswendig aufsagen konnte!«

Sie kehrten ins Dorf zurück und fuhren zum Dorfplatz. Das weiße Zelt war unter dem Gewicht des Schnees nun vollständig in sich zusammengesackt. Das Weiß der Straße reflektierte das orangefarbene Licht der Laternen und tauchte alles in eine geisterhafte Atmosphäre. Langsam parkte Rebecca vor der Schule, in der keine Menschenseele zu sehen war.

»Also«, sagte Michele und gab der Freundin ein Zeichen. »Wir beide gehen zu dir nach Hause und holen die Pflanzen.«

»Nimm die Liste mit«, antwortete sie und zog den Autoschlüssel ab.

»Uns fehlt noch eine wilde Katze«, erinnerte der Meister.

»Ich weiß, wo wir die finden«, warf Antonello ein.

»Dann komme ich mit dir.«

»Super«, schloss Michele. »Wir treffen uns in einer halben Stunde im *Durchblick* wieder.«

»Uhrenvergleich!«, forderte der Meister, während er die Bücher in eine Umhängetasche steckte, die an ihm ziemlich merkwürdig aussah. Dann platzte er heraus: »Das war ein Scherz! Ich hab immer schon davon geträumt, einmal im Leben ›Uhrenvergleich‹ zu sagen … Haha!«

Sie stiegen aus dem Jeep. Der Schnee reichte ihnen schon bis zu den Knöcheln, und es sah nicht so auf, als ob es in absehbarer Zeit aufhören würde zu schneien. Marky nahm einen großen Pappkarton aus dem Kofferraum und klemmte ihn sich unter den Arm.

»Was für ein Drama«, murmelte Michele und betrachtete nachdenklich die Schule.

Rebecca drückte seine Hände. Dann traten sie dicht aneinander und küssten sich.

Im selben Moment legte Marky eine Hand auf Antonellos Schulter und drehte ihn sanft zu sich. »Wo fangen wir diese Katze?«

»Beim Sarazenen-Turm«, antwortete Antonello und stapfte entschlossen durch den Schnee.

Der Fang

Der Sonnenuntergang in den Bergen und das entfernte Glimmen der Vulkanlava tauchten die Hauptstadt der Kolosse in ein purpurfarbenes Licht. Violette Schatten, dunkelrote Pfützen und kupferne Blitze breiteten sich aus und zogen sich dann wieder in die Häuser, unter die Arkaden und auf die Plätze zurück.

Giacomo und fünf andere Mitschüler – Massimo, Raffaella, der Cowboy, der Indianer und die Prinzessin – waren aus den Zellen geholt worden. Zwei bis an die Zähne bewaffnete Wachen begleiteten sie. Die Schwerter, die die Kolosse an den Gürteln trugen, waren so groß wie die Kinder. Die Stiefel hätte man als Bettdecke benutzen können, vorausgesetzt, man ertrug den Gestank von Schweiß und gegerbtem Leder. Alles war riesig, maßlos, bedrohlich.

Auf dem Weg versuchte Giacomo, etwas von der Umgebung zu erkennen. Er suchte nach bekannten Anhaltspunkten oder Gebäuden, von denen er in den Büchern gelesen hatte. Ob der gespaltene Turm rechts die Verfluchte Wache war? Und der Bau mit den grauen, von Armen umschlungenen Säulen der Tempel des Feuergottes?

Er erkannte das Haus in Schildkrötenform, von dem er wusste, dass es die Behausung des Gromio-Schamanen war, gleich darauf wurde er mit seinen Kameraden in Machans Haus geführt.

Das Tor schien unendlich hoch; darüber prangte ein Drache, der eine brennende Fackel im Maul hielt. Dahinter führte ein Korridor mit losem Steinpflaster in einen ovalen Saal, in dessen Mitte sich ein riesiger Kamin erhob. Die rotglühenden Holzscheite knisterten und die Flammen züngelten, während der Rest des Raumes im Dunkeln lag. Große Spitzbogenfenster waren mit eindrucksvollen Holzläden verschlossen und die Luft im Saal war muffig und abgestanden.

»Und das soll das Haus des Chefs sein?«, flüsterte die Prinzessin. »Stellt euch nur mal vor, wie dann die anderen aussehen.«

»Sei bloß still hier drin«, ermahnte Giacomo sie leise.

»Aber sieh doch mal …«

»Psst!«, zischte ihr auch der Cowboy zu. »Giacomo hat recht. Lass uns reden.«

»Und warum sollte er euch reden lassen?«, warf Raffaella mit piepsiger Stimme ein.

»Weil sie die Bücher gelesen haben«, erinnerte Massimo sie. »Und deshalb kennen sie diesen Machan.«

»Machan ist sehr mächtig«, murmelte der Cowboy. »Und sehr gewalttätig.«

Im Kaminsaal knieten die beiden Wachen nieder, sodass ihre Waffen und Gürtel schepperten. Auch so waren sie immer noch doppelt so groß wie die Kinder.

»Ihr könnt gehen«, donnerte eine Stimme aus dem Halbschatten des Raumes.

Die Wachen nahmen wieder Haltung an und verschwanden dorthin, von wo sie gekommen waren. Die sechs Kinder hörten das Tor zuschlagen, dann erfüllte noch das Knistern des Kaminfeuers den Saal. Giacomo hob den Blick und entdeckte unzählige ausgestopfte Tiere an den Wänden.

»Sieh mal da!«, wisperte der Cowboy und zeigte auf andere Kriegstrophäen.

»Was ist das?«, fragte die als Indianer verkleidete Bohnenstange. »Köpfe?«

»Hilfehilfehilfe«, wimmerte die Prinzessin.

Raffaella drückte sich an Massimo, und Giacomo biss die Zähne zusammen.

Die abgestandene Luft wehte leicht, als ob ein Teil der Dunkelheit sich plötzlich bewegt hätte. Zwei kleine, schwarze Saupacker strichen um den Kamin, beobachteten die Kinder mit ihren gelben Augen und schnüffelten mit ihren feuchten und haarigen Nasenrüsseln nach ihnen.

»Aus, ihr Kleinen! Aus!«, rief die Stimme, die kurz zuvor die Wachen befehligt hatte.

Die beiden Saupackerwelpen kuschelten sich neben den Kamin.

»Tretet vor!«, befahl die Stimme nun.

Die sechs Gefangenen gingen über einen weichen Teppich, in dem ihre Füße versanken, auf die Stimme zu. Langsam hatten sich ihre Augen an die Dunkelheit gewöhnt und sie erkannten die Umrisse eines mit Pelzen bekleideten Riesen, der auf einem großen, in den Fels geschlagenen Thron saß. Drachenzungen formten die Armlehnen und ein grausiges Knochengewirr bildete die Lehne.

Machan selbst schien wie aus dem Fels geschlagen. Er hielt einen Kelch in der Größe einer Bratpfanne in der Hand und schlürfte langsam daraus.

Er wartete, bis die Kinder zu seinen Füßen angekommen waren, dann stellte er fest: »Menschenjunge.«

»Heil dir, Machan, Sohn von Machan, Lava-Blut«, rief Giacomo und beugte das Knie zur Erde.

Der Herr der Kolosse schien von dem Gruß nicht sonderlich beeindruckt. Er schwieg lange, trank von dem dunklen Gebräu in seinem Kelch, dann fragte er: »Woher kommt ihr?«

Giacomo kniete noch immer auf der Erde, als Massimo antwortete: »Von zu Hause. Von dort, wo ihr uns entführt habt.«

Das Feuer im Kamin prasselte.

»Entführt?«, rief Machan aus. »Wir haben euch entführt? Habe ich euch vielleicht entführt?«

»Mein Freund«, griff Giacomo ein, »will sagen, dass wir von zwei Söhnen von Lyr mit Namen Lut und Urtgarten hergebracht wurden ...«

»Und haben Lut und Urtgarten euch während der Reise schlecht behandelt?«

»Ich ...«, setzte die Prinzessin in jammerndem Ton an, aber der Cowboy brachte sie mit einem Fußtritt zum Schweigen.

»Es war eine ziemlich kurze Reise, Herr des Vulkans«, antwortete Giacomo.

Dieses Mal rang sich Machan ein Grinsen ab. »Man könnte meinen, dass du mit den Formalitäten von Botschaftern vertraut bist, Junge. Aber glaube nicht, dass du mich damit beeindruckst. Ich habe schon Leute für weniger umgebracht. Sag mir also, woher kommt ihr?«

»Aus den Bergen.«

»Aus welchen Bergen?«

»Aus denen dort drüben.«

»Dort drüben gibt es kein Menschendorf.«

»Das stimmt«, wandte Giacomo ein. »Und doch ist es die Wahrheit, Machan, Sohn von Machan. Durch irgendein außergewöhnliches Wunder haben sich während des Schneesturms unser Dorf und euer Dorf angenähert. Und jetzt sind sie nur wenige Stunden Fußmarsch voneinander entfernt.«

»Ein Wunder, sagst du?«

»Ein außergewöhnliches Wunder.«

»Und wenn das, was du sagst, wahr ist, dann sind unsere Dörfer immer noch nahe beieinander?«

»Das ist mir nicht bekannt. Aber sie waren es vor einiger Zeit, als Lut und Urtgarten uns in die Verborgene Stadt geführt haben.«

»Woher kennst du all diese Namen?«

»Ich kenne sie eben. Ich kenne euch und eure Hauptstadt. Die Geschichten eurer Heldentaten verbreiten sich schneller als der Wind.«

»Schmeichele mir nicht, Junge.«

»Das würde ich nie tun.«

»Das rate ich dir, sonst lasse ich Schmorbraten aus dir machen.«

»Hilfehilfehilfe«, wimmerte die Prinzessin; ihr Gesicht war weiß wie ein Leinentuch. Der Cowboy und der Bohnenstangen-Indianer hielten sie gegenseitig an ihren Armen aufrecht.

»Wie ist also dein Name und der des Dorfes, aus dem du kommst?«

Giacomos Hände zitterten stark, als er antwortete: »Ich heiße Giacomo Drachenkopf und komme aus dem Dorf Susa am Fuße der Berge.«

»Und die da?«

»Das ist Massimo, der Wiederholer.«

»Wiederholer? Was heißt das?«

»Anstatt eigene Gedanken zu haben, wiederholt er die der anderen«, grinste Giacomo hämisch.

»Das wirst du mir büßen«, zischte Massimo.

»Und die anderen?«, fragte Machan.

»Das ist Paolo, der Pistolero.« Giacomo hielt den Cowboy mit dem Pagenschnitt gerade rechtzeitig auf, bevor dieser seine Spielzeugpistole ziehen konnte, und fuhr fort: »Während dieser Große hier, neben ihm, der Indianer C ist.«

»C … und?«

»Nur C.«

»Und die Frauen?«

»Das bleiche Mädchen ist die Prinzessin Mafalda. Die andere ist Raffaella … die Schönste von allen …«, hauchte er dann noch.

Neugierig kreiste Machan mit dem Zeigefinger. »Euer Dorf muss wirklich sehr absonderlich sein, wenn Kinder und Prinzessinnen gezwungen sind, sich so zu kleiden …«

Giacomo rückte sich die Jacke zurecht, und erst jetzt bemerkte er, dass noch jemand im Saal war.

Die Figur tauchte hinter dem Kamin auf, und Raffaella stieß als Erste einen markerschütternden Schrei aus. Ein beißender Gestank machte sich breit.

Giacomo konnte sich gerade noch aufrichten, als plötzlich ein Männchen vor ihm stand – nicht sehr viel größer als er, mit faltigem und ausgetrocknetem Gesicht. Es sah aus wie ein Frettchen.

Der Schamane Singendes Herz ließ die Zöpfe vor seinem Gesicht schaukeln, sodass seine Augen verdeckt waren. Er schlich an Giacomo und Raffaella vorbei und trat zum gemeißelten Thron seines Herrn. Er verbeugte sich nicht.

»Willkommen, Singendes Herz«, grüßte ihn Machan.

»Herr«, flüsterte der Schamane. »Ich habe erfahren, dass ihr mich rufen ließet.«

Giacomos Herz schlug wie wild.

»Ich wollte, dass du es mit eigenen Augen siehst«, sagte Machan und zeigte auf die Kinder. »Lut und Urtgarten haben uns eine Überraschung mitgebracht.«

»Das ist der Tag der großen Wandlungen«, bemerkte der Schamane. »Sechs Kinder also?«

»Nein«, antwortete Giacomo an Machans Stelle. »Die anderen sind im Erdpech-Verlies, das Cletus einst gegraben hat.«

Die knochige Hand des Schamanen schob die schmierigen Zöpfe zur Seite; in den fettigen Haaren klimperten die Perlen und Knöchelchen, die darin eingeflochten waren. »Du kennst Cletus?«

»Ich habe von ihm gehört, ja«, gab Giacomo zu.

»Der Junge weiß allerhand, Singendes Herz. Und er spricht wie ein erfahrener Botschafter.«

»Er weiß viele Dinge ...«, murmelte der Schamane. »Lut und Urtgarten haben die Kinder aus ihrem Dorf geholt. Und aus diesem Grund habe ich dich rufen lassen. Der kleine Drachenkopf sagt, dass ihr Dorf weit von hier entfernt, doch durch ein Wunder an unsere Stadt herangerückt ist. Ich kann mit bloßen Händen einen Bären töten, Singendes Herz, aber ich verstehe nichts von Zaubersprüchen und Flüchen. Darum frage ich dich, ob das, was er sagt, die Wahrheit ist und wir ihm glauben können. Oder ob er lügt und wir ihn wieder in die Zellen des Verlieses stecken sollen.«

Der Gromio sah Giacomo mit seinen stechenden, gelben Augen durchdringend an und der Junge fühlte sich, als würde eine große Hand in seinem Innersten wühlen. Zur Abwehr schloss er die Augen und versuchte, seine Gedanken abzuschirmen.

»Interessant«, murmelte der Schamane da. »Wirklich interessant.«

»Sagt er die Wahrheit?«, fragte Machan.

»Seine Stimme ist stark«, antwortete der Schamane. »Seine Fähigkeiten sind bemerkenswert.«

»Ist er ein Magier?«, wollte Machan wissen, während er mit der Hand schon nach dem Messer griff.

»Nein. Nein. Würde ich nicht sagen«, beeilte sich der Schamane ihn zu beruhigen. »Er ist kein Magier, und er lügt auch nicht. Aber ... wenn du es mir erlaubst, möchte ich ihn auf die Probe stellen.«

Machan nickte.

Giacomo drehte sich hilfesuchend zu seinen Kameraden. Der Cowboy hob den Daumen der rechten Hand, Raffaella blickte ihn so durchdringend an, dass er rot wurde, und Massimo sah aus, als wollte er sagen: ›Jetzt sieh zu, wie du da rauskommst.‹

Der Schamane begann in seiner Kleidung nach etwas zu wühlen, das einfach nicht auffindbar zu sein schien.

Giacomo nutzte die Zeit und überlegte, was er über ihn wusste: Er hatte beim Karmesin-König studiert, war ein Heiler mit seherischen Kräften. Um die Zukunft vorherzusagen brauchte er bunte Steine, die er zu einem Kreis legen musste.

»Wenn du wirklich der bist, der du sagst«, brummelte Singendes Herz, wobei er etwas in der geschlossenen Hand hielt, »dann sag mir, wozu dieses hier dient.« Er öffnete die Hand.

Giacomo riss die Augen auf. »Das ist ein Schlüsselbund mit einem Autoschlüssel.«

»Auto? Was ist ein Auto?«

»Das ist ... eine Art mechanischer Karren, der sich allein fortbewegt, ohne von ... Pferden gezogen zu werden ... oder von Riesenhunden oder anderen Tieren ...«

»Und wohin fährt er, wenn er sich allein fortbewegt?«

»Das entscheidet der, der den Schlüssel hat. Damit bringt man das Auto in Bewegung. Damit macht man es an.«

»Man muss es anmachen? Wie ein Feuer?«

»Genau. Man macht es mit dem Schlüssel an und dann ...«

»Und dann brennt es«, schnitt Machan ihm das Wort ab. »Also bewegt sich dieses Auto, während es brennt?«

»Nein!«, rief Giacomo. »Ich wollte sagen ... Ja! Also ... es ist schwierig. Aber ... in unserem Dorf ... klappt das ganz gut. Alle haben ein Auto.«

»Du auch?«

»Nein!«

»Und warum nicht?«

»Weil … ich noch zu klein bin. Aber ich werde eins haben, wenn ich groß bin.«

Machan und der Schamane sahen einander zweifelnd an. »Das scheint mir aber ziemlich gefährlich zu sein, einen brennenden Karren zu haben, der sich allein fortbewegt …«, murmelte der Chef der Kolosse. »Vor allem, wenn alle so was haben.«

»Könntest du uns eines dieser Autos zeigen?«, fragte der Schamane.

»Ich könnte euch eins zeichnen.«

»Und auch bauen?«

»Nein! Das geht nicht. Das ist sehr schwierig. Äußerst schwierig.«

»Kannst du erklären, wie es funktioniert?«

»Auch nicht!«, gab der Junge zu. »Ich wüsste nicht, wo ich anfangen soll und was da drin steckt und wie das wirklich alles geht …«

»Aber du hast doch gerade gesagt, dass in deinem Dorf jeder eines hat! Willst du damit sagen, dass die Bewohner deines Dorfes ein Ding besitzen, von dem sie nicht wissen, wie es funktioniert?«

»Ich glaube … genauso ist es.«

»Und das?«, fragte da der Schamane und drückte mehrmals auf den runden Knopf in der Mitte des Autoschlüssels.

»Das ist für …« Giacomo biss sich auf die Lippen. Was hatte diese Unterhaltung noch für einen Sinn? Er würde niemals erklären können, dass dieser Knopf aus der Ferne die Türen des Autos öffnete. Außerdem hatte er das ungute Gefühl, dass Machan ungeduldig wurde. So beschloss er, aufs Ganze zu gehen. »Das ist ein Glückslicht.«

»Wie das?«

»Das muss man drücken, wenn man sich für etwas entscheidet … so …«, erklärte er. »Wenn ein rotes Licht erscheint, so wie jetzt … dann heißt das, dass die Entscheidung gut war.«

»Und wenn kein rotes Licht kommt?«

»Dann ist die Batterie alle«, mischte sich Massimo ein. Alle drehten sich zu ihm und er fügte hinzu: »Schlechte Entscheidung.«

Der Schamane gab Machan das Schlüsselbund, der ganz vorsichtig einen Versuch unternahm. Dann lachte er gutmütig. »Gute Entscheidung!«, grinste er. »Sehr gut! Also bringe ich euch nicht um!«

Er drückte ein zweites Mal den Knopf. »Wieder eine gute Entscheidung!«, jubelte er. »Also kann ich den Worten des Jungen glauben!«

»Vielleicht sollten wir es dabei belassen, Herr«, wandte der Schamane ein, während er sich rasch das Schlüsselbund zurückholte.

»Das ist ein überaus nützliches Ding!«, sagte Machan. »Warum haben wir so etwas nicht erfunden?«

»Ich werde die Zusammensetzung genau untersuchen, Herr.«

»Hervorragend. Sehr gute Idee«, gähnte der Chef der Kolosse plötzlich. »Und bring es morgen mit in den Rat.«

»In den Rat?«

»Wir müssen entscheiden, was wir mit den Kindern machen: Teilen wir sie im Clan auf, halten wir sie im Palast oder machen wir Küchengehilfen aus ihnen. Das sind immer noch Kinder. Und wir haben seit Jahren keine Kinder mehr bekommen.« Der Anführer der Kolosse reckte sich mit der Anmut eines Wildschweins und fügte hinzu: »Ihr könnt jetzt gehen. Die Wachen bringen euch wieder in das Verlies.« Schließlich stand er auf. »Aber noch eins: Glaubt ihr, dass man aus eurem Dorf ein Heer schicken wird, das euch zurückholen soll?«

»Ein Heer gegen die Bergkolosse von Tarkaan?«, fragte Giacomo – und vor seinem inneren Auge sah er einen Pfadfindertrupp in kurzen Hosen, Verkehrspolizisten und Kriminalbeamte, die womöglich vom Pfarrer angeführt würden. »Nein! Das wäre verrückt!«

»Sehr gut.«

»Denn natürlich kennen alle das Motto der Schlacht vom Klattuk-Pass«, fuhr Giacomo fort. *»Niemand kann einem Koloss entreißen, was ein Koloss sich genommen hat.«*

»Gut gesagt!«, lobte Machan zufrieden. »Das war genau der Satz, den ich kurz vor der Schlacht gesprochen habe!«

›Ich weiß‹, dachte Giacomo und grinste. Doch da fühlte er schon wieder die Augen des Schamanen auf sich; Augen, die ihn äußerst aufmerksam musterten. ›Du weißt‹, formten die Lippen des Schamanen, ohne einen Ton zu sagen. ›Du weißt.‹

Giacomo schlug rasch die Augen nieder.

Machan klatschte in die Hände und wollte gerade die Wachen herbeirufen, als der Schamane ihn ein letztes Mal unterbrach: »Mächtiger Machan, lass sie alle wieder in ihre Zellen bringen, doch lass mir, wenn es erlaubt ist, den jungen Drachenkopf. Ich habe weitere Fragen, die ich ihm stellen will.«

Machan betrachtete den Schamanen abfällig, als wäre er ein fliegender Händler, der ihm etwas aufschwatzen wollte. »Wenn du es für wichtig erachtest, nimm ihn dir. Hauptsache, ihr verschwindet jetzt hier, ich muss in die Falle, ich bin müde.«

»Sehr gut, Herr. Sehr gut«, flüsterte Singendes Herz. Dann griff er Giacomo am Arm und zischte: »Du kommst jetzt mit mir.«

In der Falle

Zwei Gestalten stiegen den Pfad zum Sarazenen-Turm hoch – eine groß, mit einem Hemd bekleidet, und eine klein, eingepackt in eine dicke Wintersteppjacke. Die Stille um sie herum war fast unwirklich.

»Hast du wirklich über siebentausend Bücher gelesen?«, fragte Antonello plötzlich in das Schweigen hinein.

»Wer weiß das schon! Kann schon sein, kann auch nicht sein.«

»Das sind ziemlich viele.«

»Kommt darauf an. Für dich sind es ganz viele. Für andere sind es ganz wenige.«

»Siebentausend Bücher können doch nicht wenige sein!«

»Doch, wenn du von den siebentausend nicht eines verstanden hast.«

Antonello schüttelte den Kopf. »Ich hab nie verstanden, was es an einem Buch zu verstehen gibt.«

Der Meister stapfte ein gutes Dutzend Schritte durch den Schnee, bevor er antwortete: »Nichts, wahrscheinlich. Bücher kann man nicht verstehen. Man versteht sich selbst.«

Antonello hob den Blick zu dem großen Mann, den er immer für einen Dummkopf und Schwindler gehalten hatte, und der jetzt, in dieser widersinnigen Lage, neben ihm mit der Sicherheit eines Armeegenerals den Berg hinaufmarschierte. »Und was hast du über dich selbst verstanden?«, fragte er ihn.

»Dass ich Bücher mag«, antwortete Marky. »Viel mehr als die Wirklichkeit.« Er lächelte. »Und weißt du was?«

Antonello schüttelte den Kopf.

»Zwischen den Buchseiten bin ich schlank und schön.«

Erschöpft kamen sie am Turm an.

»Bist du sicher, dass die Katze hier ist?«, japste der Klempner außer Atem.

»Sie liegt hier immer schnurrend in der Gegend rum.«

Sie umrundeten den Turm. Er war zwei Stockwerke hoch und wurde von einem orangefarbenen Licht angestrahlt.

»Miez, Miez, Miez …«

Antonello spähte durch die eingedrückte Tür ins Innere des Turmes. Dort gab es nur die nackten Wände, im ersten Stock die Reste eines Kamins und ein paar Dachziegel, die verhinderten, dass es hineinschneite.

»Ich habe sie!«, rief er. Die Katze hatte sich in der bestgeschützten Ecke im Turm eingerollt. »Hallo Katze …«

Der Meister erschien auf der Schwelle und quetschte seinen Bauch durch die Tür. »Gut gemacht, Junge. Genau so eine brauchen wir, um sie über dem Kopf kreisen zu lassen: eine schöne Wildkatze.«

»Aber wir tun ihr doch nicht weh, oder?«

»Ich glaube nicht, dass sie glücklich über unseren Zauber sein wird. Aber, sollte das alles klappen, dann können wir uns mit einer Extraportion Hühnchen bei ihr bedanken.«

Marky hockte sich hin und stellte den Pappkarton auf den Boden, den er aus dem Jeep mitgebracht hatte. »Katze ... Kätzchen ... Miez ...«

Aus der gegenüberliegenden Ecke blickte das Tier die beiden Eindringlinge misstrauisch an.

»Wie sollen wir sie denn fangen?«, fragte Antonello.

»Keine Ahnung. Die Katze war deine Idee. Ich habe dich nur begleitet.«

Antonello zeigte auf den Karton. »Die kriegen wir doch nie von selbst in die Schachtel.«

»Stimmt.«

»Sie ist viel schneller als wir.«

»Auch das stimmt.«

»Und jetzt?«

»Jetzt ... Ich glaube, das schaffen wir nur mit Teamarbeit. Du nimmst den Karton und stellst dich dort in die Ecke. Nicht zu dicht an den Karton und nicht zu weit weg. Richtig so.«

Die Katze beobachtete das Manöver mit dem ihr angeborenen Ausdruck von Überlegenheit.

Dann zog Marky ein Stück eines Salamibrötchens aus der Tasche, das vom Mittagessen übrig geblieben war. »Mal sehen, ob du das magst, Miez, Miez ... Ich wette, du hast Hunger ...« Er bröselte etwas von dem Brötchen vor den Karton.

»Das klappt!«, freute sich Antonello, als die Katze sich verstohlen näherte.

Im rechten Moment ließ Marky die größeren Krümel in den Karton fallen. Die Katze hüpfte ohne Zögern hinein und Marky rief: »Mach zu!«

Antonello warf sich auf den Karton, wurde jedoch so stark am Handgelenk gekratzt, dass er vor Schmerz aufschrie. Aber die Katze saß trotzdem in der Falle.

Marky stach zwei Luftlöcher in den Karton, verschloss ihn mit Paketklebeband und klemmte ihn sich wie eine Pralinenschachtel unter den Arm. Die Katze maunzte und kratzte darin ohne Unterlass.

Antonello rieb sich das Handgelenk, und gemeinsam marschierten die beiden zurück zum *Durchblick.*

Als sie das Lokal betraten, waren bereits alle da. Stefano stritt gerade mit Michele.

»Katze«, sagte Marky, wobei er den Karton auf den Fußboden stellte.

»Oh, die Arme!«, seufzte Rebecca. »Was habt ihr mit ihr gemacht?«

»Mach auf, dann erklärt sie es dir selbst«, scherzte Marky. »Sagt lieber mal, was hier gerade los ist.«

»Die wollen meinen Laden auseinandernehmen!«, jammerte Stefano.

»Das Einzige, was noch fehlt, ist rotes Ahornholz!«, erklärte Michele. »Und die Wände der Bar sind aus Rotem Ahorn.«

»Gib mir eine Orangenlimo«, brummte der Meister und setzte sich auf einen Hocker.

»Ist das alles, was du dazu zu sagen hast?«, empörte sich Stefano. »Ihr kommt erst nach einer Stunde von wer weiß woher wieder, sagt, dass ihr meinen Laden auseinandernehmen müsst und wer weiß wie viele Kräuter auf meinen Ofen abfackeln wollt, damit ihr dann die Asche einsammeln könnt … und all das da, und dann willst du einfach nur 'ne Limo?«

»Ich kann sie mir auch selbst holen.«

Stefano hob die Hände. »Das ist doch alles Blödsinn.«

»Hör mal«, wandte Michele ein. »Ich finde das auch blöd. Aber wenn wir die Spuren der Kinder finden wollen, müssen wir diesen Zauber sprechen.«

»Aber es gibt keine Zaubersprüche!«

»Das sagst du«, brummte Marky.

Mit einem Seufzer drehte Stefano sich zu Antonello. »Du bist meine letzte Hoffnung, Junge. Meine Freunde sind komplett verrückt. Sag du ihnen, dass sie eine große Dummheit begehen!«

»Stefano«, druckste Antonello verlegen herum. »Ehrlich gesagt, ich …«

In diesem Moment hupte es draußen, Bremsen

kreischten im Schnee, es knallte dumpf und schließlich heulte eine Alarmanlage hysterisch los.

Kurz darauf kam Cinz, der Sohn des Skiliftbesitzers, in die Bar geschwankt. Sein Sportwagen stand zerbeult auf der anderen Straßenseite. »Leute! Das glaubt ihr nicht! Das glaubt ihr nie im Leben!«, rief er aufgeregt.

»Was ist passiert, Cinz?«

»Au…auf der Stra…Straße zum Li…Lift, Leute!«, stotterte Cinz, der aussah, als hätte er gerade dem Tod höchstpersönlich ins Auge geschaut. »Da…da ste…steht ein Mo…Monster! Ein riesiges Mo…Monster! E…es sieht au…aus … es i…ist … wisst ihr wie ein Kra…Krake aussieht? Ein riesiger, weißer Kra…Krake steht da im Schn… Schnee! Der war plö…plötzlich vor mir, mit Ten…Tentakeln und allem! Das ist un…unglaublich, Leute! Un…unglaublich! Wie ein Zau…Zaubertrick! Der war unter dem Se…Sessellift, aber jetzt ist er so hun…hundert Me… Meter von der Ki…Kirche entfernt! Ich schwör's euch: ein weißer Kra…Krake, der auf seinen Ten…Tentakeln durch den Schn…Schnee gleitet!«

Stefano hatte in der Zwischenzeit hinter dem Tresen ein Getränk gezapft. Nun reichte er es dem aufgeregten Cinz und gab Michele rasch ein Zeichen. »Mach das Stück Ahornholz ab, Mix, und dann sehen wir zu, dass wir diesen Zauberspruch hinbekommen!«

DER ZAUBER

»Hier lang«, sagte der Schamane und öffnete die Tür zu seinem umgedrehten Schildkröten-Haus.

Im Inneren war nichts zu erkennen. Nachdem die letzten Lichtstrahlen des Sonnenuntergangs erloschen waren, hatte sich die Nacht über die Stadt gelegt.

»Komm her, zum Tisch.«

Auf dem Tisch in der Zimmermitte lag eine Frau. Sie war mit einem schmutzigen Laken bedeckt und atmete regelmäßig. Giacomo erkannte sie sofort, sagte aber nichts. Der Schamane ging einmal um den Tisch herum und zündete dann ein paar Kerzen an. Ein flackerndes Licht erhellte das Gesicht von Apollonia J. Brennan, die unzähligen Gegenstände im Raum und die Lumpen, die von der Decke hingen.

»Nicht an *den* Tisch«, verbesserte der Schamane und gab Giacomo ein Zeichen, ihm zu folgen. »An diesen hier.«

Auf dem zweiten Tisch waren all die Dinge aufgereiht, die die Schriftstellerin in ihrer Tasche gehabt hatte.

»Erkläre mir, was das alles ist.«

»Und wenn ich mich weigere?«

»Schicke ich dich ins Verlies zurück und hole mir ein anderes Kind. Früher oder später finde ich schon einen Freund von dir, der mit mir zusammenarbeiten wird.«

»Geld«, erklärte Giacomo, wobei er die wenigen Münzen auf dem Tisch hochhob. »Mit denen kauft und verkauft man Waren. Wie euer Gold.«

Der Gromio nickte.

»Plastikbeutel für Hundehaufen«, fuhr der Junge fort. »Die braucht man, wenn man den Hund in der Stadt Gassi führt. Taschentücher: ideal bei Erkältung. Ein Stift, der auch unter Wasser schreibt. Lippenstift. Gelber Textmarker. Uhr. Medaille einer Buchhandlung.«

»Und diese Schachtel mit dem gespaltenen weißen Schwanz?«

»Das ist kein Schwanz. Das sind Kopfhörer für Musik ...« Giacomo ging die Musikliste in dem MP3-Player durch und suchte ein Lied aus, das er mochte. Er steckte sich einen Hörer ins Ohr und bot dem Schamanen den anderen an. Singendes Herz tat es ihm nach, und kaum hatte er den Ohrstöpsel platziert, krachte das erste Schlagzeugsolo los.

»Nennst du das etwa Musik? Erklär mir jetzt mal den Rest.«

Es waren nur noch wenige Dinge übrig: ein kleiner Taschenspiegel, bei dem sich der Schamane weigerte, sich darin anzusehen, ein paar Klammern, eine Schachtel mit Reißzwecken, ein paar andere, typisch weibliche Kinkerlitzchen und schließlich ein rosa Kalender.

Giacomo blätterte ihn rasch durch und entdeckte, dass Apollonia J. Brennan sich das Fest der Pfadfinder für diesen Nachmittag notiert hatte. Mit einem anderen Stift hatte sie noch dazugeschrieben: *ICH WEISS NICHT, WIE ICH DAHIN KOMME ... GPS NICHT VERGESSEN!*

Für den nächsten Tag, den 3. Februar, hatte die Schriftstellerin vermerkt: *Verlag anrufen wegen Abgabe des 6. Bandes.*

›Teil sechs!‹, dachte Giacomo und erschauderte. Seit fast einem Jahr warteten er und die anderen Leser sehnsüchtig darauf. Er war also fertig? Wo war er?

Der Junge blätterte im Kalender zurück und sah, was Apollonia am 22. Januar eingetragen hatte: *FERTIG!*

Dann folgte eine Reihe von möglichen Titeln, die sie alle durchgestrichen hatte: *Der halbe Blutprinz, Die Nacht des weißen Nebels, Das Geheimnis des Falkners* ... und so weiter.

Jeder Zweifel war ausgeräumt. Das sechste und letzte Buch von Brennan war fertig.

Während er in Gedanken noch bei dem Buch war, bemerkte Giacomo plötzlich, dass der Schamane ihn aufmerksam beobachtete und langsam nickte. »Ich weiß, was du denkst«, flüsterte der schwefelgelbe Heiler. »Es ist genau das, was ich auch gerade denke.«

»Wi...wirklich?«

»Du denkst, dass zwischen all diesen Dingen aus dem Sack etwas fehlt. Etwas sehr Wichtiges für die Frau aus Was-Sein-Wird.«

»Die Frau aus Was-Sein-Wird?«

»Wie nennst du sie?«, fragte der Schamane und zeigte auf die Schriftstellerin.

»Apol…«, begann Giacomo, hielt jedoch inne. Der Schamane hatte sie nicht ohne Grund ›Frau aus Was-Sein-Wird‹ genannt. Denn ganz offensichtlich war Singendes Herz eine Figur aus der Welt, die Apollonia J. Brennan erfunden hatte, und so war Apollonia J. Brennan die Frau, die über sein Leben entscheiden würde. Sie hatte ihn erfunden, genauso wie die Kolosse, die Verborgenes Stadt, das Vulkangebirge, den Drachen … alles. Jedes Ding, was um ihn herum war, hatte in dem Kopf der Frau Gestalt angenommen, die jetzt auf dem Tisch schlief und Gefangene ihrer eigenen Fantasie war.

Ganz allmählich wurde Giacomo bewusst, was hier eigentlich passiert war. »Das warst du …«, murmelte er.

»Was sagst du, Junge?«

»Hast du sie hierher gerufen?«

Der Gromio umkreiste rasch den Tisch, auf dem die Schriftstellerin schlief, bevor er antwortete: »Ganz offensichtlich bin ich das gewesen.«

»Und was hast du mit ihr gemacht?«, fragte Giacomo.

»Was ich mit ihr gemacht habe? Nichts. Sie schläft, sieht man doch!«

»Du hast … deine Schöpferin eingefangen!«

Der Schamane nickte. »Du bist noch aufgeweckter als ich dachte, Junge. Ja. Ich habe sie gerufen und gefangen genommen. Ich rufe sie, seitdem ich gesehen habe, dass sie kommen würde.«

»Und wie hast du das gemacht?«

»Ich bin ein Seher: Ich kann die Zukunft voraussehen.«

»Und hast du mich auch gesehen?«

Blitzartig schnappte sich der Schamane den Jungen. »Jetzt ist Schluss mit dem Spiel. Du weißt es. Ich habe gehört, wie du im Ersten Haus die Worte Machans zitiert hast, die er vor der Schlacht am Pass gesprochen hatte. Du kennst die Frau aus Was-Sein-Wird. Du weißt, dass ich dich erwartete habe. Was weißt du noch?«

Giacomo dachte lange nach, bevor er antwortete: »Ich weiß alles.«

»Alles?«

»Alles.«

Der Schamane löste den Griff. »Natürlich«, murmelte er. »Du weißt alles.« Dann hob er plötzlich seinen Blick. »Ich glaube dir nicht.«

»Du tust schlecht daran«, erwiderte Giacomo. »Denn ich weiß wirklich alles.«

»Beweise es mir.«

Giacomo seufzte. Er suchte sich einen Sitzplatz und sobald er ein Kissen aus zweifelhaftem Material gefunden hatte, zählte er mit lauter Stimme die Dinge auf, die er über den Schamanen gelesen hatte: »Du, Singendes Herz, arbeitest seit über neun Jahren in der Verborgenen Stadt. Du wurdest Heiler, als die Kolosse dein Dorf verwüsteten.«

»Sie haben mein Dorf nicht verwüstet.«

»Stimmt. Sie haben es niedergebrannt. So sind sie: Sie fackeln für ihr Leben gern Dinge ab.«

»Mach weiter.«

Giacomo nickte. »Sie haben dein Dorf niedergebrannt und jeden getötet, der ihnen über den Weg lief. Außer dir.«

»Und warum?«, fragte der Schamane mit zitternder Stimme.

»Weil du, kurz bevor Machan dich mit seinem ›Knochenbrecher‹ in Stücke hauen konnte, ihm fest in die Augen geblickt und gesagt hast, dass du eine Vision hättest: Über den rot-gelb gewandeten Machan würden Hymnen als Boss der Bosse gesungen werden.«

Der Schamane grinste. »Das stimmt. Genauso war es. Und er hat mir geglaubt.«

Giacomo machte es sich auf dem Kissen bequemer. »Darf ich dir jetzt eine Frage stellen? Hattest du wirklich diese Vision oder hast du dir das … wie soll ich sagen … ausgedacht?«

»Das Zweite, was du sagst«, gab der Schamane zu. »Ich wusste genau, dass der Clan der Kolosse sich mit diesen lächerlichen langen Überröcken kleidete, und ich hab es probiert. Zum Glück ist es dann Wirklichkeit geworden. Aber fahre fort mit der Geschichte, Junge.«

»Was soll ich noch sagen? Machan hat dich verschont,

und da er glaubte, in dir ein Zeichen seines Gottes gefunden zu haben, hat er dich mit dem Gold, das er aus deinem Dorf geraubt hat, zum Studium der Heilzauber ins Reich des Karmesin-Königs geschickt.«

»Für fünf Jahre.«

»Fast sechs«, verbesserte Giacomo. »Danach, als du soweit warst, hat Machan statt die letzte Rate zu bezahlen das Reich des Karmesin-Königs angegriffen, hat es ausgeplündert und wieder alle umgebracht – außer dir ...«

»Und seitdem bin ich hier.« Die Augen des Schamanen funkelten in einem unergründlichen Licht. »Beeindruckend. Mein Leben birgt keine Geheimnisse für dich.«

»Wie ich schon sagte: Ich weiß alles.«

»Ich kann mir gar nicht vorstellen, wie du das alles wissen kannst, aber ... sag mir ... gibt es noch jemanden von deinen Kameraden im Gefängnis, der diese Geschichte kennt?«

»Nein, keiner kennt sie so wie ich«, behauptete Giacomo voller Stolz.

»Perfekt«, schloss der Gromio. Er machte eine schnelle Bewegung und plötzlich funkelte ein Messer in seiner Hand. »Das wird einfacher als gedacht.«

Giacomo sprang auf, bevor die Klinge auf ihn niederfiel. »He! Stopp! Warte! Was soll das?«

»Ich bringe dich um, Junge, und schütze somit meine Zukunft.«

Giacomo wich zwischen den abertausenden, absonderlichen Gegenständen, die den Raum füllten, zurück.

»Aber ich will deine Zukunft doch gar nicht zerstören!«

»Doch, willst du! Du weißt zu viel! Du weißt, wer ich bin! Du weißt, dass ich die Frau aus Was-Sein-Wird gerufen habe! Du weißt, dass ich ihr Neues Buch nutzen will, damit ich alles beherrschen kann!«

Das Neue Buch! Giacomo wich einem weiteren Angriff des Schamanen aus. Aber ja! Für den Schamanen und alle Bewohner dieser Welt war das nächste Buch von Apollonia J. Brennan die Geschichte ihrer Zukunft. Und dieses in den Händen zu halten, bevor es veröffentlicht würde, hieß, die eigene Zukunft lesen zu können, noch bevor sie sich ereignen würde. Und somit entsprechend handeln zu können. Das war es also, was Singendes Herz wirklich suchte: Das sechste Buch!

Giacomo kreiste mit vor Schreck geweiteten Augen um den Tisch, auf dem die Schriftstellerin lag. Seine Gedanken überschlugen sich. »Halt!«, schrie er plötzlich. »Ich weiß, wo es ist!«

Der Schamane hüpfte auf den Tisch mit der Frau und kauerte sich dort zusammen, während der Junge stolperte und unzählige Dosen voller getrockneter Insekten umstieß.

»Du lügst!«

»Nein!«

»Beweis es mir!«

»Der Kalender! Der Kalender von Frau Brennan! Am 22. Januar hat sie eingetragen, dass sie das Buch vollendet hat.«

»Ja und? Wo ist es?«

»Ich weiß es.«

»Ich glaube dir nicht, Junge.«

»Töte mich und du wirst es nie finden.«

»Du vergisst, dass ich die Frau habe!«, knurrte der Schamane. »Ich kann sie selbst fragen.«

»Bist du sicher, dass sie dir antworten wird?«

»Ich habe so meine Methoden!«

»Wirklich? Und du glaubst, die funktionieren auch bei dem Wesen, das diese Welt erschaffen hat?« Irgendwie schaffte Giacomo es aufzustehen. Er fegte sich unzählige getrocknete Spinnen von der Jacke. »Denkst du, du kannst deine Schöpferin zwingen, dir deine Zukunft zu verraten?«

Der Schamane ließ das Messer sinken.

»Ich bin es, der dir nicht glaubt«, fuhr Giacomo fort. »Du hast Angst vor ihr, denn du kennst sie nicht gut genug. Darum hast du sie betäubt. Sie schläft, während du ihr neues Buch lesen und das Schicksal der Welt beherrschen willst … Toller Plan … aber der funktioniert nicht ohne mich.«

»Ich habe nicht vor, irgendetwas mit dir zu teilen.«

»Ich will auch nichts mit dir teilen.«

»Und was willst du?«

Giacomo lächelte. Der Schamane gab langsam nach und war schließlich bereit zu verhandeln.

»Ich will eine Unterkunft nur für mich, hier in der Stadt. Und da drin will ich ein bequemes Bett. Ich will eine Badewanne mit warmem Wasser. Und ich will mit dir kommen, wenn wir anfangen, mit dem Neuen Buch die Welt zu erobern!«

»Ich habe keine Gehilfen! Das ist allein mein Plan! Ich habe die Frau aus Was-Sein-Wird hergerufen!«

»Aber sie ist nicht allein gekommen, wie du siehst. Und sie hat das Buch nicht mitgebracht. Denk doch mal nach: Ich nütze dir lebend viel mehr als tot. Ich kenne Geschichten, von denen du keine Ahnung hast. Ich habe alle Bücher der … des Schicksals gelesen. Ich kenne deine Geschichte und weiß alles, was bereits geschehen ist. Und eigentlich bitte ich dich nicht um viel. Ein Haus und dass ich mit dir kommen kann.«

Der Schamane ließ die Waffe sinken. »Ist das wirklich alles?«

Giacomo dachte nach. »Da gäbe es tatsächlich noch eine Sache.«

»Du bekommst keinen von meinen Schätzen!«

»Ich möchte, dass du mir jemanden herbringst.«

»Wen?«

Giacomo griff mit beiden Händen an die Kragen seiner Jacke – überheblich und selbstsicher. »Sie heißt Raffaella. Sie ist im Verlies. Ich will sie in meinem neuen Haus. Und zwar sofort.«

Der Schamane funkelte ihn mit brennenden Augen durch die fettigen Zöpfe an. »Einen Tag«, räumte er ein. »Ich gebe dir einen Tag, dann musst du mir das Neue Buch übergeben.«

Giacomo nickte. »Kein Problem.« Dann fügte er rasch hinzu: »Eine letzte Sache noch. Wäre es möglich, den Jungen, der Massimo heißt, in eine kleinere, dunklere Zelle zu sperren, am besten ganz tief unten?«

Das Problem

Um sechs Uhr abends an diesem denkwürdigen Tag, knapp drei Stunden nach dem Verschwinden der Schulkinder, waren alle Pfadfindertrupps wieder in das eilig errichtete Basislager im Erdgeschoss der Grundschule zurückgekehrt. Sie brachten keine guten Neuigkeiten mit: Sie hatten nicht eine Spur von den Flüchtigen gefunden, nirgendwo, und der Schnee fiel mittlerweile so dicht, dass man die Hand vor Augen nicht mehr erkennen konnte. Und wie es sooft in solchen Momenten in den Bergen passiert, fielen auch noch die Funksignale der Handys aus und in den Festnetzleitungen knackte und rauschte es. Die Wettervorhersagen für die anderen Regionen sahen nicht viel besser aus. Die gesamten Alpen waren von einer heftigen und unvorhersehbaren Störung betroffen. Der Zivilschutz warnte davor, das Auto zu benutzen, und die Lastwagen steckten auf den Pässen fest und warteten auf besseres Wetter. Im Fernsehen sprachen die Politiker von einer schwierigen Lage – aber auch davon, dass sie alles unter Kontrolle hätten.

»Im Tal ist vielleicht alles unter Kontrolle!«, rief die Pfadfinderleiterin Daniela und raufte sich die Haare. »Aber hier ganz sicher nicht!«

In seinem grau-schwarzen Nadelstreifenanzug versuchte der Ausbilder, sich Respekt zu verschaffen. »Herrschaften!«, rief er. »Herrschaften! Bitte einen Augenblick Ruhe! Ist bei der Suche wirklich nichts herausgekommen?«

Am Ende des Saals hob ein Pfadfinder die Hand.

»Ja, bitte!«

»Eigentlich wäre da doch was! Wir haben ein Auto gefunden.«

»Was für ein Auto?«

»Eins von diesen japanischen aus der Stadt. Einen SUV, na, so einen Sportgeländewagen. Er stand an einer echt ungewöhnlichen Stelle, an der zweiten Spitzkehre der Straße, die zu den Skiliften führt.«

»Und was war daran so ungewöhnlich?«

»Das war viel zu weit weg von den Häusern. Das war keiner aus dem Dorf … aber auch zu weit weg von den Skiliften für jemanden, der Skilaufen will.«

»Sprich weiter.«

»Da gibt's nicht viel zu sagen. Außer dass mein Bruder … also … der ist Polizist … und ich habe ihn gefragt, ob er das Nummernschild überprüfen könnte. Im Präsidium funktionierten die Computer noch.«

»Und dann?«

»Tja, das Sonderbare ist, dass das verlassene Auto auf Frau Apollonia J. Brennan zugelassen ist.«

Eine gespenstische Stille breitete sich im Saal aus.

Der Ausbilder blickte die Pfadfinderleiterin an, dann schlug er mit der flachen Hand auf das Pult. »Das müssen wir sofort überprüfen!«

»Wir haben keine geländegängigen Autos …«

»Und der Kleinbus? Nehmt den Kleinbus und fahrt zu diesem SUV! Und dann schaut nach, was drin ist!«

»Aber wie sollen wir reinschauen? Er wird abgeschlossen sein.«

Ratlos blickte der Ausbilder um sich. »Wie? Wie? Keine Ahnung. Was braucht man schon, um ein Auto ohne Schlüssel aufzumachen?«

»Einen Stein!«, warf ein anderer Pfadfinder ein.

»Sehr gut! Also nehmt einen Stein! *Ihr* seid doch die Pfadfinder! Überlegt euch was!«

»Ich fände einen Automechaniker besser! Diese neuen Autos haben alle Alarmanlagen und die gehen bei der kleinsten Kleinigkeit los!«

»Genau, der Alarm! Also brauchen wir einen Mechaniker. Gibt es einen Mechaniker im Dorf?«

»Die Werkstatt Rampini!«

»Sehr gut! Geht hin und kommt in die Gänge. Kleinbus! Werkstatt! Stein! Alles, was ihr wollt, aber sucht dieses Auto und findet heraus, was passiert ist!«

Die Werkstatt hatte geschlossen.

Die beiden Brüder Rampini standen auf den verschneiten Wiesen, die sich vom Schulhof zu den Skiliften hinaufzogen. Sie hatten Rucksäcke mit einer kleinen Überlebensausrüstung umgeschnallt, einen großen Joghurtbecher dabei, der mit noch warmer Asche gefüllt war, und eine Pappschachtel mit zwei Löchern, aus der ein jämmerliches Gemaunze drang.

Hinter ihnen achtete Rebecca darauf, dass niemand aus der Schule sie beobachtete.

»Los«, beschloss Michele. »Fangen wir an.« Er nahm den Plastikdeckel vom Joghurtbecher und fragte seinen Bruder: »Bereit?«

Antonello nickte. »Entschuldige, Katze«, flüsterte er zur Pappschachtel, bevor er sie über den Kopf hob.

Michele tauchte die Hände in die warme Asche. »Weißt du was?«, fragte er Antonello.

»Nein.«

»Seit Jahren habe ich nicht mehr solchen Spaß am Schnee gehabt.«

Antonello kicherte. Er drehte die maunzende Schachtel und rief: *»Alikizam! Alekezem! Alakazum!«*

Im gleichen Moment warf Michele eine Handvoll Asche vor sich – die der Wind ihm ins Gesicht zurückblies.

»Alikizam! Alekezem! Alakazum!«

Noch eine Handvoll Asche wurde von Gemaunze begleitet.

So schritten sie etwa ein Dutzend Schritte voran. *Alikizam,* Asche. *Alekezem,* die Katze jaulte. *Alakazum,* der nächste Schritt.

Die Asche rieselte vor ihren Füßen auf den Schnee und verdichtete sich in kleinen Senken wie Eisenspäne, die von einem Magneten angezogen werden. Dort, wo Fußspuren gewesen waren, machte die Asche sie sichtbar.

Es klappte!

Sie stiegen schräg die Wiese hinauf zu den elektrischen Oberleitungen.

»Alikizam! Alekezem! Alakazum!«

Und langsam, aber sicher führte die Asche sie den Berg hinauf.

Als sie ein paar Hundert Meter zurückgelegt hatten, drehte sich Antonello zur Schule und zum zusammengefallenen Zelt um und sah, dass Rebecca ihm zuwinkte. Sie wollte bei Marky und Stefano bleiben, um mit ihnen gemeinsam herauszufinden, was Cinz denn nun genau gesehen hatte und wo. Sich aufzuteilen war eine etwas schwierige Entscheidung gewesen, doch schließlich hatten alle eingesehen, dass es unklug wäre, zu fünft nach der verschwundenen Klasse zu suchen, wenn in der Zwischenzeit wirklich ein weißer Riesenkrake vor dem Dorf sein Unwesen im Schnee treiben sollte.

»Ich kenne den gut, diesen Cinz«, hatte Stefano den anderen zugeraunt. »Er wird ein fettes Wildschwein gesehen haben und dann ist die Fantasie mit ihm durchgegangen.«

Doch die anderen hatten ihm nicht geglaubt. Sie waren längst davon überzeugt, dass im Dorf etwas äußerst Sonderbares vor sich ging.

Michele und Antonello stiegen weiter den Berghang hoch. Sie waren schon höher als die verschneiten Dächer des alten Dorfes, als der Sarazenen-Turm und der Kirchturm von San Rocco, als sie fast an der Spitzkehre der Straße ankamen, die zu den Skiliften führte. Dort entdeckten sie ein geparktes Auto am Straßenrand, blickten aber schnell wieder auf den Boden. Es gab noch viele weitere Spuren von Tieren, die aber ins Tal führten.

Ganz in der Nähe der Hochspannungsmasten wechselte ihre Aschenspur plötzlich die Richtung und führte sie an den Rand des Tannenwaldes.

Dann brach die Spur vor einer Schneewand plötzlich ab.

»Ende«, bemerkte Antonello und kniff im Schneesturm die Augen zusammen. »Was machen wir jetzt?«

Die Schneewand war erst kürzlich aufgeschichtet worden. Die Rampini-Brüder rissen sie mit ein paar kräftigen Schlägen ein und entdeckten dahinter einen Eingang zu einer Höhle.

»Ich wusste gar nicht, dass hier eine Höhle ist«, sagte Antonello, als er zusammen mit seinem Bruder in die Öffnung hineinspähte.

»Die hat es hier ja auch vorher nicht gegeben«, erklärte Michele.

Als sie die Höhle betraten, tat sich dort ein ziemlich großer Raum auf, der vom Schnee erhellt wurde.

Auf dem Boden waren tiefe Fußabdrücke und Spuren von Menschen zu sehen: ein verlorenes Schreibheft, ein sternförmiger Ohrring, ein Bleistift.

Michele knipste die Taschenlampe an, die er im Rucksack mitgebracht hatte, und sah sich genau um.

»Irgendetwas ist aus dieser Höhle gekommen«, stellte er fest und zeigte auf die Fußspuren. »Dann hat es die Höhle mit der Schneemauer verschlossen ... während deine Kameraden hier hinabgestiegen sind«, folgerte er und zeigte auf den Tunnel, der in den Berg hinunterführte.

»Und wohin sind sie gegangen?«

Michele schüttelte den Kopf. »Keine Ahnung. Aber nach dem Gestank zu urteilen kann das kein besonderer Ort sein.«

Es roch durchdringend nach vergammeltem Fisch oder faulen Eiern.

Während die beiden Brüder hinabstiegen, wurde der Gestank immer heftiger, sodass sie sich Taschentücher vor die Münder pressen mussten.

Einzig der Lichtkegel von Micheles Taschenlampe beleuchtete den sehr gleichmäßig geformten Bogen des Tunnels, der aussah, als hätte sich ein großer Wurm hier durch die Erde gegraben.

Sie waren etwa hundert Meter gelaufen, als der Tunnel einen zweiten kreuzte. Der Gestank wurde unerträglich. Auf dem Boden breitete sich glitschiger, glänzender Schleim aus. Die Spuren der entführten Schulklasse waren fast alle von größeren und tieferen überdeckt worden. Michele ließ den Lichtkegel zuerst über das Deckengewölbe und dann über den Boden des neuen Tunnels kreisen, wo er noch mehr Schleim und noch mehr Spuren fand.

»Was immer hier durchgekommen ist«, bemerkte Antonello, »es muss fast so groß wie dieser Tunnel gewesen sein.«

Wie ein weißer Riesenkrake, der durch den Schnee gleitet …

Das Licht erkundete die Dunkelheit, erst links, wo der Tunnel nach unten führte, dann rechts, wo es wieder hinaufging.

»Es ist von da gekommen«, sagte Michele und zeigte auf den abschüssigen Teil des Tunnels. »Und ist in die Richtung gekrochen.« Er deutete auf den ansteigenden Teil. »Oder vielleicht ist es auch da raus, wo wir reingekommen sind.«

»Meinst du, es ist vor oder nach meinen Klassenkameraden rausgekommen?«

»Keine Ahnung. Ich hoffe, dass sie nicht zusammen …«

Sie beschlossen hinabzusteigen. Nach wenigen Schritten beugte sich Antonello zum Boden runter und hob eine Fasanenfeder auf, die von dem glibberigen Schleim getränkt war, den das Monster hinterlassen hatte. »Das ist C«, entschied Antonello. »Er steht auf Indianer.«

»Das heißt, dass sie hier hinuntergelaufen sind. Zumindest haben sie es versucht …«

Das Taschenlampenlicht bewegte sich schneller durch die Dunkelheit der Höhle. Die Brüder stiegen nebeneinander weiter hinab. Ihre Schritte hallten in dem Gewölbe wieder – bis zur nächsten Kurve. Hier fanden sie ein schwarzes Zeichen an der Wand, das sie nach rechts führte, genauso wie die Schleimspuren der Krakententakel.

»Einer deiner Freunde hat uns einen Hinweis hinterlassen«, stellte Michele fest, als er die Hand an die Wand legte.

»Also leben sie«, murmelte Antonello erleichtert.

Sie gingen noch schneller.

Ganz plötzlich standen sie im Freien, auf einer kleinen Hochebene neben den Bergen. Die Sonne ging gerade hinter einem großen Vulkan unter. In dem schwarzen Rauch löste sich ein roter Wolkenwirbel auf.

»Das sind nicht unsere Alpen, Nello.«

»Nein, das sind sie wirklich nicht. Das sind die Berge der Kolosse.«

»Die sind … unglaublich.«

»Ich hab noch nie so spitze Berge gesehen.«

»Und das da – ist das ein Vulkan?«

Antonello schlug den Block mit seinen Notizen auf, die er bei Leila gemacht hat. »Das müsste der Vulkan von Lyr sein, wo der Drache Soundso haust.«

Trotz der Aufregung zog Michele ein Salamibrötchen aus dem Rucksack und biss hinein. »Hast du eine Karte gezeichnet?«

»Nein. Aber Leila meinte, dass die Kolosse an einem Ort namens ›Verborgene Stadt‹ wohnen würden.« Dann fügte er hinzu: »Die heißt so, weil sie eigentlich unauffindbar ist.«

Die beiden Brüder ließen den Blick über die unendliche Berglandschaft gleiten.

»Sollten wir nicht besser umkehren und den anderen Bescheid sagen?«, fragte Antonello, während er sich mit der Hand durch die Haare strich.

»Ich weiß nicht. Vielleicht sehen wir uns erst mal um. Denn alles in allem sollten sie nicht mehr als drei Stunden Vorsprung haben.«

»Drei Stunden – und die Tatsache, dass sie sich hier richtig gut auskennen.«

»Das sind immer noch Berge.«

Antonello nickt zweifelnd. Auch er nahm sich ein Brötchen aus dem Rucksack. Dann schlugen sie gemeinsam den Weg ein, der in den Wald hinunterführte.

Die Schleimspuren des Kraken verschwanden bald und gaben viel aufschlussreichere Spuren frei: Die großen, tiefen der beiden Kolosse und viele Fußabdrücke von unterschiedlichster Größe. Die Brüder blickten sich an – sie waren auf dem richtigen Weg.

»Ich verstehe nur nicht, wie dieser Schneekrake einfach so auftauchen und wieder verschwinden kann«, platzte Antonello heraus.

»Hättest du bloß dieses verdammte Buch gelesen, Nello.«

»Das sagt der Richtige.«

»Ich war nicht zu der Autorenlesung eingeladen!«

»Psst!«

»Was?«

»Hörst du das?«

»Nein. Was?«

»Ein komisches Geräusch, so wie … ich weiß nicht … hörst du es wirklich nicht?«

Michele schüttelte den Kopf, plötzlich veränderte sich sein Gesichtsausdruck. »Warte. Jetzt höre ich es. Aber … das kann doch nicht sein!?«

»Doch«, erwiderte Antonello. »Das hört sich an wie … der Klingelton eines Handys!«

Das Liedchen kam aus den Büschen am Wegrand.

Michele schob die verschneiten Äste beiseite und stand plötzlich auf einer kleinen Lichtung, die von ein paar bedrohlich wirkenden Bäumen gesäumt wurde. Genau in der Mitte lag ein Handy auf dem Boden und klingelte inklusive Vibrationsalarm. Ohne lange nachzudenken hob Michele es auf. »Wie auch immer ein Handy hierher…« Die Worte blieben ihm im Halse stecken.

Der Schnee wirbelte hoch, ein Seil zog sich um seinen Knöchel zu, und Michele wurde in die Höhe gerissen.

»He! He! Heeeee!«, brüllte er los, als er kopfüber an einem Ast hing. »Antonello! Schnell! Zieh mich runter!«

Sein Bruder wollte schon auf ihn zulaufen, als er wie angewurzelt stehen blieb.

Aus dem dichten, verschneiten Gebüsch kreischte eine Stimme: »Ich habe dich gefangen!« Und gleich darauf erschien ein Magier.

Die Magie

In dem Thermalbad von Giacomos neuem Schlösschen dampfte das warme Wasser. Heiße Quellen sprudelten aus dem Boden, die von der uralten Ingenieurskunst der Gromios in immer noch funktionstüchtige Aquädukte und Brunnen geleitet wurden.

Als die Berge von den Kolossen erobert worden waren, hatten ihre Zimmermeister die Türen verbreitern und die Badewannen auf die neuen Besitzer zuschneiden müssen, doch das gesamte System der Wasserbecken, Rohrleitungen und Kanalisation war so vollkommen angelegt worden wie vieles von dem, was die Gromios in anderen Teilen des Kontinents errichtet hatten. Allerdings hatte sich im Laufe der Zeit der Unterhalt der Anlagen als sehr schwierig erwiesen. Machan hatte ein paar Gromio-Schmiede um Hilfe bitten und sie dann mit Gold aufwiegen müssen, damit sie sich mit verbundenen Augen in die Verborgene Stadt bringen ließen und dort die größten Schäden reparierten. Aber das war nur ein geringer Aufwand im Vergleich zu der Bequemlichkeit, dass jedes Haus mit fließend warmem Wasser versorgt war!

Giacomos Schlösschen war eines der letzten Gebäude mit Türen, Betten und Bädern in Gromio-Miniaturgröße. Hier wurden gelegentlich die Handwerker oder noch seltener die Botschafter untergebracht. Wertvolle Marmortreppen gab es darin, und Läufer aus geflochtenen Federn bedeckten den Fußboden. Die Betten waren weich wie geschlagener Eischnee. Bunte Teppiche schmückten die Wände.

Giacomo hatte sich rasch umgesehen. Er hatte keinen Hunger: Das Zeug, das er im Gefängnis heruntergeschlungen hatte, hatte ihm den Appetit verdorben – wahrscheinlich für immer. Und die Aufregung hielt ihn hellwach.

In weniger als einer Stunde hatte er ein Schloss ganz für sich allein bekommen und sich den Respekt des Schamanen der Kolosse erkämpft. Kein Zweifel: Hier ging es ihm hunderttausend Mal besser als in dem Dorf, aus dem er gekommen war!

Eingetaucht in das warme Wasser der Wanne schloss der Junge die Augen und legte die Ellenbogen auf die Marmorränder. Das Thermalwasser vertrieb die Kälte und die Anstrengungen der letzten Stunden. Giacomo genoss das wohlige Gefühl, das sich in seinen Knochen ausbreitete.

Währenddessen dachte er nach.

Vor allem darüber, dass er nicht die geringste Ahnung hatte, wo das Neue Buch von Apollonia J. Brennan war. Er hatte dem Schamanen befohlen, ihm ein paar Krieger zur Beschaffung des Buches zur Verfügung zu stellen, doch in Wahrheit tappte er total im Dunkeln.

Auch der Kalender der Schriftstellerin, den er noch einmal ganz aufmerksam durchgeblättert hatte, hatte ihn nicht viel weitergebracht. Neben unzähligen nervigen Verabredungen beim Friseur hatte Apollonia so gut wie nichts über die Entwicklung ihres Werkes notiert. Es gab drei Eintragungen: Am 22. Januar war das Buch scheinbar vollendet; davor, am 4. September, hatte sie aufgeschrieben, dass sie mit einer gewissen Marcella die wichtigsten Entwicklungen in der Geschichte besprechen wollte; und für den kommenden 9. Juli war die weltweite Veröffentlichung des neuen Bandes vorgesehen.

Der Septembereintrag verriet, dass der sechste Teil das Ende der Serie markieren sollte.

Giacomo tauchte mit dem Kopf unter Wasser, zählte bis zehn und kam wieder hoch. Das half ihm beim Nachdenken.

»Wo kann sie es haben?«

Er wusste viel zu wenig, um das herausfinden zu können. Lut und Urtgarten hatten die Frau zusammen mit den Kindern hergebracht. Sie hatte schon in der Höhle gelegen, auf der ›richtigen‹ Seite der Berge. Sie war ohnmächtig gewesen und hatte eine Tasche dabei gehabt. Sie mussten sie kurz zuvor gefunden haben.

»Im Computer, zum Beispiel«, beantwortet Giacomo sich selbst die Frage. »Eine Schriftstellerin hat bestimmt einen Computer. Und da drin wird ihr neues Buch sein.«

Doch der Computer war nicht hier. Aber es gab andere Dinge. Konnte sie den Roman auf dem MP3-Player abgespeichert haben? Das Problem blieb das gleiche: Giacomo hätte ihn an einen Computer anschließen müssen.

»Punkt eins: einen Computer finden.«

Er tauchte für weitere zehn Sekunden ab und kam wieder hoch.

Wenn jedoch kein Computer aufzutreiben wäre, so war es vielleicht möglich, dass Apollonia J. Brennan einen Ausdruck ihres Buches mitgebracht hatte, um es vielleicht noch zu überarbeiten.

»Könnte die Pfadfinderleiterin eine Kopie davon haben?«

Nein. Es war nicht sehr wahrscheinlich, dass eine berühmte Schriftstellerin einer Unbekannten ihren unveröffentlichten Roman zuschicken würde.

Falls es einen Ausdruck des Buches geben sollte, dann könnte diese Kopie …

»… wo bloß sein?«

Giacomo tauchte noch einmal zehn Sekunden unter, doch diesmal kam er schon nach drei wieder hoch.

»Ja, klar!«, rief er und sah das rote Licht des Autoschlüssels vor sich. »Die hat sie im Auto gelassen!«

Hektisch krabbelte er aus der Badewanne, trocknete sich mit dem teppichgroßen Leder eines Damhirsches ab und zog einen rot gefärbten, stinkenden Pelzmantel über.

»Brennan ist mit dem Auto zum Pfadfinderfest gekommen … Sie hat irgendwo geparkt … dann wurde sie entführt«, stellte sich Giacomo vor. »Lut und Urtgarten haben sie in der Höhle versteckt … Dann sind sie in die Schule und haben so getan, als wären sie die Animateure für die Lesung … und haben auch uns Kinder entführt … Aber warum? Brennan wurde entführt, weil der Schamane das wollte, klar … aber wir … wir wurden entführt, weil die Kolosse keine Kinder mehr kriegen können, natürlich!«

Alles bekam auf einmal einen Sinn.

»Gut. Jetzt müssen wir nur noch das Auto von Frau Brennan finden.« Berauscht von seinen eigenen Ideen riss Giacomo die Badezimmertür auf.

Vor ihm stand Raffaella.

Giacomo drehte sich blitzschnell um und knotete alles zusammen, was an diesem muffenden Pelzmantel zusammengebunden werden konnte. Dann wagte er es, sich erneut den dunkelblauen Augen des Mädchens zu zeigen. Mutig flüstere er ein peinlich berührtes: »Hallo.«

Strahlend schön wie immer ging Raffaella augenblicklich mit geballten Fäusten auf ihn los.

»He! He! He! Warte!«, stotterte Giacomo und versuchte, sie zu beruhigen.

Doch Raffaella war außer sich. »Was hast du gemacht? Was hast du gemacht?«, wiederholte sie und trommelte mit den Fäusten auf ihn ein.

Giacomo taumelte. »Bist du verrückt geworden?«, schrie er und hielt die Arme schützend vor sich. »Was ist denn mit dir los?«

In Raffaellas Blick, in den er seit Jahren rettungslos verliebt war, spiegelte sich eine unbeherrschbare Wut. »Ich war im Gefängnis! Dann haben sie mich geholt! Sie haben mich auf der Schulter hergeschleppt!«

»Ja … ich weiß … sie haben dich hergebracht, weil …«

»Sie haben erzählt, dass der neue Gehilfe des Schamanen mich haben wolle!«, schluchzte Raffaella. »Sie haben mich in dieses Zimmer gesteckt und gesagt, dass ich warten soll. Ich hab das Wasser im anderen Zimmer rauschen gehört und hab diese schrecklichen Bilder auf den Wandteppichen gesehen …«

Giacomo warf einen Blick auf die furchterregenden Motive der Wandbehänge. Dann wandte er sich wieder seiner Klassenkameradin zu.

»Ich konnte mir gar nicht vorstellen, wer der Gehilfe des Schamanen sein sollte und was er von mir wollte! Ich hatte solche Angst! Verstehst du? Richtige Angst! Und dann, als ich schon zu allem bereit war, sterben und so, geht die Tür auf und … *du* kommst raus! In diesem fürchterlichen Bademantel!«

Giacomo lächelte. »Nicht schlecht, was?«

»Nicht schlecht? Was heißt hier ›nicht schlecht‹? Was machst du hier? Warum bist du nicht wieder bei uns? Wir waren sicher, dass die dich umgebracht haben. Paolo und C haben uns erzählt, dass die Kolosse das normalerweise so machen mit den Botschaftern! Sie töten sie und spießen sie auf!«

»Paolo und C haben nichts begriffen.«

»Sie haben gesagt, dass sie das in den Büchern gelesen haben! Dass es Opfer für den Gott Ramblas gibt!«

»Gott Ramblas?«, platzte Giacomo verwirrt hervor. »Aber der Gott Ramblas hat nichts mit den Kolossen zu tun!« Dann lachte er nervös. »Jetzt weiß ich!« Er klopfte sich auf den Oberschenkel. »Sie haben die Fantasy-Reihen durcheinandergebracht: Der Gott Ramblas ist der von den *Barbaren des Unendlichen Moors* von Mark T. R. Harrison! Die spießen die Botschafter tatsächlich auf.«

Raffaella zog verwirrt die Nase hoch, und Giacomo tröstete sie rasch: »Wie auch immer, wie du siehst, lebe ich und habe es geschafft, dass man mich zum ... Gehilfen des Schamanen ernannt hat.«

»Der Typ ist widerlich. Er müffelt so ekelhaft.«

»Sicher. Du hast völlig recht ...« Während er sprach, huschte ihm ein Gedanke durch den Kopf, den er nicht weiterverfolgte, auf den er aber zurückkommen würde. »Wie auch immer, jetzt vertraut er mir.«

»Was heißt das, er vertraut dir?«

»Er macht, was ich ihm sage.«

»Und was sagst du ihm?«

»Erst mal, dass er dich retten soll.«

»Und die anderen?«

»Um die kümmern wir uns später.«

»Sie haben Massimo auch geholt. Aber ich weiß nicht,

wo sie ihn hingebracht haben. Ich glaube, in eine Zelle ganz weit hinten.«

»Oh, wie bedauerlich«, bemerkte Giacomo hinterhältig und drehte den Kopf, damit Raffaella sein zufriedenes Grinsen nicht sehen konnte.

»Wir müssen fliehen und sofort nach Hause.«

»Und warum? So schlecht ist es hier doch nicht.«

»Giacomo!«

»Kannst du dir zu Hause etwa ein Schloss leisten? Oder ein Thermalbad mit fließend warmem Wasser?«

Als Raffaella in das mit warmem Dampf ausgefüllte Zimmer blickte, zögerte sie eine Weile. »Der Spiegel fehlt«, sagte sie schließlich.

»Den lasse ich dir bringen!«, rief Giacomo. »Ich lass dir alle Spiegel bringen, die du willst!«

»Ich habe keine Kleider. Und auch keine Schuhe!«

»Ich lasse die besten Schneider der Welt rufen! Und die angesagtesten Schuhdesigner! Lass mich nur machen! Vielleicht …«, fantasierte Giacomo. »Vielleicht verstehst du es noch nicht, aber vielleicht ist es möglich … vielleicht müssen wir nur das Buch finden … und darin ein paar Worte ändern … vielleicht müssen wir ein Kapitel mit Giacomo und Raffaella ergänzen, die für immer glücklich und zufrieden im Schloss leben und … Tataaa! Dann passiert's!«

»Du machst mir Angst, wenn du so redest!«

Giacomo kehrte schnell in die Wirklichkeit zurück, als er merkte, dass er viel zu viel geredet hatte. »Entschuldige«, murmelte er. »Nimm ein Bad. Solange du willst. Hier gibt es ein paar Pelzmäntel zum Wechseln.«

»Ich trage nur Kunstpelz.«

»Ich fürchte, du musst dich mit den echten abfinden. Das Zimmer da ist deins. Das hier ist meins. Mach keinen Blödsinn und denk dran, dass du bei mir bleiben musst, wenn du gerettet werden willst.«

Raffaella blinzelte langsam. »Sag mir bitte, dass das nur ein böser Traum ist, Giacomo. Sag mir, dass ich nicht von zwei Bären entführt wurde und dass ich nicht für immer in diesem Schloss leben muss ...« Sie schloss die Augen und seufzte schwer.

Als sie ihre Augen wieder öffnete, war ihr Gesicht tränenüberströmt – und ihr Klassenkamerad bereits verschwunden. »... mit dem größten Trottel meiner Schule«, fügte sie hinzu.

Der Kamerad

»Houdini?«, fragte Antonello hinter dem Busch. »Houdini, bist du das?«

Der Magier, der aus dem dichten Gebüsch aufgetaucht war, zögerte kurz.

Antonello trat hervor, während sein Bruder in der Mitte der Lichtung baumelte. »Houdini, ich bin's! Antonello!«

Der Magier schob die Kapuze zurück und entschuldigte sich. »Ach ja. Ich hab dich gar nicht erkannt.« Er zeigte auf Michele, der mit dem Kopf nach unten über dem Schnee hing, und fragte: »Und wer ist der?«

»Mein Bruder.«

»Und was macht ihr hier?«

»Hättet ihr was dagegen weiterzuquatschen, nachdem ihr mich runtergelassen habt?«, schimpfte Michele. »Ich muss mich übergeben!«

Im Nullkommanichts löste Houdini das Seil und befreite ihn.

»Du hast meine Falle kaputtgemacht«, sagte er dann traurig.

»Aua!«, jammerte Michel und massierte sich den Knöchel. »Wo hast du das gelernt, Harry Potter?«

»Erstens kenne ich alle Fallen von primitiven Jägern«, erklärte Houdini sichtlich beleidigt. »Und das hat so gut geklappt, dass ich gar keine Zeit hatte, noch eine Grube zu graben und spitze Lanzen anzubringen. Zweitens wollte ich als Magier gehen, als richtiger Magier, und nicht in diesem Firlefanz hier.«

Antonello stellte den Klassenkameraden vor. »Michele, das ist Mariano, aber wir nennen ihn alle Houdini, wie den Zauberkünstler.«

»Primitive Jäger, sagst du …«, bemerkte Michele.

»Genau«, entgegnete Houdini. »Ich hatte gehofft, einen Koloss zu fangen.«

»Indem du ihn mit dem Handy anlockst?«

Houdini zuckte mit den Schultern. »Vor nicht mal einer Stunde habe ich mit dem Klingelton ein Monster so groß wie ein Elefant erschreckt.«

»Ein Monster so groß wie ein Elefant?«

»Genau. Ich war weiter unten, bei den Fünf Wegen, und plötzlich stand es vor mir. Ich habe versucht, zu Hause anzurufen und da ging plötzlich der Klingelton los. Dieser sonderbare Krake hat sich sofort auf seine Tentakel gestellt … und ist dann wie eine Feder davongesprungen, den Weg hinauf.«

»Und wieso warst du allein da?«, fragte Michele.

»Ich hab mich befreit«, lächelte Houdini zufrieden. »Ich hab diesem Riesen ja gesagt, dass ich abhauen würde. Und ich bin abgehauen. Ich habe ihm auch vorausgesagt, dass er dafür büßen wird. Und jetzt dachte ich, dass ich es schon geschafft hätte. Aber stattdessen hab ich dich gefangen.«

»Entschuldige vielmals, dass ich deine Falle zerstört habe.«

»Ich habe eine Stunde gebraucht, um alle Seile zu verknoten.«

»Warte mal«, fiel ihm Antonello ins Wort. »Wie konntest du fliehen?«

»Der größere war nicht gerade besonders helle im Kopf …«

»Er ist ein Koloss.«

»Ja, riesig ist er. Mehr als das.«

»Und wie viele waren es insgesamt?«

»Zwei. Urtgarten und Lut. Wir haben zuerst gar nicht verstanden, dass die uns entführen. Ein paar von uns waren sogar ganz fröhlich. Doch als sie dann die Frau auf ihre Schultern geladen haben und wir dann hier rausgekommen sind …«

»Was für eine Frau?«

»Keine Ahnung! Sie war in der Höhle und hat da auf uns gewartet.«

»Und hat sie was gesagt?«

»Ach was. Die war ohnmächtig.«

»Und als ihr aus der Höhle rauskamt, da bist du dann geflohen …«

»Nicht ganz«, verbesserte Houdini. »Ich habe den ganzen Weg dafür gebraucht, die Knoten zu lösen, ohne dass der Koloss etwas davon merkt. Als er mich gefesselt hat, habe ich ganz tief Luft geholt und mich aufgeblasen, so hatte ich zwei oder drei Zentimeter mehr Spielraum.« Zum Beweis pumpte der kleine Zauberer den mageren Brustkorb auf. Keiner der Anwesenden bemerkte einen Unterschied. »Und als wir in Sichtweite der Stadt kamen ...«

»Stadt? Heißt das, hier gibt es eine Stadt in der Nähe?«

»Genau. Die liegt in der Richtung da. Aber sie ist nicht einfach zu erreichen. Zuerst kommt ein Wald, dann eine Kreuzung aus fünf Wegen, schließlich geht es bergauf, dann muss man um ein paar Felsen herum und steigt durch ein ganz enges Tal wieder ab, über das eine Brücke führt, die ganz bestimmt einsturzgefährdet ist. Danach kommt man in die Stadt. Davor warten so komische Riesenhunde. Und genau in dem Moment habe ich mich befreit.«

»Während die anderen ... in diese Stadt ... gebracht wurden.«

»Genau«, bestätigte Houdini.

»Sie werden nach dir suchen.«

»Aber ich lasse mich nicht so einfach fangen. Erinnerst du dich an Rambo, wie er im ersten Teil vor dem Sheriff flieht?«

Antonello nickte.

»Ich habe mir erst mal ein paar Waffen gebaut.« Der Junge führte ihnen stolz einen Bogen und vier Pfeile vor, die völlig harmlos aussahen.

Antonello zeigte auf den Weg, der zur Höhle hinaufführte. »Und wäre es nicht viel schlauer gewesen, zurückzulaufen und Hilfe zu holen?«

»Daran habe ich auch gedacht«, antwortete Houdini. »Aber ich wusste nicht, ob ich den Weg hierher zurück gefunden hätte, denn so viel ich weiß, verschwinden diese Berge für immer, wenn man auf unserer Seite wieder rauskommt.«

»Und dann wäre auf dieser Seite niemand mehr gewesen, der deine Klassenkameraden hätte retten können«, vollendete Michele den Satz. »Wirklich sehr mutig, Mariano. Ich meine … Houdini.«

Der als Magier verkleidete Junge schwieg eine Weile, bevor er erwiderte: »Eigentlich … ja, klar, was du da sagst, stimmt irgendwie auch, aber vor allem … Ich wollte doch so gern ein Abenteuer erleben – mit den Bösen, die mich nicht kriegen können! Das ist was, was auf der anderen Seite nie geht, wenn ich jeden Abend in mein hellblaues Zimmer zurück muss.«

»Meins wollten sie auch hellblau streichen«, meinte Antonello mitfühlend.

»Bleibt nur festzustellen, dass es langsam dunkel wird«, bemerkte Michele, »und ein hellblaues Zimmer jetzt wirklich gemütlich wäre. Hat jemand einen Schlachtplan?«

Antonello und Mariano sahen einander an. »Wir müssen die anderen retten«, entschied Antonello.

»Richtig.«

»Und da wir nicht wissen, ob wir einfach zurückgehen und Hilfe holen und dann wieder herkommen können, müssen wir das, glaube ich, ganz allein machen.«

»Richtig.«

»Also … als Erstes müssen wir zu dieser Stadt, dann beschließen wir zusammen den nächsten Schritt«, entschied Antonello. »Findest du den Weg dahin?«

Houdini nickte energisch. »Das ist ganz leicht. Aber wir müssen auf diese so genannten Saupacker aufpassen. Die sind ziemlich schnell. Sehr schnell.«

Die drei sahen sich besorgt an.

»Und eins noch«, fügte Houdini hinzu. »Habt ihr was zu essen dabei? Ich verhungere.«

Michele reichte ihm das letzte Brötchen aus dem *Durchblick*.

Dann machten sie sich auf den Weg zur Verborgenen Stadt.

Auf dem Weg

Giacomo schloss mindestens fünf verschiedene Türen hinter sich, bevor er zum Audienzsaal seines Schlosses gelangte. Singendes Herz, Lut und Urtgarten erwarteten ihn. Die beiden Kolosse mussten sich vorbeugen, damit sie nicht mit den Köpfen an die Decke stießen. Ihre Augen waren leicht gerötet, als wären sie gerade aus dem Schlaf gerissen worden.

»Das soll der berühmte Gehilfe sein?«, knurrte Urtgarten, als er Giacomo in dem roten Pelzmantel wiedererkannte.

»Das ist der kleine Spion!«, erinnerte sich Lut, dann fügte er schnell hinzu: »Bei allem Respekt, Singendes Herz.«

Die Zöpfe des Heilers wogten hin und her. Das Feuer im Kamin erhellte den Raum ein wenig und ließ die Schatten der beiden Kolosse wie riesige schwarze Leinwände erscheinen.

»Herzlich willkommen«, begrüßte Giacomo sie.

»Ich habe die Krieger mitgebracht, die du angefordert hast«, sagte der Schamane. »Und jetzt bete zu deinen Göttern, dass dein Plan gelingen möge.«

»Genau, Knirps«, setzte Urtgarten hinzu. »Hoffentlich hast du eine gute Erklärung dafür, dass du uns mitten in der Nacht aus dem Bett holen lässt. Was soll das für ein Plan sein?«

»Das muss ein äußerst dringlicher Plan sein, der mitten in der Nacht durchgeführt werden muss.« Luts schneidender Tonfall hätte eine Steinplatte spalten können.

Giacomos Verlegenheit dauerte nur genauso lang wie ihre Anschuldigungen. Er wusste aus den Büchern der Saga genau, dass Kolosse es liebten, genaue Anweisungen zu bekommen und Befehle auszuführen.

»Der Plan ist so überaus wichtig, dass nur ihr beide ihn ausführen könnt«, begann er also.

»Sprich«, forderte der Schamane. »Wo ist mein Buch?«

»Wir reden hier über ein Buch?«, fragte Lut spöttisch. »Seid ihr sicher, dass Urtgarten dafür der Richtige ist? Das letzte Mal, als er ein Buch sah, hat er es mit einem Fächer verwechselt ...«

»Ruhe!«, brüllte der Schamane entnervt. »Ich will, dass die Rotznase uns endlich sagt, was sie alles weiß.«

»Ich werde niemals alles sagen, was ich weiß«, entgegnete Giacomo. »Aber ich sage euch, was gemacht werden muss und wie. Was den Zeitpunkt angeht: Es muss jetzt geschehen.«

Zusammen mit dem Gestank des Schamanen schwebte der Satz durch den Saal; das Feuer knisterte im Kamin und Giacomo gewann ein paar Sekunden, in denen er sich seine nachfolgenden Anweisungen ausdachte.

»Als Erstes«, setzte er an, »müssen wir völliges Stillschweigen bewahren. Keiner, und ich meine wirklich keiner, darf wissen, was wir zu tun gedenken.«

Die beiden Kolosse sahen den Schamanen an, der bedeutungsvoll nickte.

»Zweitens«, fuhr Giacomo fort, während vor lauter Panik kleine Schweißperlen auf seine Stirn traten, »müsst *ihr* gehen. Kein anderer.«

»Das scheint mir eine logische Folge des ersten Punktes, Junge«, verhöhnte Lut ihn. »Außerdem sind ja nur wir hier.«

»Drittens«, Giacomo schluckte, »müsst ihr die Saupacker mitnehmen.«

»Die Saupacker? Und warum?«

»Weil ihr sie brauchen werdet.«

Der Schamane horchte auf.

»Wie viele Saupacker?«

»So viele wie möglich«, antwortete der Junge.

»Wenn wir nur zu zweit sind«, bemerkte Lut, »können wir höchsten vier Saupacker mitnehmen.«

»Vier sind hervorragend«, stimmte Giacomo zu.

»Aber ich hasse die Saupacker!«, meckerte Urtgarten. »Die beschnüffeln einen immer und sabbern so. Schnüffeln und sabbern.«

»Ruhe!«, befahl der Schamane erneut. »Mach weiter, Rotznase!«

Giacomo ging im Raum auf und ab. »Alles, was ihr machen müsst, ist … in die Höhle zurückkehren, aus der ihr gekommen seid.«

»In diese Höhle?«, donnerte Urtgarten. »Bist du verrückt? Warum sollten wir?«

»Weil ihr in mein Dorf zurück müsst«, sagte Giacomo in einem Ton, der keinen Widerspruch duldete. Mit einer eindrucksvollen Bewegung ließ er den Autoschlüssel mit dem roten Licht aufleuchten und fügte hinzu: »Und das Auto von Apoll … ich wollte sagen … der Frau aus Was-Sein-Wird finden.«

»Das ist die Frau, die ihr hergebracht habt«, erklärte der Schamane ihnen.

»Ihr Auto müsste ganz in der Nähe des Ortes stehen, wo ihr sie gefangen habt«, erläuterte Giacomo.

»Aber wir haben sie nicht gefangen! Wir haben sie im Schnee gefunden«, verbesserte Lut.

»Auf dieser Seite?«, fragte Giacomo.

»Natürlich!«, knurrte Urtgarten.

»Und wie ist es euch dann gelungen, uns zu entführen?«

Die zwei Kolosse wurden verlegen.

»Wir haben …«, begann Lut.

»Ja … also …«, fuhr Urtgarten fort.

»Da war dieser Weg …«

»Und dann sind wir … dem also gefolgt und …«

Nach ein paar Minuten Gestotter seufzten die Krieger schwer und beschlossen, die ganze Wahrheit zu erzählen. Kleinlaut zeigten sie auch das sprechende Döschen vor, das sie bis zu Giacomos Schule geführt hatte.

Als er das Gerät erblickte, leuchteten die Augen des Jungen plötzlich auf. Er schnappte es sich, noch bevor der Schamane danach greifen konnte, und wischte es mit dem Ärmel seines Pelzmantels ab. »Das ist ihr Navi! Funktioniert es?« Er schaltete es an und der kleine Bildschirm flimmerte auf. »Die Route wird berechnet«, krächzte die metallische Stimme des Döschens. Giacomo betrachtete die anderen Anwesenden und diesmal kamen seine Befehle klar und deutlich: »Folgt noch einmal diesen Anweisungen und ihr kommt zu dem Auto.«

»Das haben wir doch schon gemacht«, bemerkte Lut. »Und sind beim Zelt rausgekommen.«

Giacomo dachte einen Augenblick nach. »Also ist das Auto in der Nähe vom Zelt geparkt.«

»Und wie erkennen wir es?«

»Ganz einfach!«, sagte Giacomo. »Drückt einfach auf diesen Knopf, ganz vorsichtig. Wenn ihr dann die Lichter von einem Auto angehen seht und ein *TLACK* von den Türen hört, dann habt ihr das richtige Auto gefunden.«

Lut und Urtgarten sahen das Schlüsselbund misstrauisch an.

»Ich meine«, fing Lut wieder an, »woran erkennen wir ein Auto?«

»Das ist ein brennender Karren, der von einer Seite des Dorfes zur anderen rollt«, erklärte ihnen der Schamane.

»Sehr gut«, nickte der Koloss. »Dann müssen wir also nach dem brennenden Karren Ausschau halten, diesen Knopf drücken, das *TLACK* hören und ...«

Giacomo blickte sie aus unergründlichen Augen an. »Sagen wir mal so: Die Autos brennen nicht, wenn sie stehen. Und das hier steht ganz bestimmt.«

Singendes Herz machte eine rasche Handbewegung. »Du gehst mit ihnen«, entschied er. »Dann zeigst du ihnen, was sie suchen müssen.«

»Oh nein!«, rief Giacomo, der mit diesem Vorschlag gerechnet hatte. »Ich kann nicht gehen! Ich kann nicht noch einmal durch diese Höhle gehen. Ihr wollt wissen, was ein Auto ist? Dann geht ins Gefängnis zu meinem Kameraden mit dem roten Helm. Durchsucht seine Taschen, da findet ihr bestimmt Fotos von Autos.«

»Du gehst mit ihnen«, wiederholte der Schamane.

»Ich gehe nicht mit!«, weigerte sich Giacomo, der nicht die geringste Absicht hatte, sich vom Fleck zu rühren. »Ich will hierbleiben. Ich *muss* hierbleiben.« Plötzlich hatte er einen Geistesblitz. »Warum gehst du nicht mit?«, fragte er und zeigte auf den Gromio.

»Ich?«

»Ja, du!«, wiederholte der Junge. Warum nicht? *Er* hatte keine Lust, noch einmal durch die Kälte und den Schnee der Berge zu stapfen. Und er pokerte: Giacomo hatte nicht den geringsten Schimmer, wo sich das Buch befand. Er wollte sich nur schnell den Schamanen vom Hals schaffen, so lange wie möglich, damit er einen ordentlichen Plan ausarbeiten konnte. »Du benutzt das Schlüsselbund, denn es ist tatsächlich ein Objekt, das nur ein Schamane wie du bedienen kann, ohne es kaputt zu machen. Und wenn ihr erst das richtige Auto gefunden habe, wirst du einsteigen!«

»Hast du gehört?«, fragte Lut. »Man steigt auch noch in diesen brennenden Karren ein, der von einem Ort zum anderen rollt.«

»Du, Singendes Herz, musst als Erster einsteigen«, fuhr Giacomo fort. »Denn in dem Auto liegt das Buch, das du suchst.«

Die Augen des Schamanen funkelten gierig.

Giacomo setzte zum Gnadenstoß an. »Wenn du natürlich willst, dass ich gehe und vor dir die Seiten des Neuen Buches lese …«

»NEIN!«, kreischte der Schamane. »Du hast recht! Es ist, wie du sagst! Ich gehe!«

»Mit den Saupackern«, erinnerte Giacomo sie. »Vier.«

Höchst zufrieden beobachtete er, wie die drei sich aus dem Audienzsaal schleppten – die beiden Kolosse hinter ihrem kleinen Anführer.

Ein weiterer Gedanke kam Giacomo in den Sinn, aber auch dieser war noch zu unterentwickelt, als dass er den Namen ›Idee‹ verdient hätte.

Als Giacomo endlich allein war, seufzte er erleichtert.

Er dachte an Raffaella, die im Zimmer mit den Wandteppichen auf ihn wartete, und dass er sich nach diesem unglaublich langen Tag endlich ausruhen konnte. Könnte er sich jetzt wie ein Stein ins Bett fallen lassen, würde er sofort tief und fest schlafen.

Der Stein

»Passt auf!«, warnte Houdini und hob einen Arm in die Höhe.

Antonello und Michele, die ein paar Schritte hinter ihm gingen, blieben abrupt stehen.

Eine silbrige Nacht war angebrochen und am Himmel funkelten geheimnisvolle Sternbilder. Der riesige Mond strahlte milchig, nachdem er im Osten aufgegangen war, wo sich die Berge in einer unendlichen Kette spitzer Zähne erhoben.

Der Schnee unter Antonellos Füßen knirschte. Er trat zu Houdini, der auf den Weg zeigte, der vor ihnen abfiel und in einer soliden, gebogenen Brücke mündete, von der Eiszapfen herabhingen. »Auf der anderen Seite der Brücke geht man um diesen Felsen herum und sieht dann die Stadt«, erklärte Houdini.

Michele rieb sich die Hände. »Klasse. Je eher wir ankommen, desto eher wissen wir, was wir machen.«

Sie setzten sich wieder in Bewegung. Ein eiskalter Wind wirbelte den Schnee auf.

»Man sieht den Talboden nicht«, sagte Michele, als sie den Rand des Abgrundes erreichten.

»Vielleicht besser so«, stellte Antonello mit verwuschelten Haaren fest.

Houdini ging ohne Zögern über den schmalen Steinweg voraus. Antonello hingegen bekam weiche Knie und seine Füße wurden bleischwer. Er versuchte, nicht an die tausend Meter Leere zu denken, die sich unter ihm auftaten, und starrte auf Houdinis Rücken vor ihm.

Genau in diesem Moment blieb der kleine Magier stehen. »Oh nein! Und jetzt?«

»Und jetzt was?«, stotterte Antonello, ohne den Blick von Houdinis Rücken abzuwenden. Sie waren etwa in der Mitte der Brücke angelangt. Michele schloss von hinten auf.

»Da sind die Saupacker«, erklärte Houdini mit zitternder Stimme.

»Bist du sicher?«, fragte Michele.

»Ja.«

Erst jetzt hob Antonello den Blick vom Rücken seines Kameraden. Er sah nur den vereisten Weg, der auf der anderen Seite der Brücke anstieg und hinter dem Berg verschwand. Doch genau dort leuchtete der silbrige Schnee im Schein goldener Fackeln. Große Fackeln, die rasch näher kamen. Und der heulende Wind trug jetzt noch ein anderes Geräusch herüber: Kratzende Krallen auf Eis. Dann hörten sie ein Hecheln.

»Was sind Saupacker genau?«, wollte Antonello wissen, während er die spiegelglatte Brücke entlangrutschte.

»Nichts Gutes«, bestätigte Houdini. »Gehen wir weiter oder drehen wir um?«

»Können sie uns wittern?«, fragte Antonello.

»Ich weiß nicht!«

Michele wandte sich um. Der Berg, von dem sie abgestiegen waren, bot kaum schnell zu erreichende Verstecke. Der Wald war weit entfernt, und der Automechaniker fürchtete, dass die Saupacker sie im Schnee entdecken und sofort verfolgen würden. Vor ihnen war die Lage auch nicht viel besser: Auf der anderen Seite der Brücke lagen nur Felsbrocken am Abhang, hinter denen sie sich vielleicht verbergen konnten.

»Los!«, entschied Houdini – und schoss mit gesenktem Kopf von der Brücke runter.

»Lauf!«, forderte Michele seinen Bruder auf.

Doch Antonellos Beine gehorchtem ihm nicht. Als er sich in Bewegung setzte, waren sie steif wie Holzstecken.

»Los!«, feuerte Michele ihn an, der sich hinter ihm herschleppte.

Die Brücke und der schwarze Abgrund verschwanden nach nur wenigen Schritten und die drei standen auf der anderen Seite. Der Weg stieg links hinauf, steil und festgetreten. Rechts lagen die Felsbrocken.

»Dahin!«, schlug Houdini vor und schob sich zwischen die Felsen. »Das ist für die viel zu eng! Dazwischen können sie uns nicht verfolgen.«

»Du bist verrückt!«, schimpfte Antonello. »Da gibt es ja nicht mal einen Weg!«

»Doch«, beharrte Houdini. »Er ist ganz eng, aber er ist da! Die Saupacker sind sehr viel größer als wir, die kommen da nie durch!«

»Aber …«

»Wir müssen nur den großen Felsen dort oben erreichen und uns dahinter verstecken.«

Antonello betrachtete den Brocken und ihm wurde übel. Es war ein Felsvorsprung, der über dem Abgrund hing, etwa zwanzig Schritte vom Weg entfernt – zwanzig Schritte neben dem Abgrund. Auf Schnee. Ständig der Gefahr ausgesetzt abzurutschen. Er bemühte sich, Ruhe zu bewahren, und zog ein Alpinseil aus dem Rucksack, das sie sich um den Bauch knoteten, bevor sie ihren Weg fortsetzen.

Es waren die zwanzig schwierigsten Schritte in seinem Leben. Antonello klammerte sich mit den Händen am Eis fest, erzitterte bei jedem Windstoß und kletterte hinter Houdini her, der behände wie ein Äffchen voraussprang. Das Schnüffeln und Jaulen der Hunde auf dem Weg kam immer näher; bald schon mussten sie in Sichtweite sein.

»Wir sind fast da«, sagte Houdini plötzlich und zog sich auf der Rückseite des Felsvorsprungs hoch. Der kleine Magier hatte genau hingesehen: Hinter dem Felsen konnten sie sich tatsächlich gut geschützt verstecken und waren vom Weg aus nicht zu sehen. Antonello kauerte sich in den kleinen Steinsitz, als das goldene Licht der Fackeln schon fast die Brücke erreicht hatte. Michele konnte gerade noch rechtzeitig den Kopf einziehen, bevor die ersten beiden Saupacker in der Nacht auftauchten.

Ihre spitzen und langen Nasenrüssel schnüffelten durch den Schnee. Die riesigen, gelben Augen waren fest auf den Weg geheftet. Das dichte, struppige Fell war mit Schneeflocken bedeckt. Hinter den ersten beiden tauchten noch zwei weitere auf, die von zwei Kolossen an Ketten gehalten wurden.

»Heeee!«, schrie der dickere der beiden und hielt die zwei Tiere zurück, bevor sie über die Brücke laufen konnten. »Ruhig, Viecher! Ruhig! Wollt ihr da runterfliegen?«

»Das sind die, die uns heute Nachmittag entführt haben …«, flüsterte Houdini den Brüdern zu.

Antonello lugte so weit hinter dem Felsen hervor, dass er soeben erkennen konnte, warum die Kolosse hießen, wie sie hießen. Danach kauerte er sich noch fester hinter dem schützenden Fels zusammen.

»Ich gehe als Erster«, sagte der dicke Koloss. Und da seine Saupacker keine Anstalten machten anzuhalten, stürzte er sich im leichten Trab auf die Brücke.

Der andere Koloss hielt an und wartete. Er hatte einen großen Rucksack umgeschnallt und zwei wesentlich zahmere Tiere dabei, die dort herumschnüffelten, wo Antonello, Michele und Houdini den Weg verlassen hatten.

»Halt! Halt!«, schrie derweil der Koloss in der Mitte

der Brücke. »Darf ich mal wissen, warum ich die beiden ungezogenen Viecher bekommen habe, Lut?«

Der andere lachte. »Weil ich noch eine zusätzliche Last schleppe!«

Der große Rucksack, den Lut auf den Schultern trug, bewegte sich plötzlich, und die kleine Gestalt in seinem Inneren streckte den Kopf heraus. »Achte darauf, was du sagst, Krieger!«

»Ich wollte dich nicht beleidigen, Singendes Herz«, antwortete der Koloss rasch. »Ich wollte Urtgarten nur erklären, warum er gleich in den Abgrund stürzen wird.«

»Was haben diese Tiere denn?«, wollte Singendes Herz im Rucksack wissen. »Sie sind so aufgeregt.«

»Das stimmt. Hier müssen so viele Gerüche sein! Und außerdem sind sie immer noch Nachtjäger – so wie wir«, ergänzte Lut und gähnte.

Irgendwie erreichte Urtgarten die andere Seite des Abgrunds und stieß einen Freudenschrei aus. »Mach schon!«, rief er dem Freund zu. »Ich will nicht bis zum Morgengrauen brauchen, um das Auto zu finden!«

›Auto?‹, fragten sich die drei in ihrem Versteck.

Antonello drückte sich wieder an den steinigen Rand, doch als er die Rüsselnase eines Saupackers nur einen Meter von sich entfernt entdeckte, änderte er rasch seine Meinung und verbarg sich schnell wieder hinter dem Felsen.

Da wurde das Tier von seinem Herren zurückgepfiffen. Schweren Herzens ließ es den Felsvorsprung zurück und lief zur schmalen Brücke.

Schweigend verharrten sie noch ein paar Minuten, bis die Kolosse auf der anderen Seite im vom Mond beschienen Wald verschwunden waren.

»Habt ihr das gehört?«, platzte Michele heraus, als er sicher sein konnte, dass sie allein waren. »Sie suchen ein Auto! Antonello, bist du da?«

Antonello war da – aber von der Beinahe-Begegnung mit der Rüsselnase des Saupackers vor Schreck noch ganz gelähmt. Zaghaft nickte er.

»Vielleicht müssen wir zurück und die anderen warnen …«, fuhr Michele fort. »Und zwar sofort!«

Houdini erhob sich ungeachtet des Abgrundes, der sich neben ihnen auftat, und sagte: »Entweder kehren wir um oder wir versuchen, die Stadt zu erreichen. Ich bin für die Stadt.«

Michele schien nicht sehr überzeugt. »Habt ihr das Männchen im Rucksack gesehen? War er auch da, als sie euch entführt haben?«

»Nein«, antwortete Houdini. »Urtgarten trug nur eine Frau auf der Schulter.«

»Und wer war das dann da eben?«

»So wie der sich verhalten hat«, meinte Houdini, »war das der Anführer.«

Während die beiden sprachen, beruhigte Antonello sich wieder. Das war alles andere als leicht, denn er musste nur einen Blick in den Abgrund werfen, schon lähmten ihn Schwindelanfälle.

Im Vergleich zu ihm schien Houdini, den Antonello immer für einen zerbrechlichen und unschlüssigen Jungen gehalten hatte, voll in seinem Element zu sein – als ob er in seinem Leben nichts anderes getan hätte, als sich geschickt an einem Abgrund vor Saupackern zu verstecken.

Gespannt verfolgte er mit den Augen Houdinis Bewegungen um den Felsen herum, als er genau in der Mitte des Felsblocks einen eingeritzten Buchstaben entdeckte.

Ein I.

Er blickte sich um und suchte nach einem weiteren Zeichen: der schwarze Abgrund, die schneebedeckten Felsen, der schmale Pfad, der bergauf führte …

»Noch ein I«, murmelte er, als er ein paar Meter über sich einen zweiten senkrechten und vom Mondlicht bestrahlten Schnitt in einem Stein entdeckte.

Während sein Bruder und Houdini weiter Schlachtpläne schmiedeten, zog Antonello den Aschebehälter aus dem Rucksack und öffnete ihn. Er nahm eine Handvoll Asche und wartete, bis sich der Wind etwas gelegt hatte, bevor er sie verstreute.

»Alikizam! Alekezem! Alakazum!«, rief er und stand auf.

Die Asche sammelte sich zu seinen Füßen und machte eine Reihe von Fußspuren sichtbar, die am Abhang entlang nach oben bis zum nächsten Felsbrocken liefen.

Der in den Felsen geritzte Buchstabe musste eine Zeichen für irgendjemanden sein, der diesen Ort wiederfinden wollte.

Ein I.

Warum ausgerechnet ein I?

Das war der Anfangsbuchstabe von Ispuspes dem Listigen, dem Erfinder des Zaubers, der Spuren im Schnee sichtbar machte. Vielleicht war das von Bedeutung.

Ohne ein Wort entfernte der Junge sich von den anderen beiden, die angeregt diskutierten.

»Wo gehst du denn hin?«, fragte sein Bruder plötzlich.

»Ich folge den Fußspuren«, erklärte Antonello. Dann kletterte er zwischen den Felsen hoch. Er war mittlerweile viel zu aufgeregt, um auf den vereisten Abgrund unter sich zu achten.

Lauthals zeternd folgte Michele seinem Bruder. Antonello kletterte immer weiter. Die Brücke verschwand, und der Mond war die einzige Lichtquelle. Houdini bewegte sich flink wie eine Gämse zwischen ihnen. Ab und zu fanden sie ein weiteres I in einen Felsen geritzt.

Schließlich gelangte Antonello an eine Vertiefung im Felsen. Es war ein kleiner Vorsprung, gerade groß genug, um darauf zu stehen ohne abzustürzen. Er lehnte sich an einen dicken Eiszapfen. Dann wühlte er im Rucksack herum, zog eine Taschenlampe heraus und beleuchtete die Eiswand vor ihm.

Hinter dem Eis war eine Öffnung.

»Was gefunden?«

»Vielleicht.«

Antonello holte einen Eispickel aus dem Rucksack und begann, das Eis damit zu bearbeiten. Es brach in großen Blöcken heraus, fiel neben ihm herab, zerschellte an den Felsen und verschwand im Nichts. Rasch und sicher hackte der Junge weiter.

»Fantastisch!«, japste Michele, als er die Kameraden erreichte. »Über dem Nichts, vor dem Nichts ... Toller Plan, Bruder! Vielleicht hätten wir uns doch lieber von den Monstern und ihren Hunden fangen lassen sollen.«

Antonello antwortete nicht. Er schlug einen Eisblock nach dem anderen aus der Wand und schuf so schließlich ein Loch, das groß genug war, um das Innere des Hohlraums zu beleuchten. Sie entdeckten den Bogen einer kleinen Höhle und einen Stollen, der im Berg verschwand.

Und genau dort ...

Das Herz schlug ihm bis zum Hals, als Antonello ein großes Bündel beleuchtete, das am Boden lag und mit einer Schicht Raureif bedeckt war.

Ohne Zögern klemmte er sich die Taschenlampe zwischen die Zähne und kroch in die Höhle.

Sie war wirklich klein, doch der vereiste Gang, der in der Dunkelheit verschwand, schien in größere Bereiche zu führen.

Aufgeregt robbte Antonello zu dem Bündel.

Houdini war gleich hinter ihm. »Was ist das?«

»Ich passe hier nicht durch!«, jammerte Michele von draußen. »Gebt mir mal den Eispickel!«

»Hier liegt was!«

»Fass es nicht an!«

»Zu spät!« Antonello hob das Tuch hoch. Das Eis hatte

den Stoff so steif frieren lassen, der er sich in einem Stück anheben ließ.

»Was ist das?«, rief Michele.

»Das wissen wir nicht. Es ist eingepackt.«

»Nimm den Eispickel ...«

»Wartet auf mich!«, zeterte Michele und hackte auf dem Eis herum.

Eingewickelt in weitere Stoffschichten und Leder kamen eine hölzerne Kiste und ein großer Ledersack mit einer Bowlingkugel zum Vorschein.

»Wahnsinn!«, sagte Antonello, als er die Schachtel aufmachte. Sie war voll mit sonderbaren Werkzeugen: fantastische Schraubenzieher, schräge Zangen, gezahnte Scheren, Dietriche und Schlüssel in den unterschiedlichsten Formen und Größen.

Endlich kam Michele zu ihnen gekrochen. »Was habt ihr da?«

Antonello schob ihm die Kiste rüber. »Was meinst du?«

Das Expertenauge des Automechanikers brauchte nicht lange, um all die Dinge zu erkennen: »Ich würde sagen, das sind ... Einbruchwerkzeuge. Eine perfekte Diebesausrüstung.«

»Und in dem Sack? Was ist das?«, fragte Houdini.

Er war schwer. Sehr schwer. Und er klingelte. Antonello leuchtete mit der Taschenlampe hinein und stieß einen spitzen Schrei aus.

»Und? Was ist es?«, fragten die anderen beiden gespannt.

»Ich bin nicht ganz sicher, denn in Wirklichkeit habe ich so was noch nie gesehen«, erklärte Antonello. »Aber ich würde sagen ...« Vorsichtig öffnete er die Bänder des Sackes. Im Schein der Taschenlampe funkelte der Inhalt. »Das sind Goldmünzen.«

»Hammer!«

Houdini drehte eine in den Fingern und las mit lauter Stimme vor: *»Prägung des Karmesin-Königs.* Sagt euch das was?«

»Mir nicht«, entgegnete Antonello.

»Mir, dass wir gerade reich geworden sind, liebe Jäger des verlorenen Schatzes«, lachte Michele.

Der Jäger

Der Schneesturm legte sich einfach nicht. Obwohl Rebecca sehr langsam fuhr, war es, als ob man durch eine weiße, wirbelnde Wand drang. Das Mädchen hatte nur das Standlicht angeschaltet, damit es nicht geblendet wurde, und der verbeulte Jeep kroch über die Straße. Die Reifen rutschten auf der mittlerweile festen Schneeschicht, während der Motor wie ein alter wütender Stier schnaubte.

»Von wegen magische Nacht, Meister!«, brummte Stefano vom Rücksitz. »Das ist eine höllische Nacht, wenn ich das mal sagen darf. Und wir wären besser zu Hause geblieben und hätten abgewartet, dass sie vorübergeht.«

»Ich will da nicht hin!«, wimmerte Cinz zusammengekauert an der Seite des Freundes. »Ich will das Monster nicht noch mal sehen!«

Stefano steckte den Kopf zwischen die Vordersitze von Marky und Rebecca und starrte ebenfalls angestrengt in den Schnee. »Eigentlich sollte ein riesiges Tentakelmonster, das durch die Berge streift, nicht schwer zu finden sein«, flüsterte er ironisch.

Der Meister hob den Zeigfinger der rechten Hand; seine Nase steckte zwischen den Seiten eines Fantasy-Romans. »Krake«, verbesserte er ihn. »Um genau zu sein ein Schneekrake.«

»Wie kann man bloß so ein Zeug schreiben?«, stöhnte Stefano. »Kraken leben zwischen den Meeresklippen, verdammt! Nicht in den Bergen!«

»Wie kann man bloß so ein Zeug *lesen*?«, murmelte Marky, während er umblätterte.

Er hatte bereits die ersten beiden Bände der fünfteiligen *Saga vom Fallenden Stern* durch und schon einen großen Teil des dritten Buches verschlungen. Die nützlichsten Abschnitte hatte er mit gelben Klebezetteln markiert, die hier und dort aus den Büchern ragten. Und er las weiter, sehr schnell, auf der Suche nach einer Erklärung.

»Fassen wir mal zusammen, was wir wissen, Meister«, schlug Rebecca am Steuer vor.

Endlich sah Marky vom Buch auf.

»Ich will da nicht hin!«, wimmerte Cinz immer noch.

»Wenn Mister Mutig hier hinten die Wahrheit gesagt hat«, schnaubte Marky, »dann könnte das, was er gesehen hat – ich sage: ›könnte‹ –, ein so genannter Schneekrake sein. Hier: Apollonia J. Brennan beschreibt sie zwar nicht so wie es ein Ethologe, aber …«

»Ein was?«, fragte Stefano, während der Jeep langsam die erste Spitzkehre außerhalb des Dorfes nahm.

»Ich hab Angst!«, kreischte Cinz.

»Könnt ihr in mal zum Schweigen bringen?«, knurrte Rebecca. »Es ist so schon schwierig genug, bei diesen Bedingungen zu fahren …«

»Ein Ethologe ist ein Tierwissenschaftler«, unterbrach sie der Meister. »Doch leider müssen wir uns mit den Kenntnissen der Autorin zufriedengeben. Und die, glaubt mir, sind nicht besonders fundiert.«

»Jetzt lass mal die Literaturkritik bleiben und komm zur Sache.«

»Klar doch, Range«, brummte Marky. »Also: Die Schneekraken sind zehnmal so groß wie ein Koloss. Und wenn wir annehmen, dass ein Koloss ungefähr drei Meter misst, dann heißt das, dass unser Besucher etwa die Größe eines Lastwagens hat. Er bewegt sich mithilfe von vier Tentakeln über den Schnee, die er wie Harpunen benutzt. Man sollte also Abstand halten. Hinten hat er noch zwei Tentakel, die ihm auf dem Schnee oder wenn er springt Stabilität verleihen.«

»Er springt?«

»Er springt. Und außerdem: Er tarnt sich.«

»Das heißt?«

»Wenn er sich nicht bewegt, dann ändert seine Haut die Farbe so wie die Kraken. Zudem schichtet er ganz schnell Schneewände auf, damit er seinen Bau oder die kleinen Nischen schützt, in denen er seine Vorräte versteckt. Er ist Fleischfresser …«

»Fleischfresser? Und was frisst er so?«

»Eigentlich alle Tiere, die vor ein paar Stunden aus dem Wald geflüchtet sind.«

»Schlimme Sache.«

»Finde ich auch«, gab Marky zu. »Aber ich habe mir das nicht ausgedacht.«

»Schwachstellen?«

»Auf Seite 229 des ersten Buches schreibt Brennan, dass er empfindlich auf Musik reagiert. Diese Jäger, wie Urtgarten im ersten Buch, locken den Kraken mit einer Art Tröte ins Freie. Und sobald er rauskommt ... tja ... greifen sie an.«

»Und wie?«

»Wie sollen deiner Meinung nach drei Meter große Jäger mit einem Kolibrihirn wohl angreifen?«, fragte Marky. »Natürlich mit Lanzen, Schwertern und wildem Geschrei!« Dann warf er einen Blick aus dem Autofenster und befahl: »Lasst mich hier raus!«

»Bist du sicher, dass wir da sind?«

»Schneesturm hin oder her, mein Haus kann ich immer noch erkennen.« Er öffnete die Wagentür. Der Sturm blies sofort Schnee in den Innenraum.

»Ich setz mich nach vorn«, sagte Stefano und quetschte sich zwischen den beiden Vordersitzen des Jeeps durch.

Marky verschwand links vom Auto.

Besorgt sah Rebecca ihm ein Weilchen nach, dann blickte sie Stefano an. »Was denkst du?«

»Ich versuche, nicht zu denken.«

»Ich hab Angst …«

»Ruhe, Cinz.«

»Mach die Scheinwerfer aus.«

Sie saßen im Dunkeln; nur der Blinker leuchtete tickend auf, und der Schnee legte sich wie ein Bettlaken über sie. Es war, als würden sie lebendig begraben, langsam, von einer weißen Masse, die ihnen die Luft nahm.

Stefano schaltete das Radio an. Er drehte das Senderrädchen hin und her.

Rauschen. Nur Rauschen.

»Nichts zu machen«, sagte er. »Heute Nacht sind wir von der Welt abgeschnitten.«

»Vielleicht besser so«, erklärte Rebecca und lehnte sich über das Lenkrad. Dann seufzte sie: »Wie lange braucht der Meister bloß?«

Markys Haus stand am Dorfrand. Der Meister durchquerte den Hof, wobei er fast nichts erkennen konnte, und alles, was er sah, wirkte fremd und unwirklich.

Irgendwie fand er den Eingang zur Küche unter dem Vordach. Er versank bis zum Knie im Schnee. Mühsam räumte er etwas davon zur Seite, bis er das Fliegengitter aufziehen konnte. In seiner Hosentasche wühlte er nach dem Schlüssel, schloss auf und trat ein. Er schaltete das Licht an und umrundete einen Bücherstapel, den er in der Essstube abgestellt hatte.

Er ging an dem langen Regal vorbei, das den gesamten Flur einnahm, erreichte die Tür der Vorratskammer, öffnete sie, suchte den Lichtschalter und hüllte den Kellerraum in ein schwaches Glimmen. Dann tapste er die Stufen hinunter, wobei der schmelzende Schnee von ihm herabtropfte.

»Ich wusste doch, dass ich die irgendwann mal gebrauchen kann«, murmelte er, während er den Keller durchquerte. Er kam zu einem Weinregal auf der gegenüberliegenden Seite. Zunächst hob er die ersten Flaschen an, dann fand er zwei lange Jagdgewehre. Er nahm sie und wog sie einen Moment in den Händen.

Marky konnte nicht schießen. In seinem ganzen Leben hatte er noch nie einen Schuss abgegeben – anders als Stefano und Rebecca. Sie waren schon vor Jahren zur Jagd gegangen, genau wie Markys Vater. Als die Jagd oder das Fischen noch Sinn gehabt hatten, wofür auch immer.

Marky legte sich die Gewehre über die Schulter, ging zu einer Kommode voller Farbdosen und zog die Schubladen auf, eine nach der anderen, ohne sie wieder zu schließen.

»Ich hab sie doch hier irgendwo … oder hier … ganz sicher …«

Schließlich fand er die roten Patronen für die Wildschweinjagd in der letzten Schublade. Zwei Schachteln. Eine war halb leer. Er steckte sie in eine Plastiktüte, damit die Patronen im Schnee nicht nass wurden, stopfte sich alles in die Jackentasche und ging wieder hinaus. Das Licht ließ er brennen.

»Er hat sie wirklich gefunden!«, rief Stefano, als es an der Autoscheibe klopfte.

Sie öffneten die Autotür gerade so weit, dass sie Gewehre und Patronen einladen konnten. Dann sagte Marky: »Ich komme nicht mit.«

»Wie?«

Der Wind wirbelte den Schnee durch die Luft. Markys Bart war binnen Sekunden vereist. »Ich habe gesagt, ich komme nicht mit. Ich mache mich hier nützlich!« Er zeigte auf das unsichtbare Haus hinter ihm. »Ich muss eine Lösung finden! Ich muss in ein paar anderen Büchern nachschauen!«

»Marky …«

»Fahrt ihr und seht nach! Los! Wir sehen uns später in der Bar!«

»Schaffst du es denn zu Fuß ins Dorf? Weißt du, wo der Schlüssel liegt?«

Marky nickte, dann trat er von der Wagentür zurück. Rebecca schlug sie rasch zu, legte den ersten Gang ein, schaltete das Licht an und startete. Die Reifen rutschten über den Schnee.

Stefano drehte sich um und blickte durch die Rückscheibe.

Der Meister war bereits vom Schneesturm verschluckt worden. Wie ein Gespenst.

Dann lud der Barbesitzer die Gewehre.

Eins für ihn.

Und eins für Rebecca.

»Ich hab Angst!«, wimmerte Cinz von hinten.

Der Schlag

Giacomo gähnte, während er durch die Räume seines Schlosses lief.

Im Saal mit den Wandteppichen fand er Raffaella. Sie hatte einen Pelzmantel übergezogen, die Haare im Nacken zusammengerafft und Brennans MP3-Player eingeschaltet.

Giacomo trat zu ihr und zupfte einen Stöpsel aus ihrem Ohr heraus. »Was machst du denn da?«

Aus dem Hörer schepperte der besessene Rhythmus eines berühmten Ska-Liedes. »Ich höre Musik, sieht man doch!«

»Gib mir den Player!«, befahl Giacomo ihr.

Raffaella war beleidigt. »Warum?«

»Der gehört dir nicht.«

»Er lag hier bei den anderen Sachen.«

»Genau. Und die gehören dir nicht.«

»Aber dir auch nicht!«

Ohne ein weiteres Wort zog Giacomo ihr auch den zweiten Ohrstöpsel heraus. »Das ist nicht sehr klug, was du da machst.«

Raffaella schmollte. »Das sagst du, Besserwisser.«

»Wir dürfen die Batterie nicht verbrauchen, vielleicht nützt der uns noch. Und wir können ihn hier nirgends aufladen, verstehst du?«

»Ich wollte doch nur etwas Musik hören!«

»Okay«, gähnte Giacomo. »Das hast du ja. Jetzt hörst du besser auf.«

»Es war auch nicht so toll«, entgegnete das Mädchen. »Bis auf ein paar coole Bands ist der eh nur voll mit so 'nem Gejaule. Und dazwischen quatscht immer so eine Frau …«

»Was für eine Frau?«

»Ich geh schlafen.« Raffaella verließ den Raum und suchte sich ein Bett.

Nach ein paar Minuten stand sie erneut im Türrahmen. »Hier gibt es gar kein Licht!«, beschwerte sie sich.

Giacomo schüttelt betrübt den Kopf. Sie war ja hübsch, aber man musste ihr wirklich alles erklären! Er nahm einen brennenden Kerzenständer, von dem Wachs tropfte, und brachte ihn ihr.

»Ach ja«, murmelte sie und hob die Kerzen in die Höhe, damit es heller wurde.

»Was ist das für eine Geschichte mit der Frau, die da redet?«, fragte Giacomo noch einmal.

»Die hat überhaupt nicht mehr aufgehört.« Raffaella gähnte auf der Türschwelle. Sie stellte den Kerzenständer auf den Boden, wo der Kerzenschein lange Schatten an die Wände warf.

»Und was redet sie?«, bohrte Giacomo weiter, während er den MP3-Player in den Fingern drehte.

»Entschuldige, aber wenn dich das so brennend interessiert, warum hörst es dir nicht selbst an?! Es ist da alles drauf. Ich geh jetzt schlafen. Gute Nacht!« Dann knallte sie ihm die Tür vor der Nase zu.

Giacomo kannte sich mit Musik-Playern nicht besonders aus, doch bald hatte er raus, wie das Gerät funktionierte. Er ging eine unendliche Liste von Künstlern und Alben durch, ohne etwas Interessantes zu finden, also drückte er auf ›Zufällige Titel‹. Schnell übersprang er alle Lieder, die ausgewählt wurden, und suchte nach diesen sonderbaren Unterbrechungen.

Die erste kam nach dem zehnten Lied. Und fast wäre sein Herz stehen geblieben.

»Andere Idee für den Roman«, sagte die Stimme Brennans. »Das doppelte Spiel des Schamanen muss schon in der Mitte des neuen Buches aufgedeckt werden.«

Apollonia J. Brennan hatte ein paar mündliche Notizen aufgenommen: die Ideen für den sechsten Teil ihrer Saga. Im Hintergrund hörte Giacomo das Rattern eines Zuges, als ob sie sich auf einem Bahnhof befunden hätte.

›Das doppelte Spiel des Schamanen?‹, wunderte sich Giacomo. ›Welches doppelte Spiel?‹

Er drehte lauter.

»Das muss schrittweise geschehen. Zuerst muss das Motiv, warum Ispuspes der Listige gefangen wurde, offenbart werden …«, sagte die Schriftstellerin.

Giacomo nickte. Das war eines der großen Geheimnisse der Serie. Dass ein Dieb wie Ispuspes sich so reinreiten konnte und auch noch im Gefängnis landete, das hatte er nie ganz verstanden.

»Und dann, gleich darauf … als Überraschungseffekt, vielleicht in Form einer Erinnerung … muss herauskommen, dass der Karmesin-König gar nicht tot ist!«

»Der Karmesin-König ist nicht tot?!«, platzte Giacomo heraus. Das war eine Sensation! Die Nachricht würde alle internationalen Foren sprengen, in denen über die *Saga vom Fallenden Stern* diskutiert wurde.

Brennan sprach weiter: »Dann wird alles für die abschließende Entdeckung vorbereitet.«

TACK.

Die Aufzeichnung war zu Ende.

Mit klopfendem Herzen übersprang Giacomo die nächsten Lieder, auf der Suche nach der zweiten Notiz. Währenddessen dachte er über das gerade Gehörte nach. Soweit er und die anderen Leser wussten, hatte Machan persönlich den Karmesin-König ermordet, als die Kolosse dessen Stadt geplündert und das Reich zerstört hatten, in dem der Schamane Singendes Herz die Kunst des Heilens gelernt hatte.

Jetzt erfuhr er jedoch, dass im Kopf der Autorin der Karmesin-König noch nicht tot war und der Schamane

Singendes Herz ein doppeltes Spiel spielte. Aber warum? Zu welchem Zweck? Und … dann … Ispuspes?

Eine erste Antwort bekam er nach zweiundzwanzig Liedern.

»Die andere große Enthüllung«, erzählte plötzlich die Stimme der Schriftstellerin, »kann es geben, wenn die beiden im Erdpech-Verlies aufeinandertreffen und über das Gift streiten. Dort wird erklärt, wozu es wirklich dient: Das Gift bewirkt, dass die Bergkolosse von Tarkaan keine Kinder bekommen können.«

»Gift?!«, brüllte Giacomo fast. Die Bergkolosse von Tarkaan bekamen wegen eines Giftes keine Kinder mehr? Das war eine unglaubliche Nachricht!

Giacomo riss die Augen immer weiter auf und sein Mund klappte immer weiter runter, als er die Aufzeichnung bis zum Ende hörte. Dann suchte er auf dem Player nach letzten Informationen, bis die Batterie komplett leer war.

Erschöpft zog er sich die Ohrstöpsel heraus. »Feigling. Ich kann's nicht glauben«, war das Einzige, was er hervorbrachte.

Raffaella schreckte aus dem Schlaf hoch.

Sie war gerade eingenickt, als jemand wild an ihre Zimmertür hämmerte. Einen langen Moment war sie orientierungslos. Sie war nicht in ihrem Zimmer. Sie war nicht im Dorf. Sie war nicht in der Stadt bei Onkel und Tante.

Sie war in Giacomos Schloss, genau! Dieses fürchterliche Schloss voller Schimmel und Tierhaare. Genau hier war sie eingeschlafen. Das war kein Traum.

»Raffaella! Mach auf! Bitte! Mach auf!«, schrie Giacomo auf der anderen Seite der Tür.

Das Mädchen streckte sich unter der Bettdecke, dann stieg es aus dem Bett. Der Fußboden unter ihm war eiskalt.

»Was ist?«, fragte Raffaella mürrisch, als sie die Tür öffnete.

»Wir müssen weg!«, sagte Giacomo.

»Wohin?«

Er fasste sie am Handgelenk. »Du musst mit mir kommen.«

»Bestimmt nicht. Um diese Uhrzeit? Wohin denn?«

»Stell keine Fragen! Zieh dich an und komm. Es ist was passiert.«

»Was?«

»Es dauert zu lange, dir das zu erklären. Wir müssen uns beeilen, so lange er draußen ist … Ich brauche noch einen Beweis. Nur einen noch!«

»Wovon redest du?«

»Vom Schamanen«, erwiderte Giacomo. »Ich habe einen Vertrag mit ihm geschlossen, damit er die Welt erobern kann. Aber jetzt habe ich herausbekommen, dass er nicht der ist, der ich dachte. Da gibt es noch einen anderen Typen, der eigentlich tot sein sollte, aber wahrscheinlich ist er das nicht.«

»Giacomo, du bist verrückt«, bemerkte Raffaella.

»Vielleicht. Vielleicht auch nicht. Also? Ziehst du dich an?«

»Nicht, wenn du weiter in der Tür stehst und mich anstarrst.«

Giacomo drehte sich um.

Wenige Minuten später öffneten sie das Eingangstor des Schlosses und spähten nach draußen auf die Straße.

Eine Wache war auf den Boden gesunken, lehnte an ihrer Lanze und schnarchte durchdringend. Giacomo gab Raffaella ein Zeichen, nur keinen Laut zu machen, und schlich an der Wache vorbei. Die grunzte ein paar Mal, wachte aber nicht auf. Die beiden Schulkameraden liefen zwischen den düsteren Schatten der Gebäude hindurch davon.

»Da sind wir«, murmelte Giacomo, als sie auf dem kleinen Platz ankamen, an dem das Schildkröten-Haus des Schamanen lag.

Sie sahen sich aufmerksam um und drückten sich in den schmalen Schatten, den das Dach warf.

»Darf ich mal wissen, was …«, beschwerte sich Raffaella und versuchte, sich aus Giacomos Griff zu entwinden.

»Pssst!«

Ganz in ihrer Nähe knisterten die Ewigen Feuer des Lyr-Tempels, und etwas weiter entfernt, versteckt in der Dunkelheit, lag der Brunnen, aus dem alle Hausfrauen der Verborgenen Stadt Wasser schöpften.

Giacomo stieß die Tür des Schamanen-Hauses auf, die, wie er erwartetet hatte, nicht abgeschlossen war. Singendes Herz war sich viel zu sicher, dass sich die Kolosse ganz schrecklich vor seinen Zaubertränken und Gebräuen fürchteten, sodass er gar nicht abschließen musste. Außerdem musste man ziemlich klein sein, um in sein Haus zu passen.

»Komm«, sagte er zu Raffaella und schlüpfte hinein.

Nachts war das Haus des Schamanen noch unheimlicher. Zwei Streifen Mondlicht fielen von oben hinein: Der eine erhellte ein Stück des Fußbodens, der andere beleuchtete die schlafende Schriftstellerin auf dem Tisch.

Als Raffaella sie sah, stieß sie einen Schrei aus. Sofort drückte Giacomo ihr eine Hand auf den Mund.

»Ist sie tot?«

»Sie schläft, sieht man doch! Das ist die Schriftstellerin, die bei uns lesen sollte. Die Frau, die in der Höhle lag ...«

Giacomo strich durch den Raum und suchte eine Kerze. Dann fiel ihm ein, dass er überhaupt nicht wusste, wie er sie anzünden sollte – es gab ja keine Feuerzeuge. Dann erinnerte er sich, dass der Schamane mit anderen Mitteln Licht gemacht hatte.

»Hilf mir mal«, befahl er Raffaella. »Wir müssen so weiße, ovale Steine finden.«

»Was hast du vor?«

»Die sind so 'ne Art Lichter.«

Raffaella gab nicht nach. »Ich meine … was willst du hier?«

»Wir müssen eine Bodenluke finden und nach unten.«

»Wie, nach unten?«

»Dort verlaufen die Wasserleitungen, die zu den anderen Häusern gehen. Ich muss was nachprüfen. Aber erst müssen wir diese Licht-Steine finden.«

»Und sie?«, fragte Raffaella noch mal und zeigte auf die schlafende Frau auf dem Tisch. »Wacht die auch nicht auf?«

»Sie kann nicht. Der Schamane hat sie mit dem Lied des Schlafes betäubt.«

»Und warum?«

»Weil er Angst hat, dass sie aufwacht.«

»Und deshalb lässt er sie so lange schlafen, wie er will?«

»Genau.«

»Hammer. Das muss ich mit meiner Schwester ausprobieren.«

Klackernd holte Giacomo ein paar Steine aus einer Schublade und flüsterte: »Hier sind sie!«

Einen drückte er Raffaella in die Hand und erklärte ihr, wie man ihn entzündete. Man brauchte ihn nur zwischen den Handflächen zu reiben, schon erzeugte er einen blassen Schein. »Je mehr du reibst, desto heller wird er«, erklärte er. »Aber je heller er strahlt, desto kürzer hält er auch.«

Raffaella rieb den kleinen Stein. »Cool! Aber woher weißt du all diese Dinge?«

Das Gesicht des Mädchens, das von dem Licht-Stein in seinen Händen erhellt wurde, war so schön, dass es ihm den Magen zuschnürte.

»Woher ich all das weiß?«, wiederholte Giacomo.

Dann erzählte er ihr in wenigen Worten, dass er alle Bücher der Autorin gelesen hatte, und in diesem Augenblick wahrscheinlich die Person mit dem meisten Wissen über diese Welt war. Deshalb hatte der Schamane das Abkommen mit ihm geschlossen. Giacomo kannte jede Einzelheit seiner Vergangenheit, aber nicht die Zukunft. Singendes Herz hatte es jedoch irgendwie geschafft, Brennan herzulocken, um an das Neue Buch zu kommen – das sechste und letzte der Saga. Mit diesem Buch hätte er die Zukunft dieser Welt erfahren und sie ändern können. Giacomo gestand Raffaella schließlich auch, dass er den Schamanen dafür benutzen wollte, mächtig und reich zu werden.

Dieses letzte Vorhaben machte auf das Mädchen besonderen Eindruck. »Zu Hause hätte ich dich nicht so geschäftstüchtig eingeschätzt«, bemerkte sie lächelnd. »Und was sollen wir jetzt machen?«

»Wir suchen die Bodenluke.«

»Aber ist das nicht gefährlich?«

»Nicht mehr, als in unserem Schloss zu schlafen.«

Giacomo hatte die Luke schnell gefunden. Ohne dem große Beachtung zu schenken, hatte er nämlich gelesen, dass der Gromio sie ab und zu öffnete, um zu den unterirdischen Wasserleitungen zu gelangen. Doch das hatte er für etwas ganz Normales gehalten.

Unter der Luke lag eine Treppe, die ins Dunkel hinabführte.

»Gehen wir«, sagte Giacomo. »Je eher wir das Gift finden, desto eher wissen wir, ob es uns nützt.«

Zu Hause

Es war genauso, wie er es in Erinnerung hatte. Sogar schlimmer noch.

Marky saß auf dem Perserteppich seines Vaters, umgeben von alten, zerfledderten Büchern, die er wie wankende Türme um sich aufgeschichtet hatte.

Ausgesonderte Bücher, vergessene Bücher. Bücher, die Leser von anderen Büchern nie eines Blickes gewürdigt hatten. Marky hatte sie jedoch in großer Zahl gekauft und sie fast alle gelesen.

Der Meister hatte gerade einen Aufsatz eines deutschen Autors vor sich, der von der Nacht des zweiten Februar handelte und der volkstümlichen Tradition in den Alpen, eine brennende Kerze nach draußen auf das Fensterbrett zu stellen, um die bösen Geister fernzuhalten.

Der zweite Februar.

Marky wusste, dass das Eindringen fantastischer Tiere nichts Neues war. Das hatte es seit Anbeginn der Zeit gegeben. Skelette, Monster, Einhörner. Alle an den gleichen Tagen. Und wie konnte man sie wieder dahin zurückbefördern, woher sie gekommen waren?

Die Mittel dafür waren in den Erzählungen von Generation zu Generation, von Auflage zu Auflage überliefert worden.

Marky biss sich auf die Lippe. »Wann hört noch mal jemand auf die alten Geschichten?«, murmelte er.

Nach und nach waren die Erzählungen zu Legenden geworden. Die traditionellen Geschichten wanderten in die Museen, die Museen wurden zu verschlossenen Räumen und alles, was sie beherbergten, war für immer verloren.

Doch jetzt waren die Monster zurückgekehrt.

Und niemand wusste mehr, wie man sich gegen sie wehrt.

Es war nicht wichtig, dass sie aus einer Welt kamen, die Marky nicht kannte und die von Apollonia J. Brennan erfunden worden war. Marky war sich sicher, dass die Schriftstellerin einen großen Teil ihrer fantastischen Welt von anderen, viel älteren fantastischen Welten abgeschrieben hatte, die sich irgendwie angepasst, verändert, aber immerhin überlebt hatten.

Die Kuckucksuhr schlug gnadenlos die Stunden, und Marky wurde erneut bewusst, dass er nicht die Zeit hatte, all das nachzusehen, was er nachsehen wollte.

Er blätterte die Bücher durch, die er vor sich hatte, und notierte sich die Mittel, mit denen die Bergbewohner durch die Jahrhunderte die nächtlichen Eindringlinge ferngehalten hatten: Kerzen in den Fenstern. Knoblauch an den Türen. Musik und Gelächter in den Zimmern. Feuer im Kamin. Und kein Mensch auf den Straßen.

Die Geister zogen vorbei, kämpften gegen Hirsche und Käuzchen, balgten sich mit schwarzen Katzen und verschwanden dann bei Sonnenaufgang wieder dort, von wo sie gekommen waren.

›Bei Sonnenaufgang‹ überprüfte Marky. Alle Bücher stimmten darin überein.

Bei Sonnenaufgang würde alles vorbei sein.

Und die Tore zwischen den Welten würden sich schließen.

Marky hatte noch andere Dinge herausgefunden. Zunächst mussten die beiden Welten dicht beieinander liegen. Das hatte er in einem Buch über angewandte Magie mit dem Titel *Die Neun Schritte des Möglichen* gelesen, in dem sehr ausführlich beschrieben wurde, wie in einer der magischen Nächte des Jahres ein Spalt zwischen den beiden Welten geöffnet werden konnte. Das Verfahren dauerte sehr lang, war kompliziert und ähnelte erstaunlicherweise dem Zauber von Ispuspes dem Listigen, den sie vor ein paar Stunden heraufbeschworen hatten. Es konnte gut sein, dass auch die Autorin der *Saga vom Fallenden Stern* eine Ausgabe dieses Buches gehabt hatte. Und vielleicht hatte es sie zu ihren Romanen inspiriert.

Je mehr er darüber nachdachte, desto mehr kam er zu dem Schluss, dass Apollonia J. Brennan Legenden, Mythologien, Traditionen und Zaubersprüche vermengt hatte, deren wirkliche Bedeutung sie gar nicht kannte – und damit eine so explosive Mischung geschaffen hatte, dass die beiden Welten zusammengerückt waren.

Oder von der anderen Seite … hatte es jemand geschafft, dass sich die beiden Welten annäherten.

Das Zweite, was Marky herausfand, war, dass die beiden Welten so, wie sie zusammengerückt waren, auch wieder auseinanderrücken konnten. Bei Sonnenaufgang würden sich die Spalte schließen und die beiden Welten wieder unabhängig voneinander existieren – jedenfalls bis zur nächsten Öffnung.

»Da ist es …«, brummte der Meister, als er die entsprechende Stelle gefunden hatte: Alle bedeutenden Autoren waren sich einig, dass die beiden Welten wieder klar voneinander getrennt werden mussten. Dafür sollte sich kein Wesen mehr in der ihm fremden Welt aufhalten, nachdem die Übergänge wieder geschlossen waren.

»Mist«, fluchte Marky. Nach einer raschen Berechnung befanden sich auf der anderen Seite eine achtundzwanzigköpfige Schulklasse, dazu Antonello und Michele, und auf dieser Seite lief mindestens ein Schneekrake herum. Vor Sonnenaufgang mussten alle wieder in ihre jeweiligen Welten zurückgekehrt sein. Sonst würde sich das Ganze am zweiten Februar des kommenden Jahres wiederholen.

Marky stützte sich auf einen Bücherturm. Sie hatten verdammt wenig Zeit, damit alles wieder an seinen Platz kam. Wirklich verdammt wenig. Und der Schneesturm legte sich noch immer nicht.

Er hob den Telefonhörer hoch. Nichts. Stille.

Die Lampe über dem Tisch flackerte und plötzlich ging sie ganz aus. Es knallte ein paar Mal und eine Sicherung nach der anderen sprang heraus.

»Na, großartig«, brummte der Klempner. »Jetzt sitz ich auch noch im Dunkeln.«

Er zog eine dicke Winterjacke an und verließ nachdenklich das Haus. Der zerrende Wind in seinem Bart und seine zugeschneiten Brillengläser konnten ihn nicht aufhalten: Marky stapfte wie ein Mammut durch den Schnee ins Dorf, das im Dunkel des Stromausfalls verborgen lag. Auf der Straße, die zu den Skiliften hinaufführte, konnte er nichts erkennen. Außer dem Pfeifen des Sturmes hörte er nichts.

Er musste den anderen Bescheid sagen. Allen anderen. Aber wie? Gab es, ohne Strom und Telefon, wirklich keine andere Art, miteinander zu kommunizieren?

Er musste so viele Menschen wie möglich davon unterrichten. Die Pfadfinder zum Beispiel. Aber mit welchen Hilfsmitteln sollte er sich Gehör verschaffen? Wer konnte die anderen davon überzeugen, dass zwei Riesen die Kinder des Dorfes entführt hatten und dass mit ziemlich großer Wahrscheinlichkeit ein weißes Monster in ihren Bergen herumlief?

Keiner.

Außer …

Als er die Steinwände der ersten Häuser des Dorfes vor sich entdeckte, kam ihm plötzlich eine Idee. Er bog rechts in den Pfad ein, der zum Sarazenen-Turm führte, und stieg eine vereiste Asphaltstraße hoch, die zum höchsten Punkt des Dorfes führte.

Er hielt unter dem Turm der Kirche San Rocco, in dem die Bronzeglocken hingen.

Die Hilfsmittel

»Die sind aus Bronze.« Houdini versuchte vergeblich, mit seinen dünnen Ärmchen einen Schild hochzuheben. »Ein Haufen Bronzeschilder.«

Der kleine Magier und die Brüder Rampini hatten die Naturhöhle, in der sie den Sack mit den Goldstücken und die Diebesausrüstung gefunden hatten, komplett durchquert. Zu ihrer großen Überraschung waren sie in einem großen, ebenfalls natürlichen Tunnel gelandet, der in Serpentinen den Berg hinabführte. Früher war der Eingang offenbar mit einem Tor verschlossen gewesen, doch irgendjemand, der vor ihnen hier durchgekommen war, hatte die Angeln herausgerissen und den Durchgang frei gemacht. Houdini, Michele und Antonello hatten ein paar Abfluss-Stollen passiert und waren in dem Tunnel herausgekommen, in dem sie jetzt standen.

Er war von einer glänzenden, spiegelglatten Eisschicht bedeckt. Ein paar Schritte entfernt lagen die riesigen Bronzeschilder, die zusammen mit zerbrochenen Lanzen und alten verrosteten Rüstungen auf einen Haufen geworfen worden waren.

»Man fragt sich, was die hier machen«, wunderte sich Antonello.

»Ein Schrottlager?«, bemerkte Michele.

»Die höchste Stelle des Tunnels scheint mir nicht gerade der naheliegendste Ort zu sein, um Schrott abzuladen.«

»Er muss irgendwie mit der Stadt der Kolosse verbunden sein«, sagte Houdini.

Michele drehte mit dem Fuß einen Schild um und betrachtete ihn aufmerksam: Er war wirklich riesig, die gebogene Außenseite völlig zerschrammt, und die Ränder waren von den vielen Schlägen verbeult.

»Sonderbar«, meinte er und drehte ihn wieder auf die andere Seite.

»Was?«, fragte sein Bruder.

»Sieh mal: Der Schild hat mehr Schrammen als Beulen, als ob er ganz fürchterlich gerieben wurde. Warum?«

Vorsichtig stieg Michele ein kleines Stück den vereisten Tunnel hinunter. Dabei musterte er aufmerksam die Wände und den Boden. Houdini und Antonello wühlten währenddessen zwischen den Lanzen und verrosteten Klingen.

»Seht mal hier!«, rief Michele nach einer Weile.

Die beiden Jungen liefen zu ihm und blieben vor einer Eiswand stehen, in die mit einem Schwert etwas eingeritzt worden war. Sie erkannten folgende grobe Zeichen:

	MR	FF	GT
1.	X		
2.		X	
3.	X		
4.			X
5.		X	
6.		X	

»Was bedeutet das wohl?«

Houdini schüttelte den Kopf.

»Für mich sieht das aus wie eine Rangliste«, meinte Antonello.

»Eine Rangliste? Für was?« Michele trat ein paar Schritte zurück und blickte auf den Schilderhaufen. Nachdem er ein bisschen gesucht hatte, fand er einen Schild, auf dem zwei Buchstaben standen, die wie FF aussahen.

»Ich glaube, ich weiß es«, murmelte er. Er gab dem Schild einen kleinen Schubs, und der begann langsam auf dem Eis zu rutschen. Dann sauste er plötzlich durch den Tunnel hinab und verschwand wie eine Bowlingkugel.

»Es gibt zwei Möglichkeiten«, sagte Antonello, als sie nichts mehr hörten. »Entweder endet dieser Tunnel in einem Lavabrunnen ...«

»Oder er ist einfach sehr lang«, schloss der Bruder.

»Was wir jetzt machen, ist ziemlich dumm, das weißt du, oder?«, sagte Antonello.

»Ich weiß, Bruderherz«, entgegnete Michele und wählte von den Lanzen die kürzeste aus. »Hast du eine bessere Idee?«

»Sind das die Bremsen?«

Michele hob eine Lanze und ließ sie über das Eis gleiten. »Und die Ruder, würde ich sagen.«

»Das ist wirklich ziemlich dumm.«

Houdini räusperte sich. »Könntet ihr mich mal einweihen?«

Drei Bronze-Boliden schossen durch den Bergtunnel und ließen kleine Eisstaubwolken hinter sich.

Michele, Antonello und Houdini hatten sich jeder in einen Schild gehockt und versuchten, mit den Lanzen ihre irre Schussfahrt zu lenken und zu bremsen. Sie sausten dahin und überholten sich gegenseitig. Immer wenn ihre Schilder sich dabei berührten, stoben die Funken.

Die Schreie der Jungs hallten von den Wänden des vereisten Tunnels wider.

Bei jedem Sprung wurden sie durchgeschüttelt und der jeweils Hinterste musste dicken Eisbrocken ausweichen. Um die Kurven zu nehmen, mussten sie sich mit dem gesamten Körper zur Seite legen.

Die ganze Abfahrt dauerte nicht länger als fünf Minuten, doch für alle drei waren es die coolsten und riskantesten Augenblicke ihres Lebens.

Bei der letzten Kurve kam Antonello, als er seinen Bruder überholen wollte, so ins Schleudern, dass er an der linken Tunnelseite fast bis zur Decke hochschlingerte.

Der Tunnel wurde flacher und stieg allmählich wieder an. Die Schilder wurden langsamer, bis sie ganz zum Stehen kamen.

»Wow!«, jubelte Antonello, als er langsam aufhörte, sich um sich selbst zu wirbeln. Sein Kopf drehte sich wie ein Kompass; kein Knochen schien in seinem Körper mehr am richtigen Ort zu sein.

Houdini neben ihm war blass wie ein Gespenst, doch er grinste von einem Ohr zum anderen.

Michele war schon aus dem Schild gekrochen, lag auf dem Rücken und lachte lauthals. Begeistert wiederholte er immer wieder: »Wow, so etwas habe ich noch nie in meinem ganzen Leben gemacht!«

Nach ein paar Versuchen standen sie endlich wieder – noch ein wenig schwankend – auf eigenen Füßen. Als sie ihr Gleichgewicht wiedergefunden hatten, sahen sie sich in der Höhle um, in der sie gelandet waren. Der natürliche Hohlraum wurde vom Eis erhellt und ging in eine dicke Mauer über. Tausende von kleinen Backsteinen waren in Fischgrätmuster aufgeschichtet worden und bildeten eine riesige Wand. Einzelne Eisflecken waren darauf zu sehen wie eine sonderbare Kletterpflanze, und im unteren Teil der Wand war ein Tor eingelassen. Es ähnelte dem, durch das sie im oberen Teil hereingekommen waren. Da dies offenbar der einzige Ausgang war, traten die drei Jungen näher. Was immer sich dahinter befand, es lag in vollkommener Dunkelheit. Und das Tor war geschlossen.

Ohne ein Wort zu sagen, öffneten sie die Kiste mit den Einbruchwerkzeugen und blickten hinein: Welches wohl das richtige Werkzeug war?

»Lasst mich mal machen«, sagte Houdini.

»Weißt du, was du tust?«

»Nein. Aber ich habe aus dem Internet eine Anleitung heruntergeladen, wie man Dietriche benutzt. Vielleicht erinnere ich mich noch an was ...«

Die nächste halbe Stunde probierte er herum. Es war nervenaufreibend. Houdini schob die unterschiedlichsten Geräte in das Schloss des Tores, große und kleine, er zog, er drehte, er schraubte und schnitt, ohne Erfolg.

Plötzlich, als sie schon die Hoffnung aufgegeben hatten, gab das Schloss nach und fiel klappernd zu Boden.

Houdini stieß einen spitzen Schrei aus.

Das Tor öffnete sich.

»Das ist ein Korridor«, entschied Antonello, als er in der Leere der anderen Seite hing. Sein Bruder und Houdini hielten ihn an den Knöcheln fest, während er sich kopfüber mit der Taschenlampe in der Hand umsah.

»Was für ein Korridor?«

»Groß. Dunkel. Er führt nach oben.« Der Junge schwenkte die Taschenlampe. »Und nach unten.«

»Wie weit sind wir vom Boden weg?«

»Ich würde sagen … zwei Meter.«

»Und können wir runterspringen?«

»Sicher, es ist nicht …«

Da ließ der Bruder los, und Antonello stürzte hinab.

»Bist du völlig verrückt?«, brüllte er, als er unten angekommen war.

Micheles Kopf lugte durch das Loch. »Was?«

»Du hättest mich fast umgebracht.«

»Du hast gesagt, dass man springen kann.«

Antonello stand auf und klopfte sich die Jacke ab. »Aber ich hatte nicht gesagt, dass ich springen will. Schon gar nicht kopfüber. Du bist manchmal so ein Penner.«

Mit einem Satz war Michele neben ihm. Der Rucksack voller Kram und Goldmünzen schepperte laut.

»Das geht aber ganz schön runter«, meinte er, als er den Gang in Augenschein genommen hatte.

Houdini ließ sich ganz vorsichtig aus dem Loch herab und landete weich auf den Füßen.

»Hoch oder runter?«, fragte Antonello und leuchtete mit der Taschenlampe in die Dunkelheit.

»Bis jetzt sind wir immer nur abwärts gegangen«, sagte Houdini. »Also weiter runter.« Wortlos wandten sich alle drei in die entsprechende Richtung.

»Ganz schön warm hier, oder?«, fragte Michele eine Viertelstunde später.

»Ja.«

»Sehr warm.«

Das Eis an den Wänden war schon seit einiger Zeit verschwunden, dann hatten auch die Mauern wieder dem nackten, grob behauenen Fels Platz gemacht. Der Gang wurde immer enger und beklemmender.

»Als ob man in einen Ofen steigt.« Antonello war bereits ganz verschwitzt.

»Ich kriege keine Luft mehr.«

»Das sind bestimmt über dreißig Grad.«

»Und es ist feucht wie in einer Sauna.«

Sie grummelten noch zehn Minuten so weiter – bis sie plötzlich vor einem riesigen geschlossenen Tor standen. Es war ein schwarzer Metallblock, in den bedrohliche Beschwörungen eingraviert waren. In die Mitte des Blocks waren ein brennender Kreis und ein Drache mit gespreizten Flügeln eingelassen.

»Das Siegel des Cletus«, las Antonello verständnislos vor.

»Gefahr: Drache. Nicht öffnen«, ergänzte Houdini neben ihm.

»Unbefugte werden zu Asche«, vollendete Michele.

Das Tor selbst war kochend heiß. Dahinter vernahmen sie ein Brodeln, und Dampf stieg durch die Spalten zwischen Metallblock und Felsen auf.

Houdini wedelte mit seinen Einbrecherwerkzeugen. »Soll ich aufmachen?«

»NEIN!«, brüllten die Brüder wie aus einem Munde. »Hast du nicht gesehen, was da steht? Auf der anderen Seite ist ein Drache.«

Houdini zuckte mit den Schultern. »Schnickschnack. Es gibt keine Drachen …«

In diesem Moment bewegte sich etwas Großes, etwas sehr Großes auf der anderen Seite des Tores und ließ den ganzen Gang erzittern. Das Echo seiner Schritte hallte für ein paar unendliche Sekunden wider, dann verklang es, übertönt von einem fürchterlichen Kratzen, als wenn riesige Krallen auf Felsen schaben.

»Was hast du gesagt?«, stotterte Antonello.

Ohne ein Wort drehte Houdini sich um und lief den Korridor zurück, durch den sie gekommen waren.

Sie brauchten eine weitere Viertelstunde, bis sie wieder an den Ausgangspunkt gelangt waren. Während des gesamten Anstiegs hatten sie geschwiegen. Ohne weitere Umwege erkundeten sie den ansteigenden Teil des Korridors.

Je höher sie kamen, desto deutlicher waren menschliche Spuren zu erkennen. Ihre Taschenlampen erleuchteten Wände und Nischen, die millimetergenau errichtet worden waren, dazu entdeckten sie massige Leitungen und Bögen, die den Gang von einer Seite zur anderen durchquerten.

»Da läuft Wasser durch die steinernen Röhren.« Michele blieb stehen und lauschte. »Marky würde sich freuen, an so einem Ort klempnern zu können.«

Die Erwähnung des Freundes ließ sie kurz überlegen, was wohl in diesem Augenblick im Dorf vor sich ging.

Nach einer guten halben Stunde endete auch dieser Gang an einem schwarzen Tor aus gedrehten Stäben, die vom Boden bis zur Decke reichten.

»Was jetzt?«, wollte Antonello wissen und beleuchtete das Tor mit der Taschenlampe.

»Da passen wir durch«, antwortete Houdini, während er seinen Kopf zwischen zwei Stäbe steckte.

Bevor Michele ihn aufhalten konnte, drehte sich der Junge zur Seite und flutschte wie ein Aal durch das Tor. »Geschafft«, sagte er. »Das ist ein Tor für Kolosse, nicht für uns.«

»Wie hast du das gemacht?«

»Wenn der Kopf durchpasst, passt alles durch«, erklärte der kleine Magier.

»Meiner passt durch«, versuchte Antonello es.

»Gut! Jetzt dreh die Schultern, so ... nein ... Schnall erst den Rucksack ab ...«

»Warte ...«

»Jetzt steckst du einen Fuß durch, so ... Gib mir die Hand ...«

»Langsam!«

»Dreh den Kopf!«

»Houdini, ich ...«

»Halte die Luft an!«

Mit einem Ruck war auch Antonello auf der anderen Seite.

»Wow!« Er wischte sich die schwarzen Streifen aus dem Gesicht, die das Eisen dort hinterlassen hatte.

»Ich pass da aber nicht durch!«, beschwerte sich Michele von der anderen Seite.

»Aber wenn der Kopf ...«

»Ich komm da mit dem Bauch nicht durch, Jungs!«

»Probier es doch mal!«

»Ich denke nicht daran. Ich will nicht mein ganzes Leben lang zwischen irgendwelchen Stäben stecken bleiben!«

»Mix!«

Seufzend unternahm der Automechaniker einen Versuch. Mit ein bisschen Geschiebe passte sein Kopf tatsächlich durch die Stäbe.

»Und jetzt?«

»Dreh dich.«

»Das sagst du so!«

»Atme ... Dreh mal diesen Knochen ...«

»Hab ich da einen Knochen?«

Antonello kicherte. »Seit wann hast du keinen Sport mehr gemacht?«

»Scherzkeks.«

»Los, wir ziehen, Houdini.«

»Wagt es ja nicht!«

»Bei drei!«

»Eins.«

»Zwei ...«

Und sie zogen. Beim ersten Ruck riss Micheles Winterjacke mit einem lauten *RATSCH*; das Gleiche passierte mit seinem Hemd, während er selbst sich keinen Millimeter bewegte. Doch nach dem zweiten Ruck lag Michele völlig außer Atem auf der anderen Seite des Tores.

»Geschafft«, bemerkte Houdini und rieb sich die Hände.

»Ihr habt mir alle Knochen gebrochen.« Michele wimmerte und lag ausgestreckt auf dem Boden.

»Jammer nicht rum, Mix. Steh endlich auf.«

Die drei sammelten ihr Gepäck zusammen und setzten ihren Marsch nach oben fort.

Nach wenigen Schritten machte der Gang eine Kurve und zu beiden Seiten öffneten sich dunkle Kammern. Es waren nackte Zellen, mit alten, zerbrochenen Betten, verrosteten Türen und feuchten Fußböden.

»Wir sind in einem Gefängnis gelandet«, sagte Antonello.

»Na, ganz toll«, bemerkte sein Bruder. Bei jedem Schritt rieselten weiche Daunen aus seiner Winterjacke. »Meistens will man aus einem Gefängnis ausbrechen und nicht reinkommen!«

Die drei liefen vorsichtig weiter und schirmten die Taschenlampen mit den Händen ab, damit der Lichtschein sie nicht sofort verriet. Sie hatten keine Ahnung, wo sie waren, oder ob dieser Ort wirklich seit Jahren verlassen war, wie der Zustand der Zellen vermuten ließ. Hier unten gab es jedenfalls keinen einzigen Gefangenen. Nur leere Zellen, die sperrangelweit offen standen. Das einzige Geräusch war ein entferntes Gluckern des Wassers, das die unsichtbaren Röhren entlangfloss.

Sie huschten dicht an der rechten Mauerseite entlang, als plötzlich etwas Weiches Antonello streifte. Der Junge riss den Mund auf, dann schnappte etwas zangenartig nach seinem Arm. Antonello schrie auf und ließ die Taschenlampe fallen. Sie kullerte davon.

Die Hand, die ihn am Arm gepackt hatte, zog ihn grob gegen die Gitterstäbe. Auf der anderen Seite der Zelle tauchte ein fahles Gesicht mit verstörten Augen und einem dichten Bart auf.

»Ich hab dich!«, knurrte eine Stimme aus der Dunkelheit.

Da erkannte Antonello voller Erstaunen das Gesicht. »Massimo?«, fragte er mit dünner Stimme. »Was machst du denn im Knast?«

Im Knast

»Das ist mal ein Sturm, Lut. Genau das ist es«, schimpfte Urtgarten, während er sich abmühte, seine Saupacker im Zaum zu halten. »Und weißt du, was man bei Sturm macht? Man bleibt zu Hause, im Warmen!«

»Ruhe!«, brüllte der Freund ein paar Schritte hinter ihm.

Da blieb Urtgarten ruckartig stehen und sah sich in dem dichten Schneetreiben um. »Möge Lyr diesen Ort und das verdammte Auto hinwegfegen!«, brummte er. »Ich sehe überhaupt nichts!«

»Und selbst, wenn du was sehen würdest, könntest du wahrscheinlich trotzdem nicht erkennen, was wir suchen.«

»Warum? Hast du es etwa verstanden? Eine große Eisenschachtel, die die Bewohner des Tals in Brand stecken, um sie dann fortzuschaffen.«

Lut schüttelte betrübt den Kopf. »Das sind Dinge für Schamanen. Da mischen wir uns besser nicht ein. Wir machen es, wie er sagt: Wir suchen es, und wenn wir es finden, bringen wir es in die Höhle, dann kann er *TLACK TLACK* machen!«

»Faules Stück, dieser Schamane!«, fluchte der andere Koloss. »Der bleibt schön in der kuschelig warmen Höhle, während wir schon wieder durch einen Schneesturm müssen mit diesen ... Aus! Mistviecher!«

Um auszukundschaften, wo sie waren, beugte Lut sich zur Erde und betastete den Boden. Rasch schaufelte er den Schnee mit den Händen weg und drang bis zu einer glatten, festen und dunklen Oberfläche vor. So einen Felsen hatte er noch nie berührt! Was auch immer das war, es war sicherlich nicht auf natürlichem Wege entstanden.

»Gräbst du dir ein Nest?«, zog Urtgarten ihn auf.

»Ich will mich bloß orientieren.«

»Das Dorf ist da unten. Der Berg ist da oben. Die Grotte ist rechts. Da hast du deine Orientierung.«

»Wir sind auf so was wie einer Straße ...«

Die Saupacker winselten, die Ketten klirrten. »Sie haben was gewittert«, sagte Lut.

»Ach was! Es gibt nur eins, was diese Viecher wittern: Schneekraken. Und in diesem schrecklichen Tal gibt es keine Kraken.«

Lut schirmte sich die Augen mit den Fausthandschuhen ab und starrte in den Himmel. »Hast du das gesehen?«

»Was?«

»Als wir heute Morgen auf die Jagd gegangen sind, wütete der Sturm über unserer Stadt – während er jetzt am Abend auf diese Seite gezogen ist.«

»Und wir sind mit ihm hierhergezogen, damit wir ja keine Sekunde davon verpassen!«, rief Urtgarten. »Das war eine ganz tolle Idee! Wirklich großartig! Wenn dieser kleine Spion nicht gewesen wäre, den DU in die Stadt geschleppt hast, dann würden wir jetzt in unseren warmen Strohbetten schnarchen.«

»Du sprichst nur von dir. Ich schnarche nicht.«

»Du schnarchst nicht?«

»Und wir haben den rotznasigen Spion in die Stadt geschleppt, weil DU beschlossen hattest, alle anderen zu entführen.«

Bei diesen Worten sprang Urtgarten plötzlich auf den Kameraden zu, während die Saupacker miteinander rauften. »Ich habe nicht beschlossen, irgendwen zu entführen! Du hast doch gesagt, dass wir sie mitnehmen können.«

»Das sagt der Richtige! Du hattest doch allein vier unter den Armen! Vier!«

»Ja, und?«

Die beiden Kolosse standen sich mit blitzenden Augen im eisigen Wind gegenüber und gerade, als sie mit den Fäusten aufeinander losgehen wollten, ließ ein lautes Geräusch von links sie innehalten.

Röhrend näherte sich ein Monster mit zwei weißen Lichtern. Es durchschnitt den Schneefall mit einer gleichbleibenden Geschwindigkeit und kam direkt auf sie zu. Die Saupacker zerrten verzweifelt an den Ketten und stellten sich auf die Hinterläufe.

»Und was ist das?«, fragte Urtgarten.

»Keine Ahnung.«

»Es knurrt!«

»Anscheinend ist es sauer auf uns!«

»Spring zur Seite, Lut!«

Eine Sekunde, bevor sie von dem sonderbaren Wesen aus Eisen und Licht getroffen wurden, packte Urtgarten sich Lut und warf sich mit ihm in den Straßengraben, wo beide sich im Schnee rollten.

Das metallische Wesen rutschte und hielt dann keuchend wenige Schritte von ihnen entfernt an. Ein Geräusch wie Eisen, das gegen anderes Eisen schlägt, erklang, dann breitete das Wesen etwas aus, das wie ein Flügel aussah, und ein Mensch sprang heraus.

»Was war das?«, rief dieser Mensch über das Pfeifen des Windes hinweg. »Rebecca? Hast du die auch gesehen? Was waren das für Typen?«

Lut blieb im Schnee liegen; die Ketten seiner beiden Saupacker hatten sich völlig verheddert. Er hob neugierig den Kopf – und blickte direkt in das Gesicht des Menschen, der vor dem metallischen Wesen stand.

»Halt!«, schrie der Mann und richtete etwas auf ihn, was wie eine kurze Lanze aus Metall aussah.

Einer von Urtgartens Saupackern schüttelte sich den Schnee ab. Einen Augenblick später erhob sich die riesige Gestalt eines Kolosses aus dem Schnee. »UUUUUAAAAAAAAAARRRRRRRRGGGGGG!«, brüllte Urtgarten und zog sein beeindruckendes Schwert.

»Komm rein, Stefano!«, kreischte eine Frauenstimme aus dem Inneren der Metallschachtel.

›Das ist ein Auto‹, konnte Lut noch denken, bevor sein Kriegerfreund zum Angriff überging.

Alles passierte sehr schnell. Urtgarten schleuderte sein Schwert. Die Klinge fuhr mit einem Scheppern in die Windschutzscheibe und blieb zwischen einem Netz aus Glassplittern stecken. Der Mann vor dem Auto warf sich in den Schnee, dann hob er seine Waffe und zielte auf die Riesen. Es knallte und ein Teil von Urtgartens Pelzmantel flog in Fetzen. Der Koloss wurde wie ein riesiger Kartoffelsack nach hinten geschleudert. Seine beiden Saupacker erschraken sich fürchterlich, nahmen Reißaus und schleiften ihn hinter sich den Berg hinunter.

Lut hörte den Menschen schreien: »Rebecca! Cinz! Geht's euch gut?«

Dann sah er aus dem Auto einen zweiten Mann steigen sowie eine Frau, die ebenfalls eine kurze Metall-Lanze trug.

Lut hörte einen zweiten Knall, und der Schnee vor seinen Füßen explodierte zu einer weißen Wolke.

Der Koloss spürte, wie seine beiden Waden brannten, als hätte ein Wolf hineingebissen. Was immer auch diese Lanzen waren, überlegte er blitzschnell, sie waren auf jeden Fall gefährlich. Die ganze Situation war auf jeden Fall gefährlich.

Aus den Augenwinkeln sah er, wie Urtgarten wie ein leerer Schlitten hinter den Saupackern auf und ab hüpfte, dann konnte er sich gerade noch in den Schnee schmeißen, um dem dritten Schlag der donnernden Lanze auszuweichen.

»Halt!«, rief die Frau hinter ihm verzweifelt. *Ihn* konnte sie ja wohl nicht meinen. »Nicht schießen!«

Lut drehte sich nicht um. Zum Teufel mit dem Auto! Hals über Kopf rannte er den Berghang hinab – dorthin, wo die Saupacker das weiterzerrten, was von dem armen Urtgarten übrig geblieben war.

Verzweiflung

»Ich komme nicht mit! Die töten uns!«, wimmerte der Junge im Samuraikostüm, als Houdini die Tür der Gefängniszelle öffnete.

»Beweg dich!«, forderte Houdini ihn auf. »Wir haben nicht viel Zeit.«

Die anderen Klassenkameraden redeten aufgeregt durcheinander.

»Ich wusste, dass du kommen würdest!«, sagte der Cowboy mit dem Pagenschnitt zu Antonello.

»Das war eine tolle Lesung«, meinte der Indianer C. »Man sollte die Autorin jedes Jahr einladen.«

»Wie viele seid ihr? Ich kann euch gar nicht alle sehen!«, schnaubte Michele derweil. »Könnt ihr bitte mal stillstehen, ihr vier?«, befahl er den vier Musketieren. »Also. Vier, sechs ...«

»Endlich frei!«, schrien die drei Fußballer, als sie zu den anderen auf dem Gang stießen.

»Neun, zehn mit dem Samurai … die Prinzessin … elf, zwölf mit Batman, dreizehn, Spiderman …«

»Könnt ihr mal aufhören zu flennen?«, sagte Antonello streng zu den beiden Ballerina-Mädchen. »Wir haben euch gerade befreit, und bald geht's nach Hause!«

Michele stieß mit Massimo zusammen, den sie aus der tieferliegenden Einzelzelle befreit hatten. »Wie viele hast du gezählt?«, fragte der ihn.

»Fünfzehn. Und du?«

»Neun. Plus Houdini macht zehn. Mit mir elf.«

»Sechsundzwanzig.«

»Es fehlen zwei.«

Massimo strich sich den Bart. »Giacomo«, flüsterte er dann. »Er ist oben geblieben.«

»Was heißt oben?«, fragte Michele.

»Er ist nicht zurückgekommen, nachdem wir mit Machan gesprochen haben.«

»Stimmt. Der Schamane wollte ihn haben.«

»Hast du gemerkt, wie der gestunken hat?«

»Das ist ein Gromio«, bemerkte der Cowboy. »Alle Gromios stinken.«

»Dann haben sie Raffaella geholt!«, mischte sich die Prinzessin ein. »Und sie ist auch nicht wiedergekommen.«

Ein unangenehmer Schauder lief den Schülern über die Rücken.

»Wir müssen sie suchen«, entschied Houdini.

»Zumindest Raffaella«, sagte Massimo.

»Aber was ist da oben?«, fragte Antonello.

»Die Stadt der Feinde«, antworteten die vier Musketiere im Chor.

»Das sind Monster!«, sagte die Prinzessin.

»Das sind keine Monster. Das sind die Bergkolosse von Tarkaan«, verbesserte sie der Cowboy.

»Die wertvollsten Krieger der Insel vom Fallenden Stern!«, fügte der Indianer C hinzu.

»Richtig.« Michele baute sich vor den beiden Freunden auf. »Ihr habt die Bücher auch gelesen, oder?«

Beide nickten energisch.

»Also sagt mal: Was sind das so für Typen, diese Kolosse?«

»Das sind Krieger«, antwortete der Cowboy. »Sie kämpfen. Sie plündern. Sie töten.«

»Und sie stinken.«

»Aber nicht wie die Gromios.«

»Die Gromios benutzen eine Schmiere, damit sie noch doller stinken.«

Michele und Antonello sahen sich lange an. »Was, meint ihr, haben sie mit Giacomo und Raffaella gemacht?«

»Ach, gar keine Frage …«

»Sie haben sie getötet«, flüsterte der Samurai aus einer dunklen Ecke.

»Oh, halt's Maul!«, fuhr ihn der Cowboy an. »Die Kolosse sind nicht *solche* Krieger. Sie haben einen Ehrenkodex. Sie töten keine Gefangenen ohne guten Grund.«

»Wenn sie einen guten Grund brauchen, dann wette ich, dass sie Giacomo schon umgebracht haben«, bemerkte Massimo.

»Aber sie sind noch ein drittes Mal wiedergekommen«, sagte plötzlich der Junge mit dem roten Helm und der Formel-Eins-Verkleidung. »Um meinen Geldbeutel zu holen.«

»Ach, Diebe sind sie also auch!«

»Sie haben das Bild von einem Auto gesucht.«

Antonello und Michele erinnerten sich an das Gespräch, das sie an der Brücke belauscht hatten. »Ein Auto, sagst du?«

»Genau. Sie wollten wissen, wie es aussieht.«

»Und was hast du ihnen gesagt?«

»Ich hab ihnen Fotos vom Ferrari GTO gegeben und ihnen gesagt, das sei das einzig richtige Auto.«

»Gute Antwort«, knurrte Michele. »Aber du hättest ihnen auch den Carrera S4 zeigen können …«

»Machst du Witze?«, erwiderte der Junge mit dem roten Helm.

»Pssst! Schluss! Wir haben jetzt keine Zeit, über Autos zu streiten.«

»Genau.«

»Gut gesagt.«

»Gehen wir endlich.«

»Ich will nach Hause!«

»Zuerst müssen wir Giacomo finden!«

»Und Raffaella!«

»Ja, aber wie?«

»Wir brauchen einen Plan!«

»Wir gehen hoch, suchen Raffaella und Giacomo, befreien sie und bringen sie her«, schlug Houdini vor.

Irgendjemand im Dunkeln hustete.

»Und die Frau?«

»Welche Frau?«

»Die Schriftstellerin«, sagte Massimo.

Einen Augenblick herrschte Schweigen. »Stimmt. Die ist ja auch noch da«, sagte dann irgendjemand.

»Wir müssen auch sie suchen und herbringen!«, entschied Houdini.

»Entschuldigt die Frage«, mischte sich die Prinzessin ein. »Aber warum will Houdini alle hierherbringen? Das hier ist das Gefängnis, und wir wollen doch flüchten!«

»Der Gang, durch den wir gekommen sind«, erklärte Michele, »führt zu einer Öffnung. Durch diese Öffnung gelangt man in eine Eishöhle, und aus der Eishöhle kann man raus auf einen Steilhang.«

»Wahnsinn.«

»Dort gibt es einen Pfad, der über eine Brücke führt, und wenn man dann dem Weg folgt, kommt man zu der Höhle, durch die es nach Hause geht«, schloss Michele.

»Also, worauf warten wir noch?«, fragte die Prinzessin. »Gehen wir!«

»Und die anderen?«

»Erst mal retten wir uns!«

»Sie hat recht!«

»Ja!«

»Was redet ihr da bloß? Würdet ihr wirklich unsere Klassenkameraden in den Händen der Kolosse lassen?«, brummte Massimo – und erntete damit unsichere Blicke aus der Dunkelheit.

»Massimo will doch nur Raffaella retten.« Die Prinzessin klang plötzlich neidisch.

»Dich würde ich auch retten, und das weißt du.«

»Wir müssen ja nicht alle gehen«, mischte sich Antonello ein. »Es bringt ja nichts, Gefahr zu laufen, wieder gefangen zu werden. Wir teilen uns besser auf. Ein paar von uns gehen rauf und suchen Giacomo, Raffaella und die Schriftstellerin. Und die anderen hauen durch den Gang ab, durch den wir gekommen sind. So verdoppeln wir die Chance, dass ein paar von uns sich retten können.«

»Das ist der erste kluge Vorschlag, den ich höre«, sagte eine hohle Stimme aus der Dunkelheit.

»Wer hat da gesprochen?«

»Ich habe nichts gesagt.«

»Ich auch nicht.«

»Das kam von da.«

Zwei Lichtkegel beleuchteten die langen Finger, die sich fest um die Gitterstäbe einer Zelle klammerten. Ein ovales Gesicht, umrahmt von langen, grauen Haaren, tauchte kurz im Lichtschein auf, bevor es sich wieder in der Dunkelheit verbarg.

»Wer bist du?«, fragte Antonello leise.

»Mit dem hat Giacomo vorhin gesprochen«, antwortete Massimo.

»Das ist ein Gefangener«, erklärte eines der anderen Kinder. »Der war schon da, als sie uns hier reingesteckt haben.«

Die Schüler drängten sich vor der Zelle des Unbekannten.

»Haltet das Feuer runter!«, flehte der Gefangene, wobei er sich in der dunkelsten Ecke seiner Zelle verkroch. »Ich bin schon so lange hier eingesperrt, dass das Licht in den Augen brennt.«

Antonello senkte die Taschenlampe und wiederholte seine Frage: »Wer bist du?«

»Ich bin Ispuspes der Listige«, zischte der Mann in der Zelle. »Und ich kenne die Stadt, die sich über diesen elenden Zellen befindet, wie meine Westentasche. Wenn du deine kleinen Freunde wiederfinden willst, Zwerg, kann ich dir helfen.«

Stille breitete sich im Gefängnis aus. Keines der Kinder wagte zu atmen.

»Du brauchst keine Angst zu haben. Lass mich nur hier raus, Junge. Und ich bringe dich hin, wo immer du willst.«

»Wie kann ich dir vertrauen?«

Ispuspes der Listige warf sich verzweifelt gegen die klirrenden Gitterstäbe. »Ich bin seit sieben Jahren hier eingesperrt!«, rief er. »Sieben Jahre! Glaubst du vielleicht, ich bin ein Freund von Machan und seinen blöden Kolossen?«

Antonello trat einen Schritt zurück.

»Wenn sie so blöd sind, wie konnten sie dich dann fangen?«, fragte Michele.

Der irre Blick von Ispuspes durchbohrte ihn hasserfüllt. »Frag den Schamanen. Das ist seine Schuld. Wusstest du, dass er ab und zu in die Zukunft schauen kann?«

Der Cowboy mit dem Pagenschnitt flüsterte den Brüdern Rampini zu: »Das stimmt. Er ist im dritten Buch in eine Falle getappt.«

Antonello nickte. »Du sagst, du kennst die Stadt, die hier über uns liegt?«

»Exakt, Menschenjunges!«

»Und du bist bereit, uns zu unseren Freunden zu bringen?«

»Ich habe gesagt, dass ich sie suchen werde. Ich habe nicht gesagt, dass wir sie auch finden.«

»Und als Gegenleistung reicht dir deine Freiheit?«

»Die Freiheit, meine Arbeitswerkzeuge«, fügte er hinzu und sah Houdini an, »und mindestens die Hälfte meiner Goldstücke«, endete er mit einem Lächeln und zeigte auf Micheles prall gefüllten Rucksack.

Michele taumelte, als hätte ihn ein Faustschlag getroffen. »He, nein, verdammt!«

»Aber klar!«, sagte der kleine Cowboy. »Im dritten Buch stand, dass er über den vereisten Tunnel hereingekommen ist, der zum Drachennest führt!«

»Stimmt!«, bestätigte der Indianer C. »Und bevor er hinunterstieg, hat er einen Teil des Geldes und die Werkzeuge an einem Steilhang versteckt, um sie auf dem Rückweg wieder abzuholen!«

Michele sah die Bohnenstange mit dem Kopfschmuck aus Fasanenfedern an und schüttelte den Kopf. »Ihr seid viel zu ehrlich, ihr Indianer«, seufzte er.

Die Ehrlichen

»Rebecca, alles okay? Rebecca?«, brüllte Stefano und rannte um den Jeep herum. Der Motor tuckerte leise unter der warmen Motorhaube, von der schmelzende Schneeflocken dampften.

Der Besitzer des *Durchblick* fand das Mädchen vor dem Auto kniend. Es stützte sich auf das Gewehr wie auf einen Stock.

Stefano beugte sich zu Rebecca runter. »Alles klar?«

Sie hob den Kopf. Dutzende von Glassplittern funkelten in ihren Haaren. »Ja, sicher doch. Ich glaube schon. Und bei dir?«

»Alles gut.«

Hinter sich hörten sie ein Wimmern: Cinz rollte durch den Schnee. Besorgt lief Stefano zu ihm.

»Ich bin tot! Ich bin tot! Ich bin tot!«, wiederholte Cinz ohne Unterlass, wobei er sich zwischen Straßenrand und Hinterreifen des Jeeps immer hin und her wälzte.

»Cinz! Du bist nicht tot! Hör mir zu!« Stefano zog ihm die Hände vom Gesicht. »Du bist nicht tot.«

»Ich bin verletzt! Ich bin verletzt! Ich bin verletzt!«

Ein kurzer Blick genügte Stefano: Der Sohn des Skiliftbesitzers war vollkommen unversehrt. Er seufzte erleichtert und klopfte ihm ein paar Mal auf die Schulter. »Du hast nichts, du Held! Nicht mal einen Kratzer!«

Voller Zweifel kugelte sich Cinz noch ein paar Mal wortlos hin und her, während Stefano Rebecca wieder auf die Füße half.

»Was war das?«, fragte das Mädchen mit zusammengebissenen Zähnen.

»Ich glaube, das waren die, die wir suchen.«

»Hast du gesehen ... wie groß die waren?«

»Ja.« Der Lauf von Stefanos Gewehr war noch warm von den beiden Schüssen, die er abgegeben hatte. »Und schnell, so wie die abgehauen sind.«

»Wir müssen die anderen warnen.« Rebecca machte mit dem Kinn eine Bewegung in Richtung Dorf. »Und zwar sofort.«

»Stimmt. Aber ich würde sagen, da kommt jemand ...« Stefano lauschte und drehte sich zur Straße. Offensichtlich knirschte ein Auto mit Schneeketten über die Eisdecke.

»Und diese Tiere?«, fragte Rebecca weiter, während sie in die grauen Schneewirbel starrte. »Hast du die auch gesehen?«

»Die sahen aus wie riesige Ameisenbären mit Windhundbäuchen«, sagte Stefano und achtete weiter auf das

Geräusch, das sich auf der Straße näherte. Jetzt glaubte er sogar, ein paar Stimmen zu hören.

»Solche Tiere gibt es in unserem Wald nicht«, fuhr Rebecca fort. »Die hat es nie gegeben.«

»Der Meister hat gesagt, dass sie aus einer anderen Welt kommen. Aus irgendeiner Hölle, die ihre Tore für uns geöffnet hat«, erwiderte Stefano, während er das Gewehr nachlud.

»Was tust du?«

Stefano stellte sich mitten auf die Straße, das Gewehr im Anschlag. »Ich weiß nicht, wer da kommt. Und ab jetzt vertraue ich nichts und niemandem mehr.« Er setzte das Gewehr an die Schulter und blickte über Kimme und Korn nach vorn.

»Blut!«, kreischte auf einmal Cinz, als er entdeckte, dass ein Glassplitter der Windschutzscheibe ihm in den Finger geschnitten hatte. »Ich bin voller Blut!«

Doch niemand achtete auf ihn. Langsam kam das Geräusch der Schneeketten näher, bis aus dem Schneesturm die Umrisse eines Kleinbusses auftauchten. An beiden Seiten der Türen hingen ein paar Pfadfinder, eingemummelt in ihre dicken Winterjacken, außerhalb des Gefährts. Einer hielt einen großen Stein in der Hand. Als sie Stefano mit dem Gewehr entdeckten, warfen sie sich zu Boden.

Stefano senkte die Waffe. Die Verstärkung war eingetroffen.

»Was macht ihr hier mit dem Gewehr?«, fragte Pfadfinderleiterin Daniela streng, während sie vom Kleinbus sprang.

»Und ihr?«, erwiderte Stefano. »Ein unvorhergesehener Ausflug? Oder sucht ihr vielleicht jemanden?«

»Wir haben Schüsse gehört«, ließ die Pfadfinderleiterin nicht locker.

»Die Schüsse sind erst vor ein paar Minuten gefallen, während ihr schon etwas länger unterwegs sein dürftet …«

»Wer hat geschossen?«

»Ich«, gab Stefano zu. »Ich habe in die Luft geschossen. Da waren zwei große Wildschweine auf der Straße. Sehr große Wildschweine.« Zum Glück stand der Jeep so, dass das Schwert in der Windschutzscheibe von hier nicht zu sehen war.

Rebecca trat zu Stefano und fragte die Pfadfinderleiterin: »Habt ihr irgendwas Ungewöhnliches auf der Straße gesehen?«

»Inwiefern ungewöhnlich?«

»In Form von zwei circa drei Meter großen Riesen und einer Horde ein Meter fünfzig großer Hunde mit Ameisenbär-Rüsseln«, fügte Stefano in einem Atemzug hinzu.

Die Pfadfinderleiterin sah ihn lange unentschlossen an.

»Machst du Witze?«

»Genau«, sagte Rebecca. Und da der Wind auf einmal stärker blies, musste sie schreien: »Wir haben den starken Verdacht, dass diese Riesen verantwortlich sind … für das, was geschehen ist!«

Sie ließ den Satz extra unklar.

»Für was?«, tat die Pfadfinderleiterin arglos.

»Hören wir mit den Spielchen auf, Daniela«, griff Stefano ein. »Wir wissen, was mit den Kindern passiert ist.«

»Was wisst ihr?«

»Wir wissen, dass sie verschwunden sind.«

Daniela lief dunkelrot an.

»Wir suchen sie auch, genau wie ihr. Wir stehen auf derselben Seite!«, erklärte Rebecca.

»Ich weiß wirklich nicht, wovon ihr redet, Leute«, beharrte die Pfadfinderleiterin.

Stefano bemühte sich, ruhig zu bleiben, und klopfte schließlich mit dem Gewehrlauf an das Fenster des Kleinbusses. »He!«, brüllte er dem Jungen zu, der am Steuer saß, damit er das Fenster runterkurbelte. »Was habt ihr hier oben vor?«

»Wir suchen ein Auto.«

»Ein Auto?«

»Ja, einen Jeep.«

Stefan stapfte zurück zu Daniela. »Was ist das für eine Geschichte mit dem Auto?«

»Oh, nichts Wichtiges … Der Ausbilder … hat so weit weg geparkt«, wand sich die Pfadfinderleiterin.

»Schluss!«, knurrte Stefano entnervt. »Wir wollen niemandem die Schuld geben! Da hat sich ein Dimensionsspalt aufgetan, verstanden? Drei Meter große Monster haben unsere Kinder entführt und sind aus irgendeinem Grund wieder zurückgekommen … und ihr seid so …

so … arrgh! Ich bin so sauer, dass mir nicht mal das richtige Wort dafür einfällt!«

»Dämlich?«, schlug Rebecca vor.

»Dämlich!«, wiederholte Stefano. »Ihr seid so dämlich, nur an eure kleinkarierten Verantwortlichkeiten zu denken, statt uns mitzuteilen, was ihr wisst.«

»Pass mit dem Gewehr auf!«

Stefano hob es verzweifelt über den Kopf. »Da herrscht Krieg! Krieg, verstehst du das endlich mal?«

Die Pfadfinderleiterin schüttelte verstockt den Kopf. »Ich habe nicht vor, mir solche Sachen auch nur anzuhören …«

Stefano packte sie am Arm und zog sie zur Motorhaube des Forstjeeps. »Sieh doch! Und du, mit diesem Stein in der Hand! Kommt, kommt alle mal!« Stefano zeigte auf das riesige Schwert, das in der Windschutzscheibe steckte. »Glaubt ihr mir jetzt? Oder meint ihr, das waren Gäste aus der Bahnhofskneipe, die uns damit beworfen haben?« Unwirsch sprang er auf die Motorhaube, packte das Schwert am Griff und rüttelte daran. »Seht ihr, wie groß das ist? Seht ihr das? Da!«, schrie er. »Und jetzt stellt euch mal vor, wie groß die Person sein muss, die damit umgehen und es wieder herausziehen kann. Habt ihr's? Denn die Sache ist die, dass diese Person gerade auf unser Dorf zumarschiert!«

Die Pfadfinder erstarrten. Die beiden, die die Steine gehalten hatten, ließen sie verzweifelt in den Schnee fallen.

Cinz taumelte zu ihnen und hielt ihnen den leicht verletzten Finger hin. »Seht nur! Sie haben mich getroffen! Ich wollte nicht herkommen! Ich wollte nicht zu diesem Riesenkraken zurück!«

Danielas Gesicht wurde schlagartig weiß. »Krake? Was für ein Krake?«

»Wir sind gekommen, um einen riesigen Kraken zu suchen, der die Waldtiere verscheucht hat«, sagte Rebecca. »Cinz hast ihn bei den Skiliften gesehen, aber ...«

In genau diesem Moment drang das Glockengeläut der Kirche zu ihnen herauf. Es läutete Sturm, so als wollte man das ganze Dorf zusammentrommeln.

»Ich weiß nicht, welches Auto ihr sucht«, sagte Rebecca zu der Pfadfinderleiterin. »Aber jetzt ist es wohl besser, wenn ihr ins Dorf zurückkehrt!«

Im Dorf

»Du kannst gut mit den Einbruchwerkzeugen umgehen«, schmeichelte Ispuspes der Listige Houdini vor den Toren des Gefängnisses. »Ich könnte dich als Gehilfen gebrauchen, wenn wir weit genug von hier weg sind …«

»Lass ihn erst mal die Schule beenden, meinst du nicht?«, unterbracht ihn Michele, der ihm das Tor nach draußen aufhielt.

Im Schutze des Schattens huschten vier Gestalten am Sockel eines riesigen Brunnens vorbei und drückten sich auf der anderen Seite des Platzes an die Wand.

Leise folgten sie dem Dieb, der sich lautlos vorwärts bewegte. Die Jahre im Gefängnis schienen seine natürliche Beweglichkeit nicht im Mindesten eingeschränkt zu haben.

Sie durchquerten ein paar Gassen und hielten jedes Mal inne, wenn sie die Schritte eines Nachtwächters hörten. Auf den spitzen Dächern der Häuser erhob sich ein Wald aus Schornsteinen, zwischen denen der große, weiße Vollmond leuchtete. Durch die Straßen und Gässchen erreichten sie einen zweiten Platz.

Hier blieb der Dieb stehen. »Wir sind da«, sagte er, hockte sich hin und zeigte auf ein sonderbares Gebäude in Form einer umgedrehten Schildkröte.

»Was willst du tun?«

Ispuspes deutete auf die verschiedenen Gebäude, die den kleinen Platz säumten. »Das mit den Feuern davor ist der Tempel von Lyr. Dem Feuergott. Und in dem Schildkröten-Haus lebt der Schamane.«

Antonello hob den Blick. Oben am Himmel zogen die Wolken schnell vorbei. Er fragte sich, wo Massimo und die anderen wohl gerade waren. Mittlerweile müssten sie das Loch mit dem Tor erreicht haben. Mit ein bisschen Glück würden sie in ein paar Minuten in der Höhle mit den Schildern ankommen.

Er schluckte und konzentrierte sich wieder auf die Worte des Diebes und seines Bruders, die miteinander sprachen.

»Wenn jemand weiß, wo eure Freunde sind, dann der Schamane«, erklärte Ispuspes gerade.

»Was schlägst du vor?«

»Wir gehen zu ihm rein. Er schließt sowieso nie ab, wegen der Geister«, fuhr der Dieb fort. »Wir überraschen ihn im Schlaf, fesseln ihn und zwingen ihn, uns zu euren Freunden zu bringen.«

»Aber das schaffen wir nie!«, wandte Michele ein – er erinnerte sich an die beiden Kolosse auf der Brücke.

Ispuspes lachte. »Der Schamane ist kein Koloss. Das ist ein Gromio. Der ist so groß wie er.« Der Dieb wies auf Houdini. »Aber längst nicht so flink.«

»In diesem Fall könnte dein Plan klappen«, räumte Michele ein. »Auch wenn es nicht gerade meine Spezialität ist, jemanden im Schlaf zu überraschen und zu fesseln.«

»Darum kümmere ich mich.«

»Einverstanden. Jungs?«

Houdini und Antonello nickten.

Prüfend blickten sie sich um. Die Luft war rein.

»Da gibt es nur eine Sache, die ich euch fragen wollte«, flüsterte der Dieb eine Sekunde, bevor er die Deckung verlassen wollte.

»Und die wäre?«

»Nachdem ihr eure Freunde gefunden habt, wenn ihr sie denn findet ...« Er schnupperte in der Luft, als wollte er den richtigen Moment abpassen. »Könnt ihr mir dann den Schamanen überlassen?« Das Mondlicht ließ seine Augen kurz aufflackern. »Ich hab noch eine alte Rechnung mit ihm offen.«

Michele nickte.

Und als eine Wolke den silbernen Mond am Himmel kurz verschleierte, sprangen alle vier aus dem Schatten hervor.

Antonello und Houdini traten als Letzte ein.

Das Haus des Schamanen war ein Wirrwarr aus Netzen und funkelnden Kinkerlitzchen; es stank so ekelerregend darin, dass die Ausdünstungen von Ispuspes Haut dagegen wie wohlriechendes Parfum dufteten.

Sobald sie im Haus waren, bemühten sie sich, ganz leise zu sein, auch wenn Antonello sich sicher war, dass das Trommeln seines Herzens auch noch in ein paar Kilometern Entfernung zu hören war.

In der Zeit, die der Junge für ein paar Schritte brauchte, hatte Ispuspes bereits den ganzen Raum durchstöbert und tauchte nun hinter ihm auf. »Er ist nicht da.«

Beim plötzlichen Klang seiner Stimme schraken die anderen drei zusammen.

»Was heißt das, er ist nicht da?«

»Der Feigling ist weg«, wiederholte der Dieb.

»Und wo ist er hin?«

»Keine Ahnung.«

Ispuspes begann die Schränke des Schamanen zu durchwühlen. Er fand ein paar Steine auf dem Boden, schnappte sich einen und rieb ihn sanft. Der Stein verbreitete ein sanftes Licht im Raum.

»Das ist sie!«, schrie Houdini plötzlich. Er hatte die Frau auf dem Tisch entdeckt. »Die hatten sie auf der Schulter.«

»Sei still oder willst du die ganze Stadt aufwecken?«, schimpfte der Dieb mit ihm.

Antonello und Michele traten an den Tisch. Die Frau war nicht schön: Sie hatte sehr kurze Haare, eine tiefe Stirn und eine zierliche Nase, die nach plastischer Chirurgie aussah.

»Wisst ihr, wer das ist?«

Die drei schüttelten den Kopf. »Und du?«

Der Dieb hielt den Licht-Stein über das Gesicht der Frau. »Ich kenne sie nicht, aber ... irgendwie ist es sonderbar ... Es ist, als wäre sie eine alte Freundin. Aber eigentlich ... Nein. Ich weiß nicht, wer das ist.«

»Die schläft aber fest«, urteilte Antonello.

»Das ist kein natürlicher Schlaf«, erwiderte der Dieb.

»Ist sie Opfer eines Zaubers?«, wollte Houdini wissen.

Ispuspes knetete mit den dreckigen Fingern seine Oberlippe. »Genau.«

»Und du könntest sie aufwecken?«

»Vielleicht«, räumte er ein. »Ich kenne ein paar gromische Tricks ...«

»So was wie *Alikizam! Alekezem! Alakazum?*«, fragte Antonello.

Ispuspes strich sich die fettigen Haare zurück, damit er dem Jungen besser in die Augen sehen konnte. »Woher kennst du denn meine Technik des Kristallschrittes?«

»Wir kennen auch ein paar Tricks«, antwortete der Junge geheimnisvoll.

Ispuspes zuckte mit den Schultern, suchte den Kamin und hantierte darin herum. Dann zog er ein noch warmes Stück Kohle heraus.

»Hier ist eine Bodenluke«, bemerkte Houdini plötzlich – doch keiner hörte ihm zu. Der kleine Magier beugte sich hinunter und wollte sie öffnen. Sie war von der anderen Seite verriegelt und krachte mit einem lauten Getöse gegen das Schloss.

»Ich ziehe meinen Vorschlag zurück, Junge!«, brummte Ispuspes. »Du bist der dümmste Einbrecher, den ich je gesehen habe. Kannst du vielleicht ein klein bisschen leiser sein?«

Danach durchforstete er den Raum nach etwas. Er fand die Salbe, die er suchte, drückte ein wenig davon auf die Kohle und strich damit über die Stirn der Frau. Er säuselte: »Blut der Kohle, Atem des Vulkans, Seele der Tat, ich rufe dich zurück!«

Er wiederholte die Formel noch ein paar Mal, dann sagte er: »So. Fertig.«

Michele, Antonello und Houdini stellten sich um den Tisch herum.

Zuerst hustete die Frau leicht; sie hustete ein zweites Mal, dann riss sie überrascht die Augen auf.

›Extrem dunkelblau‹, dachte Antonello.

Sofort legte sie die Hand an den Hals, als würde sie ersticken. Dann holte sie tief Luft und setzte sich auf. Antonello bemerkte, dass ihr Rücken nackt war.

»Guten Abend«, begrüßte Michele sie und hob eine Hand. »Entschuldigen Sie, dass wir Sie stören …«

Entgeistert starrte die Frau ihn an. Unsicher streckte Michele ihr die Hand hin. »Sehr erfreut, ich bin Michele Rampini. Das ist mein Bruder Antonello und der da ist Mariano, sein Klassenkamerad, während dieser Herr neben Ihnen …«

Die Frau blickte mechanisch von einem zum anderen und blinzelte jedes Mal, als wolle sie alles besser betrachten.

»Höchst erfreut, schöne Dame«, säuselte Ispuspes und zeigte ein gelbliches Lächeln. »Ich bin Ispuspes der Listige.«

Es mochte das wolfsähnliche Aussehen, der tierische Geruch oder auch ein völlig anderer Grund gewesen sein, den Antonello nicht mitbekommen hatte, doch die Frau starrte nur wie gelähmt den Dieb an.

»Gnädige Frau?«, fragte Michele und versuchte, sie aufzurütteln. »Haben Sie vielleicht zufällig zwei Kinder gesehen, die Giacomo und Raffaella heißen, und die ...«

Das Gesicht der Frau verzog sich. Die blassen und dünnen Lippen verformten sich zu einem aufgerissenen Oval. Und einen Augenblick später erscholl aus diesem Oval ein so spitzer und so verzweifelter Schrei, dass er in den Ohren aller Anwesenden schmerzte.

Nach wenigen Sekunden kippte die Frau mit einem dumpfen Schlag bewusstlos auf den Tisch zurück.

Ispuspes rieb sich die Finger der rechten Hand. »Mistkackeverfluchte!«, knurrte er. »Da sehe ich sieben Jahre keine Frau, und die Erste, die mir über den Weg läuft, muss ich niederschlagen, damit sie den Mund hält. Was ist bloß in die gefahren?«

»Ich habe keinen blassen Schimmer! Sie sah aus, als hätte sie ein Monster gesehen«, bemerkte Michele.

»Danke schön«, sagte Ispuspes verärgert.

Antonello stellte sich vor das runde Fenster des Schildkrötenhauses und warf einen kurzen Blick nach draußen. »Das hat uns gerade noch gefehlt. Sie haben uns gehört.« Er blickte seinen Bruder, den Dieb und den Klassenkameraden an. »Sie kommen.«

Die Eindringlinge

»Sie kommen, Vater. Sie sind auf dem Weg!«, frohlockte Marky vor dem Pfarrhaus. Er überragte Don Sergio, den Dorfpfarrer, um zwei Köpfe.

Schnee fegte leicht durch den Säulengang. Die ersten Dorfbewohner stiegen die Straße zur Kirche hinauf. Unschlüssig kratzte sich Don Sergio den weißhaarigen Kopf. »Oh, Mark, das ist das Verrückteste, was ich je gemacht habe.«

»Aber es ist die einzige Möglichkeit, alle zusammenzutrommeln. Wenn man dir Licht, Telefon und Computer abstellt, dann kommen die guten alten Glocken eben wieder zu Ehren.«

»Was soll ich ihnen denn bloß sagen?«, jammerte Don Sergio.

»Die Wahrheit, nichts als die Wahrheit.«

»Und deine irrsinnige Science-Fiction-Geschichte?«

»Das ist kein Science-Fiction, sondern wenn, dann Fantasy.«

»Das ist doch dasselbe.«

»Oh nein. Science-Fiction liegt immer falsch. Fantasy hingegen … trifft oftmals ins Schwarze.«

Don Sergio seufzte.

»Erzählen Sie ihnen die Geschichte so, wie Sie mir Märchen erzählt haben, als ich klein war«, drängte ihn der Meister. »Sie werden sehen, dass sie Ihnen glauben.«

Don Sergio lachte. »Aber du warst ein Kind!«

»Und die? Was sind die denn, Ihrer Meinung nach?«, murmelte Marky leise. »Irma, das Väterchen, Silvia … macht zusammen zweihundertfünfzig Jahre.«

»Was willst du damit sagen?«

»Dass die Alten wie die Kinder sind: Sie lieben Geschichten mit gutem Ausgang. Also erzählen Sie ihnen eine. Sagen Sie ihnen, dass wir heute Nacht ein großes Fest feiern, mit Kapelle und ganz viel Musik. Und niemand darf zu Hause sein, alle müssen hierbleiben.«

»Aber …«

»Sie müssen sie beschützen.«

»Die Menschen werden nicht glauben, dass auf unseren Straßen Monster herumlaufen, Mark. Ich glaube ja selbst nicht daran.«

»Lassen Sie sie doch glauben, was sie wollen. Wichtig ist, dass alle an einem Ort zusammenbleiben.«

»Und während ich sie in der Kirche halte, wollt ihr dieses Monster finden?«

»Das Finden ist nicht das Problem – sondern es wieder dahinzuschaffen, wo es hergekommen ist. Bevor es hell wird.«

»Und die Kinder?«

»Die finden wir auch.« Marky sah auf die Uhr. »Wir haben noch sechs Stunden. Wichtig ist, dass Sie sich nur um das Wohl Ihrer Gemeinde kümmern, verstanden?«

Don Sergio nickte. »Ich habe die Kerzen rausgelegt.«

»Sehr gut. Verteilen Sie die und sagen Sie allen, dass sie die Kerzen anzünden sollen. Und wenn jemand wirklich nicht hierbleiben will, dann soll er die Kerze wenigstens aufs Fensterbrett stellen, so wie früher.«

»Mit einer brennenden Kerze die nächtlichen Geister fernhalten.«

»Ich sehe, Sie kennen die Geschichte, Vater.« Marky legte eine Hand auf Don Sergios Schulter. »Erzählen Sie sie. Ich habe das Gefühl, dass die Leute im Dorf sie vergessen haben.«

»Wohin gehst du?«

»Wenn Sie mir die Posaune der Kapelle leihen könnten«, schlug Marky vor und zeigte auf das Instrument, »dann werde ich dieses nette Monster mal ein bisschen aufscheuchen. Ich habe entdeckt, dass es Musik ganz und gar nicht leiden kann …«

»Gib auf dich acht, Mark.«

Sie winkten sich zum Abschied zu.

Und Don Sergio schickte ein Stoßgebet hinterher.

Die Entdeckung

In den unterirdischen Gängen der Wasserleitungen konnte der fassungslose Giacomo gar nicht glauben, was er da gefunden hatte: zwei Säckchen mit einem schwarzen, glitzernden und nach Medizin riechenden Pulver. Sie lagen gut sichtbar in einer Nische zwischen den Wasserrohren. Er musste nur kurz daran schnuppern und wusste sofort, was es war: Gift.

Mit diesem Zeug vergiftete Singendes Herz nun schon seit Jahren die Verborgene Stadt. Das war der Grund, warum die Kolosse keine Kinder mehr bekamen.

Singendes Herz hatte sich nicht einmal die Mühe gemacht, die Säckchen sorgsam zu verstecken, so sicher war er, dass kein Koloss es jemals bis hier herunter schaffen würde: Die Wasserrohre befanden sich in engen Steinstollen, senkrechte Röhren waren stufenweise in den Fels geschlagen und ein Gewirr aus Leitungen verlief in alle Richtungen. Sie waren vor Jahrhunderten von Gromios angelegt worden, und man musste klein sein, damit man hier unten hineinpasste. Selbst Giacomo und Raffaella mussten an den engsten Stellen auf Knien kriechen.

Ohne Umwege waren sie zu einem großen Wasserbecken mit blauschwarzem Wasser gelangt, das sich aus den darüber verlaufenden Leitungen in das Becken ergoss. Schaufelräder in verschiedenen Größen verteilten das Wasser auf andere Kanäle, drückten es in einen zweiten Saal, wo das Wasser warm dampfte, und vermischten es mit erstaunlicher Genauigkeit. Das Geratter der unterirdischen Maschinen, die alt und sehr verwinkelt waren, war so laut, dass man sein eigenes Wort nicht mehr verstand.

Giacomo hatte Raffaella die ganze Zeit an der Hand gehalten, und gemeinsam hatten sie die Giftsäckchen gefunden. Daneben lag ein kleiner Holzlöffel zum Dosieren.

Der Heiler der Kolosse war also auch der, der sie langsam aber sicher ausrottete, dachte Giacomo, während sie sich auf den Rückweg machten.

Aber warum?

Noch wusste er keine Antwort, doch das, was er entdeckt hatte, reichte, um Singendes Herz in der Hand zu haben.

Sobald das Rauschen der Wasserfälle und das Klappern der Wasserräder leiser wurde, erzählte Giacomo Raffaella, was er tun wollte: Er würde drohen, Machan von dem Gift zu erzählen, und so den Schamanen in seine Gewalt bekommen.

Nach Hause, in die wirkliche Welt, zurückzukehren, kam Giacomo gar nicht erst in den Sinn. In dieser Stadt, die er so gut kannte wie seine Westentasche, würde er alles machen können! Er dachte noch nicht einmal an seine Familie und das Leid, das seine Eltern erfahren würden, wenn er für immer verschwunden bliebe. Zum ersten Mal in seinem Leben verstand er alles. Das hier war nicht die übliche Erwachsenenwelt, aus der er ständig herausgehalten wurde – als ob seine zwölf Jahre ausreichender Grund waren, ihm nichts zu erklären! Hier konnte er endlich etwas tun und zeigen, was in ihm steckte.

Und das Mädchen, das er gerade an der Hand hielt, war Raffaella, die Schönste seiner Klasse! Sie war bei ihm. Und sie hatte entdeckt, wie geschäftstüchtig er war.

Und sie wollte seine Königin werden! Eine richtige Königin, an Giacomos Seite, und gemeinsam wollten sie über das Schicksal der Königreiche und Imperien entscheiden.

Doch plötzlich, wenige Schritte von der Bodenluke, die zum Zimmer des Schamanen führte, entfernt, hörten Giacomo und Raffaella, wie jemand von der anderen Seite an der Luke rüttelte. Wie angewurzelt blieben sie stehen. Zum Glück hatte Giacomo die Luke verriegelt. Sie versteckten sich in einer dunklen Ecke und schoben die Licht-Steine in die Taschen. Augenblicklich erlosch ihr Schein.

»Wer ist das?«, fragte Raffaella mit piepsender Stimme.

»Keine Ahnung.«

Sie drückten sich an der unterirdischen Wand entlang und erreichten einen Luftschacht, durch den sie auf den darüberliegenden Platz spähen konnten. Wieder verharrten sie.

Über ihren Köpfen hörten sie Schritte.

»Vielleicht ist der Schamane zurück.«

»Vielleicht. Aber er ist nicht allein.«

Durch den Luftschacht fiel ein schwaches Silberlicht, das alles um sie herum grau färbte.

Einige Minuten lang war es vollkommen still.

Dann schrie eine Frau, spitz und sehr laut, sodass selbst die beiden im Keller erschreckt zusammenfuhren. Raffaella fand sich in Giacomos Armen wieder, und Giacomo schlug das Herz bis zum Hals.

»Was war das?«

Er schüttelte den Kopf, dann riet er: »Sie haben Apollonia aufgeweckt! Aber warum nur?«

Sie hörten die schweren Schritte der ersten Wachen, die herbeigelaufen kamen, dann das Scheppern der Waffen auf dem Platz vor dem Medizin-Haus.

»Singendes Herz?«, donnerte ein Koloss. »Singendes Herz, ist alles in Ordnung?«

Stille.

»Singendes Herz ist nicht in der Stadt«, sagte da eine andere Wache. »Er ist heute Nacht aufgebrochen. Zusammen mit Lut und Urtgarten.«

»Und wer hat dann da geschrien?«

Schritte, Waffengeklirr. Andere Stimmen. Und im Haus Stille.

»Achtung! Der Gehilfe des Schamanen und das andere Mädchen sind aus dem Schloss verschwunden!«

»Ruft sofort Machan!«

Ein Haufen Lanzen krachte auf die Erde, dann ertönte der Befehl: »Kommt sofort aus dem Medizin-Haus, wer immer ihr auch seid!«

Stille.

»Gehilfe des Schamanen! Komm sofort raus oder wir kommen rein!«

In der Dunkelheit starrte Raffaella Giacomo an. »Die denken, dass wir das sind!«, flüsterte sie.

Giacomo nickte verwirrt. Er verstand überhaupt nicht, was da vor sich ging.

»Vielleicht …«, begann das Mädchen, doch Giacomo brachte es mit einer Handbewegung zum Schweigen.

Die Luke im Fußboden begann wieder zu scheppern. Wer auch immer dort oben war – er versuchte, sie zu öffnen.

»Helfen wir ihnen!«, schlug Raffaella vor.

»Bist du verrückt?«, weigerte sich Giacomo. »Wir wissen doch nicht mal, wer das ist.«

Dann sah er plötzlich im Dunkeln ein kleines metallisches Ding aufblitzen: Jemand führt ein Häkchen an einem kleinen Lot durch den Spalt der Luke, um den Riegel zu finden und ihn zu öffnen.

»Kommt sofort raus!«, brüllte der Koloss auf dem Platz.

»Unverzüglich!«

Giacomo stellte sich unter die Luke, und jedes Mal, wenn der Haken sich dem Riegel näherte, schlug er ihn kaum merklich zur Seite. Dieser Kampf dauerte einige Minuten, dann zog der geheimnisvolle Einbrecher sein Werkzeug wieder hoch und schien sich geschlagen zu geben.

Stimmengewirr draußen vor dem Haus kündigte Machans Kommen an. Die Wachen, die vor ihm eingetroffen waren, bildeten eine Gasse, um ihren Herren durchzulassen.

»Los, ihr Bälger, ihr sitzt in der Falle!«, rief Machan. Dann gähnte er lauthals. »Wir wissen, dass ihr da drin seid. Drachenkopf, das war sehr kühn, aus dem Schloss zu fliehen!« Giacomo lehnte sich an den Luftschacht. Machan fuhr fort: »Menschenjunges, hörst du mich? Ich habe zugestimmt, dich nicht zu rösten, denn seit vielen Jahren schon haben wir keine Kinder mehr in der Stadt gesehen. Außerdem hat mich der Schamane auf Knien darum gebeten. Ich habe auch deine Bitte erfüllt, deine kleine Freundin zu dir bringen und deinen Gegenspieler in der dunkelsten Zelle einsperren zu lassen, aber jetzt ist meine Geduld wirklich am Ende.«

Raffaella war erstaunt. »Darum hast du gebeten?«

Giacomo lief vor Scham rot an, gab ihr aber ein Zeichen, still zu sein.

»Komm sofort raus, dann werde ich die Rückkehr von Singendem Herz abwarten, bevor ich entscheide, was ich mit dir mache! Hast du mich gehört?«

Stille. In der Ferne rauschte das Wasser. Die Feuer vor dem Tempel von Lyr knisterten.

»Wie du wünschst!«, schloss Machan. »Das heißt, du wirst über die Schwertklinge des Bergvolkes springen!«

»Nein!«, schrie da eine Stimme über ihnen. Der Muschelvorhang klimperte und die Tür des Schamanen-Hauses wurde aufgerissen. »Bring uns nicht um, bitte! Das ist alles nur ein Missverständnis!«

Giacomo und Raffaella sahen sich verdutzt an. Wo hatten sie diese Stimme schon mal gehört?

»Und wer bist du?«, fragte Machan draußen auf dem Platz.

»Ich heiße Antonello«, antwortete die Stimme. »Und ich komme in Frieden.«

»Antonello?«, stotterte Raffaella. »Aber was ...«

»Pssst!«

»Du kommst in Frieden?«, knurrte Machan und gähnte erneut. »Um diese Nachtzeit? Bist du vielleicht aus dem Verlies ausgebrochen? Was machst du hier?«

»Ich will meine Freunde abholen«, antwortete Antonello.

»Herr!«, brüllte da ein Koloss, der atemlos angerannt kam. Giacomo und Raffaella hörten, wie er sich auf die Knie warf und seine Waffen schepperten. »Alle Kinder sind aus dem Erdpech-Verlies verschwunden!«

»WIE?«, donnerte Machan.

Durch den Luftschacht hörten die beiden Kinder, wie sich Machan schweren Schrittes näherte, dann erklang wieder seine fürchterliche Stimme: »Jetzt ist es aber genug, Grünschnabel!«

»Lass meinen Bruder in Ruhe!«, mischte sich da plötzlich eine neue Stimme ein.

Ein Raunen ging über den Platz.

»Das ist Michele«, vermutete Raffaella.

Giacomo starrte wie gelähmt den Luftschacht an.

Machan grinste selbstsicher, dann erwiderte er: »Was passiert sonst, wandelndes Skelett? Dann hältst du mich auf?«

Die Kolosse lachten lauthals auf.

»Genug jetzt!«, brüllte der Clan-Chef. Auch unterhalb des Luftschachtes war zu hören, wie die Schwerter gezogen wurden.

»Oh nein!«, rief Raffaella. »Sie werden sie töten! Wir müssen etwas tun!«

»Aber … nein … sonst entdecken sie uns!«, stotterte Giacomo.

»Giacomo! Das sind Antonello und Michele!«

»Und die anderen sind Machan und die Kolosse. Das sind die gnadelosesten Krieger der Welt!«

»Aber verstehst du nicht? Sie sind gekommen, um uns zu befreien!«

»Ich habe sie nicht darum gebeten, mich zu befreien!« Giacomo schrie fast vor Wut, dämpfte dann jedoch sofort wieder seine Stimme. »Ich finde es gut hier!«

»Aber ich nicht!«, entgegnete Raffaella. Mit ein paar Schritten war sie an der Luke und drückte sie auf.

»Endlich!«, rief eine Stimme von oben. Dann huschte ein Schatten durch die Öffnung und glitt mit der Schnelligkeit eines Falken zwischen Giacomo und Raffaella. »War mir ein Vergnügen, euch kennengelernt zu haben!«, sagte er und verschwand in den unterirdischen Gängen, wobei er einen Schwall üblen Geruchs hinter sich herzog.

»Warte!«, rief Giacomo teils Ispuspes Schatten, teils Raffaella nach. »Was machst du hier? Nein! Komm her! Sie werden uns finden ...« Er griff verzweifelt nach den Giftsäckchen und musste entsetzt feststellen, dass Raffaella sie mitgenommen hatte. »Oh nein! Nein!«, schluchzte er. »Nein! Was hast du vor? Du wirst uns alle umbringen!« Er taumelte zur Luke und sah nach oben. Weitere laute Geräusche vom Platz draußen drangen zu ihm. Mit einem verzweifelten Seufzer kletterte Giacomo durch die Luke ins Haus.

»Es war alles so perfekt!«, murmelte er betrübt. »Alles perfekt!«

Eine perfekte Welt

Lut erreichte Urtgarten nach einem langen, anstrengenden Lauf den Berg hinab. Durch die weißen Schneeschleier erkannte er vor sich die ersten Häuser des Dorfes. Alles war dunkel und still, doch Lut hatte nur Augen und Ohren für seinen Gefährten, der ihm in unzähligen Kämpfen zur Seite gestanden hatte.

Urtgarten lag mit dem Gesicht im Schnee, der Pelzmantel war zerfetzt. Schließlich hatten es die Saupacker doch geschafft, sich loszureißen und kläfften nun einen kleinen Hügel hinter dem Dorf an. Erschöpft von den nicht zu bändigenden Tieren ließ auch Lut seine beiden los, die auf der Stelle zu ihren Kameraden rasten. Dann humpelte der Koloss zu seinem Freund, packte ihn an den Schultern und drehte ihn um.

»Diese blöden Viecher«, fluchte Urtgarten und spukte Schnee aus.

Luts Herz quoll über vor Freude. »Du lebst?«, fragte er überflüssigerweise.

Urtgarten setzte sich auf und klopfte die Reste seines Pelzmantels ab. »Natürlich lebe ich. Aber … wusstest du, wie sehr diese Viecher ziehen können?«

»Verdammt, Urtgarten! Du hast mich zu Tode erschreckt! Als die donnernde Lanze dich traf …«

»Sie hat mich nicht getroffen! Sie hat die Kapuze des Pelzmantels erwischt und mich aus dem Gleichgewicht gebracht. Ich fiel nach hinten, und da sind die Saupacker losgerast; ich konnte sie nicht mehr halten. Ich musste sie sausenlassen, um anzuhalten.« Der Koloss stand auf. »Sieh nur! Sie sind da unten und knurren den Schneehaufen an. Was bringt das eigentlich noch, solch dämliche Viecher zu züchten?« Er ließ Schultern und Rücken krachen, als er sich streckte, dann sah er Lut an. Seine Miene war plötzlich besorgt. »Aber du siehst mir gar nicht gut aus. Bist du verletzt?«

Hinter Lut zogen sich leichte Blutspuren durch den Schnee. »Etwas hat mich an der Wade getroffen«, spielte Lut die Verletzung herunter. »Nichts Dolles.«

»Gut. Ich würde sagen, es ist Zeit, diesen Mikroben mal eine passende Lektion zu erteilen, oder?«

Lut antwortete nicht. Er sah zu den Häusern des Dorfes hinüber, die allesamt unbewohnt erschienen.

»Immerhin sind wir ganz friedlich durch den Schneesturm gestapft, als diese beiden in ihrer Metallbüchse auftauchten und uns mit Donnern bewarfen«, fuhr Urtgarten fort.

»Aber wir haben ihre Kinder gestohlen«, wandte Lut ein. »Da ist es doch klar, dass sie wütend werden!«

»Und woher wissen die, dass wir das waren?«

»Was meinst du denn?«

»Nur weil wir bewaffnete Riesen mit weißen Haaren sind?! Tja, es ist einfach nicht richtig, nur nach dem Äußeren zu urteilen.«

»Urtgarten, bitte! Wir haben jetzt keine Zeit zu streiten. Wir müssen ...« Lut verstummte. Er wusste eigentlich nicht so genau, was sie mussten. Und außerdem waren neuerdings so viele Sachen vorgefallen! Zudem schneite es immer heftiger.

»Bei uns zu Hause gehen die Kolosse ja auch nicht mit Schwerthieben auf die Gromios los!«, wetterte Urtgarten weiter. »Und sind die nicht ganz anders als wir? So fürchterlich hässlich! Und so fürchterlich stinkend!«

»Urtgarten ...«

»Sie sind klein, runzelig und unerträglich wie der Hunger, aber deshalb bringen wir sie doch nicht gleich um. Im Gegenteil, wir brauchen sie. Für die Wasserleitungen, zum Beispiel.«

»Urtgarten, hörst du das auch?«

»Was? Ich höre nur das Gekläffe von den Saupackern und diesen verdammten Wind, der ... Oh!«, hielt er inne, als auch er den bekannten klingenden Ton vernahm, den der Wind herübertrug. »Was bedeutet das?«

»Das frage ich mich auch gerade.«

»Meinst du ...«

»Ich weiß nicht, aber ...«

Ab und zu trug der Wind Fetzen einer unharmonischen Melodie zu ihnen herüber. Es klang wie das Posaunen eines Elefanten.

»Hört sich an wie eine unserer Tröten, mit der wir die Kraken aufscheuchen«, bemerkte Lut beim nächsten Elefantenruf.

»Nur dass es in diesem Tal keine Kraken gibt«, stellte Urtgarten fest.

»Vielleicht irren wir uns.«

»Bei Lyr, das ist unmöglich, Lut! Jeder weiß, dass die Schneekraken nur in den Bergen von Tarkaan leben und die Kolosse die einzigen Jäger sind, die sie erlegen können. Auf jeden Fall sollten wir nicht abschweifen. Wir müssen die Saupacker zurückholen, die Metallschachtel für den Schamanen finden, *TLACK TLACK* machen und so schnell wie möglich wieder nach Hause marschieren. Und jeden umbringen, der sich uns in den Weg stellt. Das ist der Plan.«

»Ach wirklich?«

»Ja, Lut, wirklich. Nur so funktioniert die Welt. Mit einem Plan.«

»Ich meinte ›jeden umbringen‹. Vielleicht ist das nicht ganz so gut«, sagte Lut. »Die Frau da oben hatte uns zugerufen anzuhalten ...«

»Genau, damit sie besser zielen konnte!«

»Und stattdessen …«

»Hör dir mal dieses Getöse an!«

Ein paar weitere Elefantenschreie zerrissen die schneereiche Nacht. Die beiden Krieger liefen zu den Saupackern – und kamen dabei näher an das größte Haus des Dorfes heran, vor dem sich zahlreiche Personen versammelt hatten.

»Urtgarten, siehst du auch, was ich sehe?«

»Würde sagen, ja. Das sind etwa dreißig, und alle haben eine Kerze in der Hand.« Der Koloss schirmte mit der Hand die Augen ab, damit er besser durch den Schnee sehen konnte. »Der Jüngste ist bestimmt schon hundert …«

»Ich rede nicht von den Leuten da!« Lut zeigte auf den bewaldeten Hügel hinter den Häusern. Dort kläfften die Saupacker immer noch wie verrückt. Genau dort, zwischen dem Schnee, erkannten sie jetzt einen riesigen weißen Umriss, der durch die Zweige strich.

»Aber das ist ja ein Schneekrake!«, schrie Urtgarten.

»Was hab ich dir gesagt?«

»Aber dann ist dieser Ton …«

»Genau! Die Aufschreckungströte!«

»Bei allen brennenden Holzscheiten Lyrs! Auf geht's!«, rief Urtgarten und schwang seine Lanze.

»Was hast du vor?«

»Ich habe gerade meinen Plan geändert, Bruder! An erster Stelle steht jetzt das weiße Biest! Hast du das gesehen? Über offener Glut geröstet muss es köstlich sein!«

Die Glut

»Halt! Stopp!«, kreischte Raffaella, als sie Hals über Kopf auf den hell erleuchteten Platz stürmte. Sie überholte Michele, Antonello und Houdini, ohne sie auch nur eines Blickes zu würdigen, und baute sich vor Machan auf, der zweieinhalb Mal größer und um ebenso viel breiter war als sie. »Runter mit dem Schwert!«, befahl sie ihm. »Ich bin eine Frau, und Helden ermorden keine Frauen!«

Ihr Ton war so herrisch, dass der Chef des Krieger-Clans erstaunt die Waffe sinken ließ, sich auf die Oberschenkel stützte und sie mit belustigter Neugier ansah. »Ach! Und was passiert jetzt? Wie viele Gören sind denn wohl noch in dem Häuschen? Meine Damen und Herren, vielleicht haben wir das Versteck der Flüchtlinge aus dem Verlies gefunden!«

Die Kolosse hinter ihm kicherten.

»Hör mir mal gut zu, Machan, oder wie auch immer du heißt«, begann Raffaella. »Für meinen Geschmack bist du viel zu groß. Also bitte, setz dich hin. Ich muss mit dir reden.«

»Du musst mit mir reden?«, fragte Machan sichtlich amüsiert.

»Genau. Aber ich habe keine Lust, einen steifen Hals dabei zu bekommen. Also bitte!«

Leicht verwirrt drehte sich Machan zu seinem Kriegervolk um. Da bemerkte er, dass die Ereignisse noch weitere Kolosse auf den Platz gelockt hatten. Hinter den Reihen der Krieger standen schon die ersten Frauen mit ihren breiten Schürzen, die im Nachtwind flatterten.

»Wenn du mich angehört hast, Machan«, fuhrt das Mädchen fort, »dann kannst du von mir aus alle umbringen. Aber zunächst musst du mir zuhören.«

Machan hustete nervös. »He, du bist ganz schön vorlaut, was?«

»Setzt du dich jetzt oder nicht?«

Machan beugte sich über Raffaella, als wollte er sie zerquetschen. »Ich lasse mir von einer Frau nichts befehlen. Egal, welchem Volk sie angehört.«

»Vielleicht hast du deshalb keine Kinder. Und dein Volk stirbt aus«, entgegnete Raffaella laut und ohne mit der Wimper zu zucken. »Du bist gut darin, Leute umzubringen, aber solche wie ich bringen die Nachkommen auf die Welt.«

Höhnisches Gekicher breitete sich auf dem Platz aus, und viele Frauen von Tarkaan, die hinter ihren Männern standen, nickten energisch.

Mit einer gebieterischen Geste brachte Machan die Menge zum Schweigen. Dann blickte er Raffaella in die Augen und setzte vor ihr hin. Sein Gewicht ließ das Pflaster auf dem Platz erbeben. »Ich höre«, sagte er und legte die riesigen Hände auf den Griff seines Schwertes.

Raffaella holte tief Luft und drehte sich zum ersten Mal zu Antonello, Michele und Houdini um. Deren Gesichter waren kreidebleich. Hinter dem Muschelvorhang versteckt entdeckte sie auch Giacomo, der offensichtlich zu erkennen versuchte, welchen Tod er wohl gleich erleiden würde. Dann hob das Mädchen die beiden Giftsäckchen hoch, die es aus den Wasserkanälen mitgenommen hatte, und übergab sie dem Anführer der Kolosse. »Die Wahrheit, Machan, ist, dass wir gekommen sind, um euch zu retten.«

»Wie, wie, wie?«

»Das, was du da in Händen hältst, ist Gift«, erklärte Raffaella. »Gift, das euer Schamane seit Jahren in dem Wasser eurer Kanäle aufgelöst hat – in dem Wasser, von dem ihr jeden Tag trinkt, mit dem ihr kocht, in dem ihr euch wascht … Tja, also«, verbesserte sie sich und zog die Nase kraus, »das ihr zumindest trinkt und zum Kochen benutzt.«

Machan griff in die Säckchen und zog ein paar Hände voll Medizinpulver hervor. »Was du da sagst, ist unmöglich.«

»Giacomo und ich haben diese Säcke neben dem großen Wasserbecken gefunden. Da, wo niemand von euch rein kann, weil ihr zu groß seid, aber wo Kinder wie wir und ein betrügerischer Schamane ganz ungestört rumlaufen können.«

»Gift also? Die Bergkolosse von Tarkaan haben keine Kinder mehr, weil irgendjemand sie vergiftet?«

»Nicht irgendjemand. Euer Schamane. Singendes Herz.«

»Aber … das ist unmöglich. Warum sollte er das tun?«

»Das musst du selbst herausfinden.«

»Rache?«, tippte der Chef des Krieger-Clans. »Weil ich sein Dorf geplündert und seine ganze Familie umgebracht habe?«

»Zum Beispiel«, bestätigte Raffaella.

»Aber ich habe ihn doch studieren lassen!«, beschwerte sich Machan. »Ich habe ihn in das Reich des Karmesin-Königs geschickt, einen Gromio, der uns aus tiefstem Herzen hasste. Und als er so weit war, habe ich den Karmesin-König ermordet, damit es keine Kriege mehr gibt!«

»Falsch!«, brüllte da Giacomo, während er aus dem Schatten durch den klirrenden Muschelvorhang trat. »Der Karmesin-König ist nicht tot! Er lebt noch! Und er ist es, der mehr als jeder andere den Tod der Kolosse will.«

»Der Karmesin-König lebt noch?«, donnerte Machan.

»Ja«, antwortete Giacomo. Er trat einen Schritt vor. Dann noch einen. Und während er auf den brodelnden Platz voller Waffen, brennender Fackeln, hungriger Blicke und Todesgelüste heraustrat, verstand er plötzlich alles.

Wie ein aufmerksamer Krimileser, der trotz aller Tricks des Autors schon auf den ersten Seiten den Mörder entlarvt, begriff Giacomo, während er Machan ansah, welchen Überraschungseffekt Apollonia J. Brennan seit Jahren in ihrem Kopf für das letzte Buch geplant hatte. Es war so offensichtlich! Warum war ihm das nicht schon früher eingefallen?!

»Als du das Reich des Karmesin-Königs zerstört hast, Machan, hast du alles geplündert und niedergebrannt, doch den Feind hast du mit zu dir nach Hause genommen. Ein Feind, der geschworen hat, dich auf die gemeinste Art zu vernichten, die man sich nur vorstellen kann. Welches Krieger-Reich kann ohne Nachkommen überleben? Dein Schamane, Machan, der sich Singendes Herz nennt, sagt, dass er in die Zukunft sehen kann, doch auch Könige sehen ab und an die Zukunft ihres Volkes voraus. Die Voraussicht ist eine allgemeine Gabe derjenigen, denen sich die Menschen anvertrauen. Der Unterschied liegt darin, dass man sich einem König furchtsam, einem Heiler aber hoffnungsvoll anvertraut!«

Giacomo stellte sich neben Raffaella, und Machan fragte ihn: »Schöne Worte, Drachenkopf, doch worum geht's hier eigentlich?«

»Ganz einfach, Machan, der Große. Eine Frage: Hast du den Karmesin-König mal persönlich getroffen, bevor du ihn getötet hast?«

»Diesen Hampelmann von einem Gromio? Natürlich nicht! Warum fragst du?«

»Wenn du ihn vorher schon mal getroffen hättest, oh unbesiegbarer Machan, hättest du vielleicht bemerkt, dass der Karmesin-König und der Schamane Singendes Herz ein und dieselbe Person sind.«

Machan schnellte hoch, als hätte ihn ein Drache gebissen. Ein wütendes Kriegsgeschrei erhob sich auf dem Platz.

Nun kannten alle die Wahrheit.

Die Wahrheit

Singendes Herz lief aufgeregt in der Höhle auf und ab. Weil draußen immer noch der Sturm wütete, wollte er unter keinen Umständen einen Fuß hinaussetzen. Doch die Zeit verrann, ohne dass die beiden Kolosse wieder auftauchten, und so wurden seine Ungeduld und seine Unruhe immer größer. Er hatte klare Befehle gegeben. Er hatte die Anweisungen dieses naseweisen Kindes genau befolgt und war bis hierher gekommen. Als er dann allein in der Höhle war, hatte er sich sogar am Arm verletzt. Nichts Schlimmes, wohlgemerkt, aber es war doch eine böse Überraschung gewesen: Er hatte nicht damit gerechnet, in einer Pappschachtel eine wilde Katze vorzufinden. Und doch, so war es: Ein schrecklich wütendes Katzenvieh hatte ihn gekratzt und war dann irgendwo in der Höhle verschwunden. Eine halbe Stunde lang hatte Singendes Herz jeden Winkel untersucht und dabei andere Fallen befürchtet. Doch dann hatte er gefolgert, dass die Katze ihrer Wege gegangen war, und vergaß sie.

Jetzt stand er am Eingang der Höhle, welche die beiden Welten miteinander verband, und verlor sich in den Gedanken um seinen Ruhm. Seinen Plan, die Kolosse zu vernichten und danach die Welt zu erobern, verfolgte er peinlich genau, und die ersten Ergebnisse waren bereits zu erkennen. Die Kolosse alterten schnell, ebenso ihre Frauen, und nach weiteren zehn Jahren mit vergiftetem Wasser würde keiner mehr Nachkommen zeugen können.

Dann, und erst dann, hätte Singendes Herz seine wahre Identität offenbart: Er war der Karmesin-König.

Oder auch der fürchterlichste Feind der Kolosse.

Der, von dem Machan glaubte, ihn während der Plünderung und Brandschatzung seiner Stadt getötet zu haben.

Blödmänner! Dämliche Kolosse! Singendes Herz rieb sich die Hände, teils, um sie zu wärmen, teils, um seine Genugtuung auszudrücken. Er hatte es ertragen, all die Jahre unter den Kolossen zu leben, obwohl er sie abgrundtief hasste. Trotzdem hatte er berechnend einen kühlen Kopf bewahrt, weil er mit vollkommener Genauigkeit vorhergesehen hatte, was geschehen würde. Erst im Magischen Reich, dann in den geheimen Winkeln des Wassersystems der Verborgenen Stadt hatte der Schamane und Karmesin-König Singendes Herz gewartet und die Öffnung des Durchgangs und die Ankunft der Frau aus Was-Sein-Wird heraufbeschworen. Wie viele Jahre hatte er damit zugebracht, den rechten Ort ausfindig zu machen, wo sich das Tor öffnen würde? Fünf? Acht? Zwanzig? Und was hatte er getan, als er merkte, dass es genau in den Bergen der verhassten Kolosse sein würde? Gleich neben ihrer Hauptstadt?

Allein bei dem Gedanken an die Vergangenheit und an das, was er bisher hatte erleiden müssen, um so weit zu kommen, spürte Singendes Herz, wie ihm vor Wut die Galle hochkam.

»Was für ein fürchterlicher Gestank!«, rief er, nachdem er die nächste Runde durch die Höhle gedreht hatte. Es kam ihm vor, als steckte er in den Eingeweiden eines Fisches! Dann fluchte er wieder: »Aber wie lang brauchen die denn, um das verdammte Auto zu finden?«

Singendes Herz kannte sich mit Autos überhaupt nicht aus – geschweige denn mit der Welt, an deren Schwelle er jetzt stand. Seine Visionen hatten ihm weder Antworten noch Hinweise auf die Geheimnisse dieses Tals geliefert. Das Einzige, was er immer gewusst hatte, war, dass er dank der alten und verworrenen Rituale, die unter dem Namen *Die Neun Schritte des Möglichen* bekannt waren, eines Tages das Neue Buch und die Frau aus Was-Sein-Wird bekommen würde.

Und dann hätte er die Welt beherrscht.

Natürlich, er hatte nicht erwartet, dass die Frau vor Kälte erstarrt und mehr tot als lebendig hier auftauchen würde. Aber bei genauerer Betrachtung war das vielleicht von Vorteil, da sie jetzt vollständig seinem Wohle ausgesetzt war.

Und natürlich hätte Singendes Herz nie mit dem Erscheinen der Kinder gerechnet. Mit diesem Giacomo und seinem Schlangenherz. Schlau, der Junge. Und gut unterrichtet.

Vielleicht zu gut.

Er war das erste Problem, das beseitigt werden musste, sobald er das Neue Buch in den Händen hielt. Falls ihm das Neue Buch nicht etwas anderes raten würde.

Was die anderen Kinder anging …

Singendes Herz lachte. Er lachte aus vollem Halse, sodass es von den Fels- und Eiswänden zurückschallte. »Wir werden dem Gott des Feuers ein schönes Opfer bringen! Die Kinder im Tausch gegen den alten Drachen, der in den Tiefen des Berges schlummert! Ja! Genau!«

Wer konnte ihn schon aufhalten, wenn er einen Drachen in seiner Macht hatte?

Er stellte sich noch einmal an den Eingang der Höhle, sah in das graue Schneegestöber hinaus und lauschte dem Pfeifen des Windes und dem wilden Glockengeläut, das aus dem Tal heraufdrang. Dann brüllte er: »Wollt ihr euch endlich mal bewegen, ihr zwei! Ich will meine Zukunft!«

Seine Stimme war noch nicht ganz vom Wind verschluckt worden, als plötzlich ein anderes Rufen an sein Ohr drang: »Hört mich jemand? Ist da oben wer?«

Singendes Herz riss überrascht die Augen auf. Eine Frauenstimme, nicht weit entfernt. Wer war das? Er würde die Höhle verlassen müssen, um es herauszufinden – doch das wollte er nicht. Draußen war es bitterkalt. Und es wehte. Ein Schneesturm tobte. Auf der anderen Seite wollte er auch nicht in der Höhle entdeckt werden. Was wäre, wenn die Unbekannte den Eingang fände?

Er konnte sich ruhig verhalten und abwarten. Im schlimmsten Fall konnte er sie töten. Aber wie? Er hatte keine Waffen bei sich; er war zu überstürzt und begeistert aufgebrochen.

»He! Hört mich jemand?« Die Stimme war jetzt näher. Die Frau schien genau auf den Höhleneingang zuzulaufen. Singendes Herz knirschte mit den Zähnen, zog die Kapuze ins Gesicht und trat hinaus in den Sturm.

Die Frau war schnell gefunden.

Es war ein großes Weibsbild, das in einem riesigen kakifarbenen Kleidungsstück steckte, mit dicken Fäustlingen an den Händen und dem leicht verlorenen Blick einer Person, die eine falsche Abzweigung genommen hat und den Weg zurück nicht findet.

Singendes Herz hob die Hand.

»Haben Sie gerade gerufen?«, fragte die Frau und trat näher, damit sie im Pfeifen des Windes besser verstanden wurde.

»Ja …«

»Geht es Ihnen gut?«

»Sehr gut! Und Ihnen?«

An den Hängen eines Berges, inmitten eines Schneesturms, klangen diese Worte völlig unwirklich.

»Ich wäre lieber zu Hause im Bett!«

»Das verstehe ich!«

Die Frau streckte eine Hand aus. »Pfadfinderleiterin Daniela Delcaldo, sehr erfreut!«

»Hofschamane Singendes Herz!«, erwiderte der Gromio.

»Bitte entschuldigen Sie, ich habe Sie nicht ganz verstanden.«

»Macht nichts!«

»Für einen Moment habe ich gedacht, Sie wären ein Kind!«

»Ah!«

»Wegen Ihrer Körpergröße …«

»Sicher!«

»Was machen Sie hier oben?«

»Und Sie?«

»Ich suche ein Auto.«

Der Schamane sah sie scharf an. »Ach! Was für ein Zufall!«

»Warum?«

»Ich auch!«

»Wirklich?«

»Aber sicher! Sehen Sie!«, rief der Schamane und zog das Schlüsselbund hervor.

»Ist das Ihr Auto?«

»Nein, das einer Freundin.«

»Darf ich?«

Singendes Herz reichte ihr die Schlüssel, bedacht darauf, dass sie nicht in den Schnee fielen.

»Aber das ist unglaublich! Ich würde fast meinen, dass wir dasselbe Auto suchen«, sagte die Pfadfinderleiterin, als sie sah, dass es sich um den Schlüssel eines SUVs handelte. »Es muss hier irgendwo in der Gegend stehen, aber bei diesem Sturm ist einfach nichts zu erkennen! Ich könnte versuchen …«

»Machen Sie ruhig!«

Die Pfadfinderleiterin drückte auf den Knopf und nicht einmal hundert Meter von der Höhle entfernt blinkte im Schnee plötzlich ein orangefarbenes Licht auf.

»Haben Sie gesehen?«, sagte Daniela erfreut. »Da ist es!«

Doch das Männchen neben ihr war bereits losgelaufen und hastete schnell zu dem Jeep.

Im Schnee

»Kusch, Biest!« Was Besseres fiel Marky auf die Schnelle nicht ein. Dann umschlang ein Tentakel, dick wie ein Schiffstau, seinen Knöchel und schleuderte ihn in die Höhe. Don Sergios Posaune flog ebenfalls durch die Luft, und gleich darauf krachte Marky mit solcher Wucht auf den Boden, dass ihm die Luft wegblieb.

Der Tentakel zog ihn mit festem Griff durch den Schnee. Marky dachte kurz nach, dann umklammerte er geistesgegenwärtig einen Baumstamm, der in Höchstgeschwindigkeit an ihm vorbeisauste.

Irgendwie schaffte er es zu stoppen.

Der Schneekrake stieß ein langes Muhen aus und versuchte weiter mit dem Tentakel ihn fortzuzerren. Doch der Klempner presste sich noch enger an den Stamm. Der Tentakel riss ihm ein Hosenbein und einen Schuh weg – dann ließ er los.

»Aaaaahhh!«, schrie der Meister, während er sich aufrichtete: Sein Bein brannte, als hätte er es in ein Kaminfeuer gehalten, und sein Gesicht war von den Zweigen völlig zerkratzt.

Der Krake überragte ihn jetzt. Er war so groß wie ein Lastwagen, seine Tentakel wirbelten im bleigrauen Himmel und sein schlaffer Gummikörper breitete sich im Schnee aus.

»Raus aus meinem Dorf!«, brüllte Marky und griff nach dem ersten Teil, das ihm in die Finger kam: Ein Ast, den das Monster abgerissen hatte. »Nimm das!« Mit aller Kraft schleuderte er den Ast auf das Ungetüm.

Da wurde er plötzlich durch wieder die Luft geschleudert, ergriffen von einem anderen Tentakel. Der Flug dauerte sehr viel länger als der erste. Zum zweiten Mal blieb dem Klempner die Luft weg. Als er wieder auf dem Boden aufschlug, hörte er, wie seine Rippen verdächtig knackten. Sein ganzer Körper wurde auf einmal sehr heiß.

Marky lag bäuchlings auf der Erde. Er achtete nicht auf den Schmerz, sondern schaufelte mit seinen großen Händen wild den Schnee beiseite. Eine Sekunde, bevor der Krake ihn wieder in Richtung seines großen Mauls ziehen konnte, fand er Halt an einem Felsen.

Dann kam der Ruck.

Markys Körper dehnte sich wie ein Gummiband, aber er ließ nicht los. Er spannte jeden Muskel an und klammerte sich mit aller Kraft an den Felsen.

Nach und nach löste sich der gesamte Fels aus dem Boden. Die Anstrengung vernebelte ihm den Blick. Schemenhaft nahm er ein paar riesige Wesen neben sich wahr – Hunde mit Rüsseln. Dann hörte er ein wildes und urzeitliches Kampfgeschrei.

Der Zug des Tentakels nahm weiter zu und der Felsen löste sich vollständig; er sprang aus dem Berg wie ein Korken aus einer Champagnerflasche. Marky rollte sich zusammen, benutzte seinen Körper als Schleuder und schmetterte den Felsen auf den Kraken. Der massive Brocken flog wie ein tödliches Geschoss durch die Luft. Das Ungetüm muhte; durch die Schallwellen seiner Stimme rieselte der gesamte Schnee von den umliegenden Bäumen herab.

Himmel und Erde tauschten die Plätze. Unmenschliche Schreie und ein wildes Kratzgeräusch vermischten sich mit dem tosenden Wind.

Dann fiel auf einmal der Schnee von oben in Markys Augen.

Etwas Großes hüpfte an ihm vorbei. Er hörte das Krachen von ein, zwei, drei Tannen, die wie Zahnstocher zu Boden fielen.

Er konnte nicht aufstehen. Jeder Muskel im Körper tat ihm weh. Die Beine schienen jeweils zehn Zentimeter länger geworden zu sein.

Noch ein Krachen.

Ein Schrei.

Geheul.

Marky biss die Zähne zusammen, stützte sich auf einen Ellenbogen, wischte sich den nassen Schnee aus dem Gesicht und setzte sich schließlich auf.

Als Erstes hörte er das Kratzen.

Dann die Schritte.

Er drehte den Kopf, soweit es die schmerzenden Muskeln erlaubten – und blickte auf die Beine eines riesigen Mannes. Dann auf die Sägeblattklinge eines Schwertes, die ohne Mühe den Stamm einer Platane aus napoleonischen Zeiten hätte zerteilen können, und die ihm jetzt bedenklich nahe kam.

Doch dann wurde kurz vor seinem Gesicht die Spitze des Schwertes in den Schnee gerammt, und der Riese beugte sich zu ihm herab.

Vor ihm stand ein ausgewachsener Mann mit langen, weißen Haaren und rituellen Tätowierungen um die Augen. Die Lippen waren schwarz. Die Zähne strahlend weiß. Die Zunge feuerrot.

»Guter Schlag, Mensch«, sagte der Koloss und streckte ihm die Hand hin. »Wirklich guter Schlag.«

Marky brauchte ein paar Sekunden, um zu entscheiden, was er tun sollte. Dann ergriff er die Hand des Riesen und ließ sich auf die Füße ziehen.

Alles, selbst die kleinste Bewegung, tat ihm weh. Aber er gab sich Mühe, sich nichts anmerken zu lassen. Er sagte nichts.

Ein Saupacker tauchte schwanzwedelnd hinter dem Koloss auf und hielt zwischen den Fängen ein Stück weißes Tentakel.

»Nachdem du den Schneekrake mit dem Steinwurf betäubt hast, macht mein Freund Urtgarten jetzt den

Rest«, erklärte der Koloss, wobei er auf zwei verschwommene Umrisse deutete, die im Schneesturm gegeneinander kämpften. »Das ist der Teil, der ihm am meisten Spaß macht!«

Marky nickte, während ihm langsam schwarz vor Augen wurde.

»Ich bin Lut«, stellte sich der Koloss vor.

»Ich bin der Meister«, antwortete Marky.

»Du bist ein mutiger Mann, Meister«, sagte Lut. »Und wir schätzen den Mut vor allen anderen Tugenden. Auch wenn du in diesem Fall eher deine Verrücktheit als Mut bewiesen hast – man geht nicht allein auf einen Schneekraken los.«

»Meine Freunde sind im Urlaub.«

»Ist doch immer das Gleiche – wenn man mal jemanden braucht, ist keiner da.«

»Das kannst du laut sagen.«

Ein letztes verzweifeltes Muhen durchschnitt die Nacht. Die Erde erbebte, dann wurde es still. Nur der Schnee rieselte beständig weiter.

»Geschafft«, sagte Lut. »Jetzt haben wir Fleisch für eine ganze Armee.«

»Er gehört ganz euch«, erwiderte Marky. »Hauptsache, ihr bringt ihn sofort dahin zurück, wo ihr hergekommen seid. Und ihr verschwindet auch wieder.«

»Weißt du was, Meister? Das ist genau das, was wir vorhaben.« Lut drehte sich um und begann, eilig den Hang hinaufzusteigen.

Doch Marky hielt ihn zurück. »Und ihr gebt uns natürlich unsere Kinder zurück«, fügte er mit einem tiefen Atemzug hinzu.

Der Atemzug

Singendes Herz schnaufte, als er den schneebedeckten Straßenrand hochkletterte. Sobald er die Straße erreicht hatte, war alles ein Kinderspiel: Er lief auf den blinkenden Schneehaufen zu, schaufelte soviel Schnee zur Seite, bis er die Tür des Autos fand, und riss sie auf.

Vor ihm tat sich eine große Schachtel auf, die in einem angenehm blauen Licht erstrahlte und mit weißem Leder ausgeschlagen war.

Der Schamane kletterte auf den Sitz und blickte sich um: Auf dem Boden lagen glänzende Metallscheiben und Schachteln voller duftender Zuckerkugeln.

»Das Buch!«, kreischte Singendes Herz. »Wo ist das Buch?« Einen langen Moment glaubte er, dass der Junge mit dem Schlangenherz ihn betrogen hatte, aber dann, als er sich zwischen den Sitzen nach hinten beugte, sah er es: ein Haufen weißer Blätter, der mit einem gelben

Gummiband zusammengehalten wurde. Er schnappte sich den Stapel und las den Titel:

Der silberne Schamane
—Saga vom Fallenden Stern—
Letzter Teil
Von Apollonia J. Brennan

»Das bin ich!«, raunte er. Das Neue Buch handelte von ihm!

Der Schamane entdeckte einen grauen Sack, in dem eine schmale Plastikschachtel steckte, auf die ein angebissener Apfel aufgemalt war. Er warf die Plastikschachtel aus dem Auto und steckte den Roman in den Sack. Dann stieg er so schnell, wie er hineingesprungen war, wieder aus.

Endlich stieß die Pfadfinderleiterin zu ihm. »Na, haben Sie es gefunden?«

»Ja!«

»Und wie machen wir das jetzt?«

»Behalten Sie alles!«, antwortete der Schamane. »Schlüssel, Auto! Alles! Adieu!« Er wandte sich wieder dem Pfad zu und lief davon, ohne sich noch einmal umzudrehen.

Daniela starrte erst auf ihre Hände, in denen das Schlüsselbund lag, dann blickte sie sich nach dem runzeligen Kobold um, der im Nichts verschwunden war.

Langsam ging sie zum SUV, setzte sich hinter das Lenkrad, versuchte, die Scheibenwischer in Gang zu bringen, seufzte, stieg aus und fegte den Schnee mit der Hand von der Windschutzscheibe.

Währenddessen hörte sie ein sonderbares Getröte, das aus dem Tal heraufscholl, dann schreckliches Muhen. Sie runzelte kurz die Stirn, doch entspannte sich dann schnell wieder. Sie war froh, dass sie nicht mit den anderen ins Dorf zurückgekehrt war, sondern weiter nach dem Auto gesucht hatte.

Sie verstand überhaupt nichts mehr von dem, was in den vergangenen Stunden vor sich gegangen war. Rebeccas Auto war von einem riesigen Schwert zertrümmert worden; der SUV stand verlassen auf der Straße, die zu den Skiliften führte. Und dann dieser sonderbare, ein Meter fünfzig kleine Typ – wo war er denn jetzt schon wieder hin?

Und die Kinder?

Daniela seufzte. Sie steckte den Schlüssel ins Zündschloss des SUV, schaltete den Motor ein, schippte noch etwas Schnee und nach einer anstrengenden Viertelstunde fuhr sie los.

Mit den Rädern zermalmte sie Apollonia J. Brennans Laptop, aber sie merkte es nicht einmal. Sie hörte auch nicht die Schreie und das Kampfgetöse. Sie hatte die Anlage angeschaltet und eine CD mit Musik von Chopin eingelegt.

Singendes Herz vergaß jegliche Vorsicht, als er zu der Höhle stürzte, die ihn in die Verborgene Stadt zurückbrachte.

Seine Hände zitterten vor Aufregung, als er entlang seiner eigenen Fußspuren im Schnee zurücklief. Er achtete weder auf Gerüche noch Laute oder Lichter, die er hätte bemerken können, wenn er etwas aufmerksamer gewesen wäre.

Das Neue Buch handelte von ihm. Von dem Silbernen Schamanen! Es war alles schon geschrieben! Jetzt gehörte die Zukunft ihm! Und es war, wie er es sich immer vorgestellt und erhofft hatte!

Er presste die Blätter an die Brust, sprang von Fels zu Fels und lief bis zum Höhleneingang auf dem Vorsprung zurück, von dem aus man die Berge im Osten und die schwarze Rauchsäule des Vulkans sehen konnte.

Doch genau in dem Moment, in dem er glückselig dort ankam, merkte Singendes Herz plötzlich, dass er keinen Boden mehr unter den Füßen hatte.

Er war so überrascht, dass er eine Weile brauchte, bis er begriff: Machan höchstpersönlich hatte ihn hochgehoben. Und jetzt starrte ihm der Chef des Krieger-Clans unbarmherzig in die Augen.

Dieser Blick verhieß nichts Gutes.

Singendes Herz ahnte augenblicklich, dass etwas vorgefallen sein musste. Hinter seinem Herrn, den er über lange Jahre verraten und betrogen hatte, standen weitere Kolosse in Kampfposition. Sie hielten brennende Fackeln in den Händen, die langen Haare wehten im Nachtwind.

Und auf einem Schlitten, der von Saupackern gezogen wurde, saßen die Kinder in violett gefärbten Pelzmänteln. Warum waren sie alle hier?

Der Schamane wand sich in Machans Griff. Der Koloss entriss ihm das Bündel mit dem Neuen Buch. »Nein!«, kreischte Singendes Herz und versuchte vergeblich, nach dem Buch zu greifen.

Machan hatte bisher kein Wort gesagt, doch allein sein Schweigen drückte einen unbändigen Zorn aus. Er schmetterte das Buch auf die Erde, und einer der zwölf Kolosse aus dem Kriegsrat führte eine Fackel an die Blätter.

Sie gingen sofort in Flammen auf.

»Halt! Nein! Nicht! Was tut ihr?«, zeterte das runzelige Männchen, während es sich verzweifelt bemühte, sich irgendwie aus dem Schraubstockgriff des Clan-Chefs zu befreien.

»Willkommen zurück, Karmesin-König …«, fauchte Machan der Große und hob ihn noch höher.

Ein Schwert blitzte im Dunkeln auf. Ein Streich. Stille.

Und Singendes Herz sang nie mehr.

Die Stille

So plötzlich wie der Schneesturm gekommen war, legte er sich wieder. Kurz vor Sonnenaufgang, ganz unvermutet. Kurz, bevor sie sich trafen.

Ehrlich gesagt war es eine sonderbare Zusammenkunft vor dem Eingang einer Höhle, die niemand je zuvor bemerkt hatte, an dem Abhang, der von den Skiliften zur Schule und den Häusern im Dorf hinunterging.

Aus der Höhle traten die Kolosse und zogen einen Schlitten mit Kindern hinter sich her, die unter der Führung von Massimo zu fliehen versucht hatten. Man hatte sie gefunden, als sie gerade die Brücke über dem Abgrund überqueren wollten – das Mädchen im Spiderman-Kostüm hatte noch fürchterlich heulend an einem Felsen über der Schlucht gehangen. Sie hatten sich nicht gewehrt. Sie hatten sich in die Pelzmäntel gehüllt und waren ihnen gefolgt.

Als der Wind sich legte, wurden in den Fenstern der Häuser die ersten Kerzen entzündet. Erst im Pfarrhaus, dann auf den Fensterbänken der ersten Häuser, und schließlich war die ganze Straße, die zum Dorfplatz führte, eine einzige Lichterkette.

»Ich mag diese Sache mit den Kerzen«, stellte Machan fest. »Das müssen wir in unserer Stadt auch machen.«

Dann warteten sie.

Als Erstes kamen ein Mann und eine Frau an, die aus einer Metallschachtel stiegen, in deren Windschutzscheibe ein riesiges Schwert steckte.

»Rebecca!«, rief eine Stimme hinter den Kolossen.

»Michele!«

Die beiden fielen sich ungeachtet jeglicher Höflichkeiten in die Arme – und niemand hinderte sie daran.

»Ich dachte, ich würde dich nie wiedersehen!«

Aus der Höhe seiner drei Meter betrachtete Machan die beiden Verliebten mit einer Mischung aus Weisheit und Ekel.

Dann tauchte eine weitere Gruppe auf: ein kurzhaariger Mann, der durch den Schnee auf sie zustapfte, Urtgarten und Lut mit einem humpelnden Jüngling neben sich, vier Saupacker und der Kadaver eines riesigen Schneekraken.

Machan gab seiner neuen Gehilfin ein Zeichen und fragte sie: »Wer ist der Anführer von denen da?«

Raffaella wusste keine Antwort, aber Antonello hinter ihr flüsterte: »Sag ihm, dass es der Meister ist.«

»Der humpelnde Mann«, antwortete das Mädchen.

Machan nickte. »Das habe ich mir gedacht.«

Er wartete, bis beide Gruppen bei ihm waren, und ließ währenddessen den Blick über das Tal schweifen. Berge, ähnlich wie bei ihm zu Hause, aber doch ganz anders, dazu sonderbare Dinge wie breite Straßen, ein Dorf voller Kerzen, ein vereister Bach. Er blickte zum wolkenverhangenen Himmel und fragte sich, ob wenigstens die Sterne über den beiden Welten dieselben wären.

»Oh-oooh!«, rief Urtgarten, als er die anderen erreichte. »Platz, ihr Viecher!« Lut und der humpelnde Jüngling waren gleich hinter ihm.

Die Luft wurde kälter, obwohl es nun windstill war. Michele und Rebecca trennten sich und der Automechaniker stellte sich wieder neben seinen Bruder. Rebecca gesellte sich zu Stefano, dem Meister und den zwei riesigen Jägern.

»Fangen wir also an«, brummte Machan und sah sich um. Alle Kinder der verschwundenen Klasse waren hinter ihm, umringt von Kolossen in Kampfrüstungen. Die Fackeln prasselten hoch in den Himmel und verbreiteten einen unerträglichen Gestank von verbranntem Pech und Holz.

»Sei gegrüßt«, wandte sich Machan an Marky.

»Sei gegrüßt, Machan, Sohn von Machan, Lavablut«, antwortete Marky feierlich. »Ich bin Mark, Sohn von Franco.«

»Genannt ›der Meister‹«, ergänzte Stefano, um dem Ganzen noch mehr Gewicht zu verleihen.

»Unser Zusammentreffen ist wirklich ein außerordentlicher Zufall«, sagte Machan. Seinem Gesicht war abzulesen, dass er fast vor Stolz platzte – der junge Mann kannte seinen vollen Namen! »Ein einzigartiger Zufall, würde ich sagen.«

»Das hoffen wir sehr.«

»Du hast zwei meiner Männer bei dir.«

»Und du dreißig von meinen.«

»Unter solchen Bedingungen werden Gefangene eigentlich nicht ausgetauscht.«

Urtgarten wollte sich schon beschweren, da er alles andere als ein Gefangener war, doch Lut brachte ihn zum Schweigen.

»Aber wie du selbst gesagt hast«, fuhr Marky fort, »ist dies ein einzigartiger Zufall.«

»Was bietest du mir also?«

»Deine beiden Männer«, antwortet Marky. »Und alles, was sie gefangen haben. Ein Schneekrake, der, wenn ich mal zitieren darf, ›so fleischig ist, wie man es seit der Invasion der Klattuk nicht mehr gesehen hat‹.«

Machan grinste. »Und?«

»Ich gebe dir diese vier Saupacker zurück«, schloss Marky. »Und wenn jemand von euch das Schwert da aus der Windschutzscheibe unseres Autos ziehen kann, habe ich nichts dagegen einzuwenden, dass ihr es mitnehmt. Mehr habe ich nicht zu bieten, denn hier gibt es nichts anderes, was euch gehört.«

»Das hier ist nun das, was ich dir zum Tausch gebe«, erklärte Machan. »Achtundzwanzig kleine Gefangene, dazu eine Frau, die bewusstlos mit ihnen kam und die wir bewusstlos zurückgeben, dazu die beiden Brüder, die gekommen sind, sie zu suchen. Diesen müssen allerdings einige Dinge abgenommen werden, die ihnen nicht zustehen: Ein Sack Goldmünzen und eine Reihe von Einbruchwerkzeugen von zweifelhaftem Nutzen. Ansonsten können sie zu dir zurückkehren, so wie sie gekommen sind.«

Marky nickte. »Der Tausch ist abgemacht.«

»So sei es also.«

Zaghaft liefen die Kinder zu Rebecca und Stefano und umarmten sie. Die beiden Erwachsenen zählten durch und schickten sie dann zum Jeep. Aus dem Rückfenster des Wagens begrüßte sie Cinz. »Geht's euch gut, Kinder?«, erkundigte er sich und zeigt dann seinen Finger vor. »Seht mal, was mir Schreckliches passiert ist! Ich bin verletzt!«

Keines der Kinder ging auf ihn ein. Weiter unter an der Straße stand der Minibus der Pfadfinder und wartete auf sie.

»Es fehlt einer«, sagte Stefano, als er zu Ende gezählt hatte.

Alle Augen suchten nach Houdini, doch der kleine Magier stand bei seinen Klassenkameraden. Er war es nicht, der fehlte.

Wer sich nicht vom Schlitten der Kolosse gerührt hatte, war Giacomo. »Ich will nicht zurück!«, maulte der Junge, als man ihn rief.

»Mach keinen Quatsch, Giacomo«, sagte Rebecca, lief zu ihm und nahm ihn bei der Hand.

»Ich mache keinen Quatsch. Mir geht es bei den Kolossen tausendmal besser als zu Hause.«

»Giacomo!«, schimpfte der Meister. »Du kommst mit uns und zwar schnell. Für das Wohl beider Völker ist es notwendig.«

»Nichts ist notwendig. Wir können wählen! Und ich habe gewählt!«

»Wir können nicht wählen!«, beharrte der Meister. »Es ist äußerst wichtig, dass sich kein lebendes Wesen auf der falschen Seite der Höhle befindet, wenn sie sich wieder schließt.«

»Dann soll sie sich doch schließen! Und ich bleibe, wo ich will!«

»Und wann genau schließt sich diese Höhle?«, wollte Machan wissen.

»Bei Sonnenaufgang«, sagte Marky.

»Schade«, entgegnete der Koloss. »Dann bleibt nicht genug Zeit dieses Dorf auszuplündern und niederzubrennen.« Er hob beschwichtigend die Hände und fügte hinzu: »Das war ein Scherz.«

Während Giacomo sich weiter weigerte, zog ein Koloss Urtgartens Schwert aus der Windschutzscheibe des Jeeps, und die anderen halfen den beiden Jägern, den Kadaver des Schneekraken in die Höhle zu schleifen, aus der er gekommen war. Das Ganze dauerte etwa eine halbe Stunde. Danach war der Himmel fast klar.

Giacomo blieb immer noch stur. Nicht einmal Raffaella konnte ihn mit einem zauberhaften Augenaufschlag überzeugen.

»Lasst ihn doch da!«, schnaubte Massimo und marschierte die Straße hinunter.

»Giacomo!« Antonello baute sich vor dem Klassenkameraden auf. »Ich weiß, dass du mich nicht sehr magst, aber hör jetzt mal gut zu.«

Giacomo drehte ihm den Rücken zu.

»Ich weiß, warum du lieber bei Machan leben möchtest. Dort kennst du anscheinend schon alles. Denn du hast ja die Bücher gelesen. Ich dagegen habe nie was gelesen. Ich hasse lesen. Aber während dieser Geschichte ... habe ich mir gewünscht, wenigstens die Hälfte von dem gelesen zu haben, was du gelesen hast – dann hätte ich gewusst, was ich tun muss. Ich denke, dass du durch das Lesen vielleicht die Wahrheit über die Bergwelt Tarkaan herausgefunden hast. Und das kann man auch über unsere Welt, wenn man Bücher liest.«

Giacomos Blick wurde unschlüssig.

»Und noch was wollte ich dir sagen ...«, fuhr der Junge fort.

»Ach nein!«, unterbrach ihn Machan. »Dieses Gerede ertrage ich einfach nicht mehr! Wir brechen hier mal ab, ja?« Er packte Giacomo am Kragen und warf ihn ohne großes Federlesen in den Schnee neben Rebecca und Stefano. »So, geschafft«, brummte er. »Problem gelöst.

Danke für deine Bemühungen, Junge«, sagte er wohlwollend zu Antonello. »Jetzt wird's aber ganz schön spät! Oder nicht?«

Marky und Machan standen sich ein letztes Mal gegenüber. »Das stimmt, Machan, Sohn von Machan.«

»Unser Treffen ist beendet, Mark, Sohn von Franco.«

»In Kürze schließt sich das Tor, und wir werden uns nie wiedersehen.«

»Hoffentlich.«

Marky hob die Hand zu einer Geste, die Machan nicht kannte, deren Bedeutung der Koloss aber ohne große Erklärungen verstand.

»Danke, dass du uns unsere Kinder wiedergegeben hast«, sagte der Meister. »Sie werden deine Welt immer im Herzen tragen.«

»Ich danke dir. Deine Kinder haben mein Volk gerettet«, erwiderte Machan. »Und damit auch meine Welt.«

»Das Gleichgewicht ist wieder hergestellt.«

»So sei es.«

Nach diesen Worten trennten sie sich. Machan betrat die Höhle und drehte sich nicht mehr um. Die Kolosse folgten ihm in einer schweigenden Prozession. Die beiden letzten waren Lut und Urtgarten, die noch einen Moment zögerten und lange winkten. »Bis zum nächsten Mal«, rief Urtgarten.

»Hoffentlich nicht«, antwortete Marky, der sich noch genau so lange auf den Beinen hielt, bis der Koloss in der Höhle verschwunden war.

Dann fiel der Klempner – überwältigt von seinen Schmerzen – in Ohnmacht.

Mit seinen rosa und orangefarbenen Lichtstrahlen vertrieb der Sonnenaufgang kurze Zeit später das zitternde Flackern der Kerzen und die Kampfspuren dieser Nacht. Zusammengekauert auf den Sitzen eines Kleinbusses und eines Jeeps schliefen tief und fest achtundzwanzig Kinder. Michele und Rebecca hielten sich an den Händen, während Stefano überlegte, in welches Krankenhaus er die bewusstlose Schriftstellerin und Marky, der immer noch nicht wieder zu sich gekommen war, bringen sollte.

Antonello hingegen blickte bei jeder Spitzkehre den Berg hinauf. An der ersten und zweiten konnte er das Loch zur Höhle noch ausmachen.

An der dritten Spitzkehre war es verschwunden.

Das Loch

Apollonia J. Brennan öffnete die Augen. Sie lag in einem Krankenbett. Gerade wollte sie schreien, als sie merkte, dass ihr Unterkiefer unerträglich schmerzte.

Eine Krankenschwester mit dichten blonden Locken stürzte an ihr Bett: »Frau Brennan! Wie schön! Sie sind wach!«

Die Autorin brauchte lange, um die Dinge um sich herum wahrzunehmen: Das Bett, der Tropf, die Krankenschwester, die Krankenhausfenster, die weißen Fliesen.

»Ich …«, stammelte sie.

»Ich weiß, das war wirklich eine schreckliche Erfahrung«, fuhr die Krankenschwester mit den vielen Haaren für sie fort. Auf ihrem Namensschild stand *Lolli* und daneben war ein Raumschiff gezeichnet. »Aber jetzt ist es vorbei.«

Apollonia J. Brennan legte sich eine Hand auf die Stirn.

Sie hatte fürchterliches Kopfweh. »Ich … ich erinnere mich an nichts … Das ist wie ein schwarzes Loch.«

»Das glaube ich! Sie hatten einen Unfall!«, sagte die Krankenschwester. »Sie sind mit dem Kopf aufgeschlagen.«

»Einen Unfall?«

»Genau. Sie sollten vor den Kindern lesen, wissen Sie noch? Aber es kam alles ganz anders! Sie sind falsch abgebogen und zu den Skiliften gefahren statt ins Dorf. Das geht ganz fix, wenn man von der Autobahn kommt. Links geht es ins Dorf, rechts den Berg hoch. Ich sage ja immer: Wer diese Kreuzung nicht kennt, verfranst sich total.«

»Ich … erinnere mich … an den Tisch! Der Schamane und dann … was? Der Dieb! Das war er! Mein Dieb!«

»Sie müssen schlecht geträumt haben, Frau Brennan! Aber machen Sie sich keine Sorgen. Sie hatten nur einen Platten. Das ist mir auch schon passiert. Am selben Tag, nur später. Ist das nicht ein unglaublicher Zufall?«

»Einen Platten?«

»Ihr Reifen ist an der dritten Spitzkehre geplatzt und Sie sind an den Straßenrand gefahren.«

»Oh. Daran erinnere ich mich, ja«, nickte die Frau. »Und da ich schon so spät dran war … habe ich das Navigationsgerät mitgenommen und … Aber klar! Ich habe mir gesagt: ›Das Dorf ist gleich dort unten! Ich geh zu Fuß!‹«

»Genau so. Aber dann ist der Schneesturm ausgebrochen.«

»Ja! Ein fürchterlicher Wind! Ein richtiger Orkan!«

»Das war der schlimmste Sturm der letzten zehn Jahre! Alle Nachrichten berichten davon. Unpassierbare Straßen. Geschlossene Schulen. Kein Licht. Kein Telefon. Aber jetzt läuft alles schon wieder besser. Einen Schluck Wasser?«

Apollonia J. Brennan nippte an dem Glas. »Danke, sehr nett.«

»Gerne doch!«, sagte die Krankenschwester. »Rufen Sie mich, wenn ich etwas für Sie tun kann.«

»Ich möchte … zu Hause anrufen«, antwortete Apollonia J. Brennan. »Und dann meinen Verleger.«

»Da müssen Sie noch etwas warten, die Telefonleitungen funktionieren noch nicht.«

»Verstehe«, murmelte die Schriftstellerin. Dann fügte sie hinzu: »Was für ein Schreck …«

»Oh, wir in den Bergen sind so was gewohnt. Wenn man von der Außenwelt abgeschnitten ist, muss man einfach ein gutes Buch lesen.«

Apollonia hielt das für einen Witz und lachte.

»Meine Tochter ist eine richtige Leseratte, wissen Sie? Ich hatte alle Ihre Bücher mitgebracht zum Signieren.«

Die Autorin antwortete mit einem verbindlichen Lächeln. »Bringen Sie sie mir. Es ist mir ein Vergnügen, sie zu signieren.«

»Wunderbar. Ich werde sie gleich holen. Aber darf ich Ihnen zuerst eine Frage stellen?«

»Sicher doch.«

»Wann kommt das sechste Buch heraus?«

Tausende von Gedanken rasten durch den Kopf der Schriftstellerin. Bilder ohne Sinn, unzusammenhängend, und alle irgendwie unangenehm. Sie erinnerte sich, dass sie Hunderte von Seiten geschrieben hatte. Tausende von Seiten. Sie entsann sich, dass sie nur einen Ausdruck gemacht hatte und wie immer nur eine einzige Datei auf ihrem Laptop abgespeichert hatte.

Das letzte Buch.

Allein bei dem Gedanken an die vielen Seiten, an all die Arbeit, zog sich ihr Magen zusammen und in ihrem Kopf hämmerte es fürchterlich.

»Es tut mir leid für Ihre Tochter«, murmelte sie. »Aber ich fürchte, dass es nie ein sechstes Buch geben wird.«

Das Buch

»Hallo Papa!«, rief Antonello ins Telefon. »Ich höre dich auch ganz schlecht! Ja! Ich weiß, dass ihr noch nicht zurückkommen könnt … Die Straßen sind aber bestimmt bald frei. Noch einen Tag, höchsten zwei! Nein. Sag Mama, dass sie sich keine Sorgen zu machen braucht. Mir geht's gut. Zu Hause ist alles klar, nur ein bisschen Schnee. Aber das ist doch normal, oder? Es ist doch noch Winter. Und wir wohnen in den Bergen! Ja gut! Sicher! Ich grüße ihn von dir! Klar doch! Tschüss!« Dann legte er auf.

Er sah den alten schwarzen Telefonhörer an, und nachdem er kurz überlegt hatte, hängte er ihn nicht richtig ein. Er fühlte sich besser bei dem Gedanken, dass die Außenwelt ihn nicht erreichen konnte. Dann zog er die Winterjacke über und stürzte nach draußen.

Er lief zum Sarazenen-Turm.

An den Straßenrändern lagen große Schneehaufen, die irgendjemand mittlerweile zusammengeschoben hatte. Von Hand, denn alle Räumfahrzeuge waren damit beschäftigt, die Autobahn freizuräumen. Sie fingen immer bei den wichtigen Straßen an und arbeiteten sich dann zu den Nebenwegen vor.

Antonello lief zügig. Erst ein Tag war seit der Nacht des zweiten Februars vergangen, doch ihm kam es vor wie eine Ewigkeit. Er hatte noch niemanden von seinen Klassenkameraden getroffen, aber er konnte wetten, dass alle glauben würden, nur einen fürchterlichen Albtraum gehabt zu haben. Auf der anderen Seite machten es die Erwachsenen ja auch nicht anders. Alle die, die beim Klang der Glocken am Tag zuvor zusammengelaufen waren und dann die Kerzen auf den Fensterbrettern angezündet hatten, schienen sich an nichts zu erinnern: Dass am Nachmittag und Abend achtundzwanzig Kinder verschwunden waren, hatte anscheinend niemand mitbekommen. Und keiner der Menschen, die den Pfarrer nach dem Grund für das nächtliche Treffen und die Kerzenverteilung fragten, hatte die beiden Kolosse und Marky gesehen, die vor den Toren des Dorfes mit einem Schneekraken so groß wie ein Luftschiff gekämpft hatten.

Die Pfadfinder feierten weiter Fasching, was jedoch kaum jemanden kümmerte. Es würde ganz schön dauern, bis sie – außer dem Cowboy und dem Indianer – jemanden dazu würden überreden können, bei der nächsten Autorenlesung mitzumachen!

Der Ausbilder hatte einen Schaffellmantel über seinen Nadelstreifenanzug gezogen und das Dorf verlassen. Seine Aufgabe war beendet.

Michele und Rebecca räumten mit den Freiwilligen des Zivilschutzes die Straßen wieder frei, doch das Einzige, was sie wirklich interessierte, waren die Blicke, die sie einander zuwarfen. Antonello war das ziemlich recht: Er mochte Rebecca. Sie war ein cooles Mädchen, das besser Auto fuhr als so manches Großmaul aus dem Dorf.

Antonello kam beim *Durchblick* an. An dem einzigen Tisch saß Cinz, der gerade seinem kleinen Greisenpublikum erzählte, was ihm widerfahren war. »Ein Monster, versteht ihr? Ein Monster so groß wie ein Berg hat mich verfolgt! Deshalb habe ich das Auto zertrümmert!«

Die Alten lächelten milde, und Cinz lieferte immer wieder neue Einzelheiten über ein Schwert, das seine Hand verletzt hatte, und riesige Hunde, die im Wind heulten. Doch obwohl die Geschichte von Cinz völlig der Wahrheit entsprach, wollte ihm keiner glauben.

»Hallo Stefano!«, grüßte Antonello und stellte sich an den Tresen.

Der Besitzer des Lokals reparierte gerade seine Ahornwand mit ein paar Brettern, die er im Dorf aufgetrieben hatte. »Hallo Antonello! Alles gut?«

»Bei mir ja. Und bei dir?«

»Muss ja. Wohin willst du?«

»Ich will den Meister besuchen.«

»Sehr gut. Sag ihm, dass wir heute Abend vorbeikommen.«

»Das wird ihn freuen.«

»Sicher. Aber das würde er nie zugeben.«

Von der Bar schlenderte Antonello durch den Torbogen und stieg bis zum Sarazenen-Turm hoch. Von dort schaute er ein wenig auf das Dorf, das er so sehr mochte, und dachte über wichtige Dinge nach: Krieg, Feinde, Freunde, Mut und Fantasie.

Er dachte über Geschichten nach.

Und dann begriff er, dass sie ihm fehlten. Er kannte die Geschichte dieses Turms nicht, oder die dieser Wälder, des Tunnels, der den Berg vor ihm durchquerte. Aber er war sicher, dass es diese Geschichten gab. Und jetzt wusste er, wen er danach fragen konnte.

Er ging einmal um den Turm herum und lugte hinein – die Katze war nicht da. Er hoffte, dass es ihr trotz allem gut ginge. Lächelnd schlug er den Weg ein, der zur Kirche hinaufführte. Don Sergio kehrte vor dem Tor mit einem Reisigbesen Schnee. Er winkte Antonello zu, doch der schlug schnell eine andere Richtung ein, bevor der Pfarrer ihn um Hilfe bitten konnte.

Am Rand der Straße, die zu den Skiliften führte, stieg er zu den letzten Häusern des Dorfes hoch.

Etwa zehn Minuten später hielt er vor einem Häuschen aus Holz und Stein, das ganz im Schnee versunken war. Nur ein freigeschaufelter Weg führte zu einer kleinen Veranda. Antonello riss ein halbzerfetztes Fliegengitter auf und trampelte mit den Schuhen, damit der Schnee von den Sohlen fiel. Dann drückte er die unverschlossene Tür auf. »Meister?«, rief er. »Bist du zu Hause?«

Der Junge vernahm ein Gejammer, dass er als Ja deutete. Er streifte die Schuhe ab und betrat Markys Haus. Der Klempner des Dorfes lebte allein darin, seit sein Vater gestorben war. Es war die Behausung eines alleinstehenden Mannes: Die Schuhe verteilten sich unordentlich über die unmöglichsten Orte, überall standen Sachen herum, die benutzen Teller stapelten sich in der Spüle und auf den alten Teppichen waren Bücherberge verteilt, die eigentlich mal richtig hätten sortiert werden müssen – aber sonst war das Haus sauber und duftete frisch.

Antonello folgte dem Stöhnen des Meisters und fand ihn in einem Zimmer, das wohl mal das Wohnzimmer gewesen sein musste und das jetzt zu einer Art Büchertempel umfunktioniert worden war. Der rustikale Kieferntisch lehnte gleich an den Büchern und noch mehr Bücher quollen aus den selbst gebauten Regalen.

Der Meister lag auf einem riesigen, verschlissenen roten Ledersofa und sah aus wie eine in der Sonne gestrandete Seekuh.

»Wie geht's dir?«, wollte Antonello wissen.

»Wenn ich mich nicht bewege, schlecht. Wenn ich mich bewege, sehr schlecht.«

»Hast du den Doktor gerufen?«

»Ich brauche keinen Doktor. Ich brauche einen Magier.«

Antonello kicherte.

»Seit der Oberschule habe ich mich nicht mehr so verausgabt«, sagte Marky. Dann lächelte er und gab dem Jungen ein Zeichen, sich zu setzen. »Hier muss es irgendwo einen Sessel geben. Da ist er! Siehst du ihn? Hinter dem *Großen Planet* von Jack Vance.«

»Hört sich interessant an«, bemerkte Antonello und betrachtete die silbernen Bücher.

»Das ist es. Aber es ist nicht sein Bestes.«

»Worum geht es?«

»Du hasst lesen.«

»Aber du bist der Meister.« Antonello versank in dem Sessel. Dann stand er noch mal auf und nahm ein Buch mit dem Titel *Das Tor zur Zeit* von der Sitzfläche. Er legte es auf den Stapel zu den anderen und sah Marky an. »Stefano hat gesagt, dass sie heute Abend vorbeikommen.«

»Dann wollen sie spielen.«

»Was spielt ihr?«

»Wir denken uns Geschichten aus. Das heißt, ich erfinde Geschichten und sie spielen.«

»Wow«, sagte Antonello. »Und was für Geschichten sind das?«

»Och, nichts Besonderes. Weißt du, drei Meter große Kolosse, Schneekraken, Drachen unter Vulkanen ...«

Antonello rieb sich die Hände. »Und ... meinst du ... ich könnte ...«

»Klar. Wenn du willst, kommst du auch.«

»Aber bin ich nicht … ich meine … zu jung … um bei euch zu bleiben?«

Marky zuckte auf dem Sofa, dass sein Doppelkinn schwabbelte. »Das ist gut! Zu jung! Hältst du dich wirklich für zu jung, um Geschichten zu hören? Oder sie gar zu erleben? Das Problem ist eher das Gegenteil.«

»Was heißt das?«

»Das alle anderen viel zu alt oder zu müde dafür sind.«

Antonello blieb den ganzen Vormittag bei Marky. Er hörte ihm zu, nahm dies oder jenes Buch in die Hand, blätterte darin, legte es weg und nahm ein anderes. Einige Bücher waren voller Bilder. Wieder andere waren mit so kleiner Schrift gefüllt, dass die Buchstaben wie gefangene Ameisen aussahen. Es gab Bücher auf Englisch und auch in anderen Sprachen, von denen Marky zugeben musste, dass er sie nie gelesen hatte. Er hatte sie gekauft, weil ihm die Titelbilder gefielen. Ein Buch handelte vom Wald, eines nur von Türmen. Antonello amüsierte sich königlich, und als er ging, steckte er ein kleines Buch ein. Es pochte in seiner Hosentasche, als wäre es lebendig.

Der Himmel leuchtete so strahlend blau, dass er blinzeln musste.

Und mit halbgeschlossenen Augen entdeckte er dort, wo andere nur eine weite weiße Fläche sahen, noch den klitzekleinen Eingang einer Höhle im Eis, die in eine Welt führte, in die er nie wieder zurückkehren würde.

Nie wieder

Auf einem Felsvorsprung in einer anderen Welt saß Ispuspes der Listige und betrachtete das Tal, das sich vor seinen Augen auftat. Tief atmete er die frische Bergluft ein. Wie sehr hatte ihm das gefehlt!

Sieben Jahre hatte er in dem stinkigen Gefängnis zugebracht. Und hatte den Fraß der Kolosse von Machan essen müssen, die der Wind zerstreuen möge!

Aber jetzt war er endlich wieder frei. Er war wieder der unfassbare Dieb vom Fallenden Stern. Und auch wenn er sieben Jahre seines Lebens, einen Sack mit Gold und seine Einbruchwerkzeuge verloren hatte, hatte er doch das wiedergewonnen, was er am nötigsten brauchte: seine Freiheit.

Er hatte keinen genauen Plan, was er jetzt tun oder wohin er jetzt gehen sollte. Aber er wusste, was er wollte: einen schönen Markt voller Leute.

Und das Meer.

Ja.

Das Meer.

Er dachte an Kalem, die Lachende Stadt, mit ihrem riesigen Hafen voller Segelschiffe, Ruderboote und Frachtkähne. Wenn er in Richtung Westen ginge, die Wachen der Kolosse und die Flix in der Ebene vermied, dann könnte er nach einem Monat Wanderschaft dort ankommen.

Und wenn er einmal da war …

Ach, wenn er doch schon da wäre …

Er schloss die Augen und hielt zwei aufdringliche Tränen zurück. Er war Ispuspes der Listige! Nicht irgendein flennender Langfinger!

›Aber das heißt nicht, dass ich kein Herz habe!‹, sagte er sich und wischte sich die Augen.

Also zum Meer.

Er blickte noch einmal den steilen Felsen an, aus dem er so urplötzlich herausgekommen war. Dann dankte er für sein gutes Gedächtnis, das ihm erlaubt hatte, sich in dem verworrenen Labyrinth der unterirdischen Wasseranlagen der Gromios zu orientieren.

Wenn er genau hinsah, konnte er in der Ferne die Brücke über den Abgrund erkennen, und sich hinter dem Berg den magischen Bogen vorstellen, in dem die Verborgene Stadt lag. Seit Stunden hörte er sehr sonderbare Töne, Getrommel und Gepfeife, als ob die Kolosse irgendein Fest feiern würden. Und in der Nacht war die Verborgene Stadt erstrahlt von Tausenden Kerzen, die auf den Dächern entzündet worden waren. Vielleicht feierten sie seine Flucht aus dem Gefängnis?

Ispuspes hatte noch nie davon gehört, dass Kolosse Feste feierten. Was auch immer der Grund für diese Fröhlichkeit war – der Dieb hatte keine Lust, es herauszubekommen. Er musste andere Probleme lösen. Er stieg durch die Felsen bis zum Pfad hinab und wandte sich zum Wald. Dann drehte er sich um, um auf seinen neuen Freund zu warten.

»Ich weiß, dass du das bist«, sagte er. »Komm raus.«

Er musste sich nicht lange gedulden. Hinter einem verschneiten Busch tauchte erst die Schnauze, dann die Pfote einer wilden Katze auf.

»Los, gehen wir! Was bist du bloß für ein Vieh, hm?«

Das Tier fauchte und sträubte das Fell.

»Ah, verstehe«, lachte Ispuspes. »Ein Krieger.«

Die Katze neigte den Kopf erst zur einen, dann zur anderen Seite.

»Folgst du mir, kleiner Krieger?«

Die Katze setzte sich in den Schnee und blickte ihn an.

»Ich bin ein Dieb. Und ein Krieger als Kamerad würde mir sehr gefallen. Komm. Auf!« Ispuspes schnippte mit den Fingern, doch die Katze rührte sich nicht. Also ging er allein los, drehte sich aber ab und zu um.

Die Katze vom Sarazenen-Turm folgte ihm wie zufällig.

Der Dieb lächelte an diesem ersten Tag in Freiheit der Sonne zu. »Hast du gesehen, wie schön das Leben ist? Ich bin gerade raus aus dem Gefängnis … und habe schon einen neuen Freund.«

Gemeinsam rutschten sie den verschneiten Hang hinunter.

»Ich weiß noch nicht, wie du heißt«, fuhr Ispuspes der Listige fort. »Oder woher du kommst. Ich habe noch nie ein Tier wie dich gesehen. Du bist nicht von hier, oder?« Dann lachte er. »Aber das ist gar nicht wichtig!«

Pierdomenico Baccalario

Ich wurde am 6. März 1974 in Acqui Terme, einer kleinen, aber hübschen Stadt im Piemont, geboren. Umgeben von Wäldern wuchs ich zusammen mit meinen drei Hunden, meinem schwarzen Fahrrad und meinem Freund Andrea, der fünf Kilometer bergauf von meinem Elternhaus entfernt wohnte, auf.

Im Gymnasium begann ich mit dem Schreiben. In besonders langweiligen Stunden tat ich so, als würde ich mir Notizen machen, doch in Wirklichkeit erfand ich Geschichten. Dort habe ich auch Freunde kennengelernt, die sich für Rollenspiele begeisterten, und gemeinsam haben wir uns unzählige fantastische Welten ausgedacht.

Als ich an der Universität Jura studierte, gewann ich mit dem Roman *La strada del guerriero (Die Straße des Kriegers)* den *Premio Battello a Vapore.* Das war einer der schönsten Tage in meinem Leben! Von dem Augenblick an begann ich zu veröffentlichen. Nach meinem Universitätsabschluss habe ich mich in Museen und bei kulturellen Projekten engagiert und mich bemüht, auch alten verstaubten Objekten interessante Geschichten zu erzählen. Ich reiste und erweiterte meinen Horizont: Celle Ligure, Pisa, Rom, Verona.

Liebend gern entdecke ich neue Orte und probiere verschiedene Lebensarten aus, auch wenn ich am Ende immer wieder zum Altbekannten zurückkehre.

Vor allem an einen ganz besonderen Ort – einen Baum im Susa-Tal, von wo aus man auf eine herrliche Landschaft blicken kann. Wenn du das Wandern genauso liebst wie ich, dann erkläre ich dir, wie du dahinkommst.

Ansonsten bleibt das ein Geheimnis.